KB139849

한시
작법과
중국어 낭송

한시
작법과
중국어 낭송

성기옥 지음

독자제위께 올립니다

한시 창작 방법에 대해 알고 싶어 하는 수강자들의 질문을 수년간 받다 보니, 강의를 통하지 않고도, 스스로 익힐 수 있는 서적의 출간 필요성을 오랜 기간 동안 절감했으나, 능력부족으로 인해 망설이다가 용기를 내게 되었습니다. 이백이나 두보를 비롯한 여러 문인의 훌륭한 작품은 서적이나 인터넷 등 여러 매체를 통해 감상할 수 있는 방법이 많지만, 한시의 구성, 그중에서도 오언율시나 칠언율시의 구체적인 구성형식에 대해서는 잘 알려져 있지 않은 현실입니다. 구성형식에 대한 구체적인 설명을 글로 전하기 어려운 점이 가장 큰 요인이 아닐까 생각합니다.

본서에서는 고체시와 절구 및 한시의 꽃이라고 할 수 있는 오언율시와 칠언율시의 창작방법에 대해 강의 형식으로 반복하여 설명했습니다. 한자에 관심을 가지고 기초한자를 익힌 사람이라면 누구라도 한시의 창작방법을 쉽게 익혀 창작의 기쁨을 맛보게 하는 데 중점을 두었습니다. 본서를 읽은 후에도 한시 창작방법을 이해하거나 익숙해질 수 없다면, 저의 능력부족일 것이니, 더욱 이해하기 쉬운 서적의 출간이 필요할 것입니다. 그러나 본서의 설명에 따른 수년간의 강의를 통해 종종 소기의 성과를 거둔 바 있으므로, 꼼꼼히 읽어 나간다면, 기대에 그다지 어긋나지 않으리라고 생각합니다. 순서대로라면 여러 개념을 설명한 후 실제 창작방법을 설명해야 하지만, 창작방법에 대한 욕구충족을 위해 실제 창작방법을 먼저 설명하고, 관련된 개념이나 용어설명은 뒤로 미루었습니다. 창작방법은 이해에서 그쳐야 하는 문제가 아니라, 습관처럼 익숙해져야 하는 문제여서, 때로는 두서없이 설명이 겹치더라도, 반복하여 설명했습니다.

아무리 작법에 알맞은 훌륭한 한시를 창작했을지라도 성조에 맞추어 낭송할 수 없다면, 한시의 묘미를 느끼기 어려울 것입니다. 중국어 학습과 병행하여 일석이조의 효과를 거둘 수 있도록 구성형식의 설명에 사용한 시는 병음을 표기하여 낭송으로 율의 조화를 느낄 수 있도록 했습니다. 중국어로 한시를 낭송할 수 있어야만 한자 한 글자마다 가진 장단 고저의 특성과 성조에 따른 올바른 낭송을 통해 한시의 진정한 묘미를 느낄 수 있을 것입니다. 한시 창작의 구성형식을 이해하고 한시를 창작할 수 있다면, 선인들의 고아한 풍류를 즐길 수 있을 뿐만 아니라, 오언이나 칠언의 구를 다양한 방법으로 응용하면 한자와 중국어 학습에 매우 효율적이며, 흥미와 더불어 창의성을 발휘할 수 있는 장점이 있습니다.

율시의 창작방법과 분석에는 대부분 두보 시를 인용했습니다. 두보 시를 창작방법에 따라 분석하다 보면, 다양한 방법으로 율시를 창작했을 뿐만 아니라, 표현기교에 있어서도 창작모델로 삼을 수 있는 시가 대부분이기 때문입니다. 두보 시의 번역은 완역된 ≪두보율시≫(이영주 외, 명문당)를 참조했으며, 그 외의 시는 참고문헌을 활용했습니다. 본서는 창작방법에 주안점을 두었으므로 감상은 간략한 설명에 그쳤습니다.

작금의 어려운 출판환경에도 불구하고 본서의 출판에 애써 주신 한국학술정보(주)와 한시 창작의 오묘한 세계를 깨닫게 해주신 경상대학교 권호종 선생님께 깊이 감사드립니다.

2014년 暮秋에 삼가 올렸습니다

성기옥

차 례

제1장

五言律詩(오언율시)
창작방법

杜甫(두보) 시 <春望(춘망)>을 감상하고 오언율시의 구성형식을 살펴보기로 한다.

國破山河在, 국파산하재, 나라는 갈라져도 산하는 그대로여서,

城春草木深. 성춘초목심. 성안에 봄이 오니 초목 푸르다.

感時花濺淚, 감시화천루, 혼란스러운 시절에는 꽃 피어도 흐르는 눈물,

恨別鳥惊心. 한별조량심. 한스러운 이별에는 새 울어도 놀라는 마음.

烽火連三月, 봉화련삼월, 봉화가 삼 개월을 잇따르니,

家書抵万金. 가서저만금. 집 편지는 만금을 거절한다.

白頭搔更短, 백두소경단, 흰머리 긁으니 더욱 짧아져,

渾欲不胜簪. 혼욕불승잠. 아무리 원해도 비녀조차 꽂을 수 없다.

1.1. 起式(기식)·押韻(압운)·首句不押韻(수구불압운) 원칙

<春望>에 쓰인 운자, 구의 명칭, 구성형식을 나타내면 다음과 같다.

	1	2	3	4	5	명칭
1	國	破	山	河	在	首聯(수련)
2	城	春	草	木	深	
3	感	時	花	濺	泪	頷聯(함련) 對仗(대장)
4	恨	別	鳥	惊	心	
5	烽	火	連	三	月	頸聯(경련) 對仗(대장)
6	家	書	抵	万	金	
7	白	頭	搔	更	短	尾聯(미련)
8	渾	欲	不	胜	簪	

오늘날 중국에서 쓰이는 한자는 상용자 2,500자, 차상용자 1,000자를 합쳐 3,500자를 기준으로 삼는다. 한자가 한시에 사용될 때에는 '韻字(운자)'라고 부른다. 3,500자의 운자마다 고른 소리와 기운 소리로 나누어지는데, 이 고른 소리를 '平聲(평성)'이라 하고, 기운 소리를 '仄聲(측성)'이라 한다. 3,500자 중에서 절반은 평성이며 절반은 측성이라고 가정해 본다. 평성과 측성의 편리한 표기를 위해 평성은 '평'으로, 측성은 '측'으로 나타내기로 한다(표기의 편리를 위해 평성은 ○, 측성은 ×로 표시하기도 한다).

'國破山河在'에서 각각의 운자를 평성과 측성으로 표시해 보면, 國은 평, 破는 측, 山은 평, 河는 측, 在는 측성으로 나타낼 수 있다. 평/측의 구분은 제8장의 '韻書(운서)'에 의한다. 한시의 창작이나 감상에는 반드시 운서를 동반해야 하니, 운서는 물과 물고기의 관계에 비유할 수 있다. 운서를 참조하여 압운할 때 자주 사용하는 습관을 들이면, 평/측의 흐름에 대해 자연스럽게 익숙해질 수 있다. <春望>의 운자를 평성과 측성으로 나타내면 다음과 같다.

제1구: 國破山河在, 측측평평측
제2구: 城春草木深. 평평측측평
제3구: 感時花濺泪, 측평평측측
제4구: 恨別鳥惊心. 측측측평평
제5구: 烽火連三月, 측측평평측
제6구: 家書抵万金. 평평측측평
제7구: 白頭搔更短, 측평평측측
제8구: 渾欲不胜簪. 평측측평평

五言律詩(오언율시)는 매 구 5자씩 8구 40자로 구성된다. 1, 2구를 首聯(수련), 3, 4구를 頷聯(함련), 5, 6구를 頸聯(경련), 7, 8구를 尾聯(미련)이라 한다. 제1구에서 起式(기식)

이 정해지는데 '기식'이란 첫째 구의 2번째 운자가 평성 또는 측성으로 시작되었는가의 여부를 가리킨다. '國破山河在'에서 두 번째 운자인 '破'가 '측성'이므로 <春望>의 기식은 '측기식'이라 부른다. 제1구의 2번째 운자가 측성으로 시작되었다는 뜻이다. 칠언율시에서도 두 번째 운자에서 기식이 결정된다. 기식이 필요한 까닭은 시작되는 리듬의 변화에 관계되기 때문이다. 까다로운 규칙이 있는 것은 아니므로, 용어의 이해로써 충분하다. 다음으로 '押韻(압운)'에 대해 알아보기로 한다.

	1	2	3	4	5	
1	國	破	山	河	在	불압운
2	城	春	草	木	深평	압운
3	感	時	花	濺	淚	
4	恨	別	鳥	惊	心평	압운
5	烽	火	連	三	月	
6	家	書	抵	万	金평	압운
7	白	頭	搔	更	短	
8	渾	欲	不	胜(=昇)	簪평	압운

이 표에서 2, 4, 6, 8구의 5번째 글자를 주목하기 바란다. 2구 '평성(深)', 4구 '평성(心)', 6구 '평성(金)', 8구 '평성(簪)'이 안배되었다. 이러한 운자는 평성 12侵(침)에서 고른 운자로, '侵'과 비슷한 소리가 나는 운의 종류에 속한다. 평성 12侵에 속하는 운자는 尋(심)·潯(심)·臨(림)·林(림)·深(심)·心(심)·箴(잠)·砧(침)·金(금)·簪(잠)·霖(림)·斟(짐) 등을 들 수 있다. 이렇게 리듬과 소리가 비슷한 운자를 각 군으로 묶어 둔 분류표를 '韻書(운서)'라고 한다. 2, 4, 6, 8구인 짝수 구에는 반드시 동일한 군에 속하는 운자를 사용해야 하는데, 이를 '押韻(압운)'이라 한다. 押韻은 반드시 운서에 근거한다. 운서에 대한 구체적인 설명과 분류는 제8장에서 자세히 설명하기로 한다. <春望>에서 2구에 '深(평)'을 쓴 이상, 4, 6, 8 짝수 구에는 반드시 12侵에 속하는 운자 중에서 선택해야 한다. 반대로 3, 5, 7구인 홀수 구에는 12侵에 속하는 운자를 쓸 수 없을 뿐만 아니라 반드시 측성 운자를 안배해야 한다. 율시에서 압운은 반드시 평성 운을 사용한다. 측성과 평성의 구분은 韻書에 따른다. 오언율시에서 제1구에는 압운하지 않음을 원칙으로 삼는다. 이를 '首句不押韻(수구불압운)'이라 부른다. '제1구 마지막 운자에는 압운하지 않는다'는 말과 같다. 그러나 첫 구에 압운하지 않고 창작하는 경우가 많다는 뜻에 지나

지 않으며, 압운할 수도 있다. <춘망>의 형식은 측기식, 수구불압운이다. 이 형식이 오언율시의 정격이지만, 반드시 이 형식으로 써야 한다는 말은 아니며, 평기식, 수구압운으로 쓸 수도 있다. 표로써 정리하면 다음과 같다.

	1	2	3	4	5	
1	國	破	山	河	在측	불압운
2	城	春	草	木	深평	압운
3	感	時	花	濺	淚측	
4	恨	別	鳥	惊	心평	압운
5	烽	火	連	三	月측	
6	家	書	抵	万	金평	압운
7	白	頭	搔	更	短측	
8	渾	欲	不	胜(升)	簪평	압운

각 구의 마지막 운자를 순서대로 나열해보면, 在(측), 深(평), 淚(측), 心(평), 月(측), 金(평), 短(측), 簪(평)으로, 평/측만 나열해 보면, 위에서부터 '측평측평측평측평'으로 구성되었다. 1·2, 3·4, 5·6, 7·8구로 묶어서 보는 습관을 들이면 이해하기 쉽다. 반드시 짝수 구에만 압운하며, 홀수 구에는 반드시 측성을 안배한다. 이러한 안배는 리듬의 조화를 이루기 위해서이지만, 표현할 수 있는 운자의 수는 현저히 줄어든다. 제한된 운자로 평/측을 안배해야 하므로 이러한 점에서도 창작의 어려움이 따른다.

1.2. 平/仄(평/측) 안배방법

오언율시의 평/측을 구성하는 방법은 平起平收(평기평수), 平起仄收(평기측수), 仄起平收(측기평수), 仄起仄收(측기측수) 등으로 나누어진다. 율시의 창작을 위해서는 이 구성에 대한 이해에 그쳐서 될 일이 아니라, 습관처럼 익숙해져야 하므로 이러한 구성을 바탕으로 반복하여 설명하도록 한다.

- 平起平收(평기평수)

	1	2	3	4	5	
1		평		측	평	압운
2		측		평	평	압운
3					측	
4					평	압운
5					측	
6					평	압운
7					측	
8					평	압운

‘平起平收(평기평수)’란 제1구 2번째 운자를 평성으로, 제1구 5번째 운자는 평성으로, 첫 구에도 압운했다는 뜻이다. 이를 ‘수구압운’이라고 한다. 이 경우 제1구의 2번째 운자와 4번째 운자는 반드시 평/측이 상반되도록 안배한다. 2번째 운자가 평성이므로, 4번째 운자는 측성을 안배해야 한다는 뜻이다. 또한 1구와 2구의 2번째 운자와 4번째 운자의 평/측도 상반되도록 안배한다. 이론상으로 그러할 뿐이며 이 구성은 오언율시 창작에는 거의 사용되지 않는 형식이다. 그러나 칠언율시는 대부분 平起平收(평기평수) 형식으로 창작된다. 오언율시의 구성형식과 칠언율시 구성형식은 운자 수와 기식의 차이만 있을 뿐, 나머지 원칙은 같다.

- 平起仄收(평기측수)

	1	2	3	4	5	
1		평		측	측	불압운
2		측		평	평	압운
3					측	
4					평	압운
5					측	
6					평	압운
7					측	
8					평	압운

‘平起仄收(평기측수)’는 제1구 2번째 운자에 평성을 써야 하며, 제1구의 5번째 운자는

압운하지 않는다는 뜻이다. 이를 '수구불압운'이라고 한다. 제1구 2번째 운자가 평성이므로 4번째 운자는 측성을 안배한다. 위아래 운자도 평/측이 상반되도록 안배해야 한다. 1구 마지막 운자만 제외하고 평성 운을 사용하여 압운해야 하는 원칙은 변함이 없다. 이 형식은 仄起仄收(측기측수) 형식과 더불어 오언율시 창작에 자주 사용된다.

- 仄起平收(측기평수)

	1	2	3	4	5	
1		측		평	평	압운
2		평		측	평	압운
3					측	
4					평	압운
5					측	
6					평	압운
7					측	
8					평	압운

'仄起'라는 말이 제1구의 2번째 운자는 측성을 안배해야 한다는 뜻이며, 4번째 운자는 2구와 평/측이 상반되도록 평성을 안배한다. '平收'라는 말이 제1구에 압운을 의미하므로, 수구압운이다. 2구의 2번째 운자는 1구의 2번째 운자와 평/측이 상반되도록 안배해야 하는 원칙은 모두 같으며, 2, 4, 6, 8구의 압운에는 변동이 없다. 오언율시 구성형식으로는 거의 사용되지 않고, 칠언율시 구성형식으로 주로 사용된다.

- 仄起仄收(측기측수)

	1	2	3	4	5	
1		측		평	측	불압운
2		평		측	평	압운
3					측	
4					평	압운
5					측	
6					평	압운
7					측	
8					평	압운

오언율시 구성형식의 정격으로 가장 많이 사용되는 형식이다. '仄起'이므로 1구 2번째 운자는 측성을 안배해야 하며, '仄收'는 수구불압운이라는 말과 같다. 제1구 4번째 운자는 2번째 운자와 평/측이 상반되어야 하므로 평성을 안배하고 위아래 운자도 평/측이 상반되도록 안배한다.

오언율시의 구성형식은 측기식 수구불압운 형식을 대부분 사용하고, 때에 따라서는 평기식 수구불압운으로도 창작한다. 두 가지 형식의 사용에 우열이 있지는 않다. 평기식 수구압운과 측기식 수구압운은 칠언율시 구성에 주로 사용된다.

1.3. 2, 4分明(분명), 1, 3不論(불론) 원칙

2, 4분명과 1, 3불론 원칙은 오언율시에서 가장 엄격하게 지켜야 할 규칙이다. 칠언율시는 오언에 2자가 더해졌으므로, 2, 4, 6분명, 1, 3, 5불론 원칙이 적용된다. <春望>으로써 1, 3불론, 2, 4분명 원칙을 설명하면 다음과 같다.

	1	2	3	4	5
1	國측	破측	山평	河평	在측
2	城평	春평	草측	木측	深평
3	感측	時평	花평	濺측	淚측
4	恨측	別측	鳥측	惊평	心평
5	烽측	火측	連평	三평	月측
6	家평	書평	抵측	万측	金평
7	白측	頭평	搔평	更측	短측
8	渾평	欲측	不측	胜(=昇)평	簪평

2, 4분명 원칙이란 각 구의 2번째 운자와 4번째 운자는 반드시 평/측이 상반되도록 안배해야 한다는 뜻이다. <春望>에서 이 부분만 나타내면 다음과 같다.

	1	2	3	4	5
1		破측		河평	在측
2		春평		木측	深평
3		時평		濺측	泪측
4		別측		惊평	心평
5		火측		三평	月측
6		書평		万측	金평
7		頭평		更측	短측
8		欲측		胜(=昇)평	簪평

각 구의 2번째 운자와 4번째 운자만 살펴보면, 반드시 평/측이 상반되어 있음을 알 수 있다. 이를 2, 4분명의 원칙이라고 하여 반드시 지켜야 하는 규칙이다. 1, 3불론 원칙이 란 각 구의 첫 번째 운자와 3번째 운자는 평/측이 상반되지 않아도 된다는 뜻이다. 칠언율시에서는 2, 4, 6분명, 1, 3, 5불론의 원칙이 적용된다. 오언과 칠언에 적용되는 구성원칙은 모두 같으며, 수구불압운 또는 수구압운의 차이만 있을 뿐이다. <春望>의 평/측을 표시하여 1, 3불론 원칙을 살펴보면 다음과 같다.

	1	2	3	4	5
1	측	측	평	평	측
2	평	평	측	측	평
3	측	평	평	측	측
4	恨측	측	鳥측	평	평
5	측	측	평	평	측
6	평	평	측	측	평
7	측	평	평	측	측
8	평	측	측	평	평

4구의 첫 번째 운자인 '恨(측)'과 3번째 운자인 '鳥(측)'을 살펴보면, 둘 다 측성 운이 안배되었다. 이처럼 각 구의 첫 번째와 3번째 운자는 평/측이 상반되지 않더라도 문제삼지 않은 원칙이 1, 3불론 원칙이다. 칠언율시의 경우 1, 3, 5불론 원칙이 된다. 물론 평/측이 상반되도록 안배된다면 더욱 좋을 것이다. 각 구의 첫 번째 운자와 3번째 운자의 평/측을 살펴보면, 제1구 측/평, 제2구 평/측, 제3구 측/평, 제4구는 측/측, 제5구 측/평, 제6구 평/측, 제7구 측/평, 제8구 평/측으로 유일하게 제4구에서만 1, 3불론 현상이 나타난다. 1, 3불론 원칙에 따라 반드시 평/측이 상반되지 않더라도 구성원칙에 전혀 어

굿나지 않는데도, 단 한군데서만 1, 3불론 현상이 나타났다. 평/측 안배가 매우 잘된 구성형식이라 할 수도 있지만, 다른 금지 규칙과 연관 지어 나가면 1, 3불론, 칠언율시의 경우 1, 3, 5불론 현상은 그렇게 많이 나타나지는 않는다.

1.4. 粘對(점대) 원칙

粘對는 일정한 부분에 동일한 운자의 평/측을 안배하여 소리의 조화를 이루는 방법이다. '동일한 운자'란 글자가 같다는 뜻이 아니라 평성 또는 측성이 동일하다는 뜻이다. '粘'은 '붙다', '끈끈하다'의 뜻으로, 동일한 평/측의 안배로 서로를 끌어당긴다는 의미를 내포하고 있다. <春望>의 평/측 표시로써 설명하면 다음과 같다.

	1	2	3	4	5
1					
2		春평			
3		時평			
4		別측			
5		火측			
6		書평			
7		頭평			
8					

각 구의 2번째 운자에서, 2, 3구의 春(평)과 時(평), 4, 5구의 別(측)과 火(측), 6, 7구의 書(평)와 頭(평)는 위아래로 반드시 동일한 평/측으로 짝을 이루고 있다. 이를 '粘對' 원칙이라 한다. 이 경우는 평/측의 안배보다는 덜 엄격하여, 4, 5구에서는 대장 문제로 인해 간혹 지켜지지 않는 경우가 있으며, 2, 3구와 6, 7구에서도 매우 드물기는 하지만 표현을 위해 지키지 않는 경우도 나타난다. 그러나 4, 5구를 제외하고는 반드시라고 해도 좋을 만큼 지키는 것이 좋다. 칠언율시에서도 동일한 규칙이 적용된다. 처음 한시 창작 구성형식을 익히는 사람은 표를 보고도 혼동하기 쉬우니 점대 원칙을 살필 때는 반드시 2·3, 4·5, 6·7구만을 살피는 습관을 들여야 한다.

1.5. 下三連(하삼련)과 孤平(고평) 금지 원칙

율시에서 평/측의 안배와 함께 엄격하게 지켜야 할 규칙이 하삼련 금지와 고평 금지 규칙이다. <春望>의 평/측 표시로써 설명하면 다음과 같다.

제1구: 國破山河在, 측측평평측
제2구: 城春草木深. 평평측측평
제3구: 感時花濺淚, 측평평측측
제4구: 恨別鳥惊心. 측측측평평
제5구: 烽火連三月, 측측평평측
제6구: 家書抵万金. 평평측측평
제7구: 白頭搔更短, 측평평측측
제8구: 渾欲不胜簪. 평측측평평

위의 평/측 표시에서 각 구의 아랫부분 3운자에 '평평평' 또는 '측측측'으로 나타나는 경우가 있는지를 살펴본다. 제1구의 '山河在(평평측)', 제2구의 '草木深(측측평)', 제3구의 '花濺淚(평측측)', 제4구의 '鳥惊心(측평평)', 제5구의 '連三月(평평측)', 제6구의 '抵万金(측측평)', 제7구의 '搔更短(평측측)', 제8구의 '不胜簪(측평평)'에서 어느 구를 살펴보아도 '평평평' 또는 '측측측'으로 나타난 경우가 없다. '평평평'을 '하삼평', '측측측'을 '하삼측'이라 하고, 이 둘을 합쳐 '하삼련'이라고 한다. 하삼련은 율시에서 엄격히 금지하는 원칙이다. 반드시 이러한 경우가 생겨야 한다면 하삼측(측측측)은 어쩔 수 없이 인정되는 경우가 있지만 '하삼평(평평평)'은 절대 금한다. 그런데 율시의 평/측을 분석하다 보면 '하삼련' 현상이 나타나는 경우가 있는데, 표면적으로는 그러하지만 이를 해결하는 방법이 있기 때문에, 틀린 방법이 아니다. 이러한 경우는 '拗體(요체)'를 설명한 부분에서 자세히 설명하기로 한다. 각 구 아랫부분 세 운자에만 해당된다는 점을 유념해야 한다. 위의 시에서도 '恨別鳥'의 경우 '측측측'이지만, 아랫부분이 아니므로 '하삼측'이 아니라 단순한 '삼측'이다. 평/측으로 구분하여 구성형식을 익히는 일이 간단해 보이지만 실제 구성과정에서 혼동을 일으키는 경우가 많으므로 잘 살펴보아야 한다.

각 구에서는 또한 '측평측'이 나타나지 않도록 평/측을 안배해야 한다. '측평측'으로 안배되는 경우를 '고평'이라 한다. 평성의 한 운자 양쪽에서 측성자가 둘러싸고 있는 모습이다. 남녀에 비유하자면 한 여자를 사이에 두고 두 남자가 양쪽에서 서로 끌어당기고 있는 형국이니, 불화가 생기지 않을 수 있다. 율시에서는 이러한 경우를 율의 부조화로 여겨, 금기사항으로 규정하고 있다. 다만 '고측(평측평)'의 경우에는 간혹 나타나므로, 잘 못으로 여겨지지는 않지만, 표현하고자 하는 경물이나 감정을 훼손하지 않는 범위에서 다른 운자로 대체할 수 있다면, 이러한 경우도 나타나지 않도록 평/측을 안배해야 한다.

1.6. 對仗(대장)

대장은 율시의 창작에서 매우 중요한 수사표현이다. 평/측의 안배나 압운 등이 구성형 식에 관한 문제라면, 대장은 표현형식에 관계된다. 각 구의 홀수 구를 出句(출구), 짝수 구를 대구(對句)라고 부르는데, 出句와 對句의 평/측을 상반시켜 안배하면서, 뚜렷한 표 현의 대비를 이루는 방법이다. 대장의 방법은 다양하지만, 동일한 운자로 대장시키는 일 은 있어서는 안 된다. 대장표현에 대해서는 대장을 다룬 장에서 자세히 다루었다. <春 望>에 나타난 대장표현을 설명하면 다음과 같다.

國破山河在, 나라는 갈라져도 산하는 그대로여서,
城春草木深. 성안에 봄이 오니 초목 푸르다.
感時花濺泪, 혼란스러운 시절에는 꽃 피어도 흐르는 눈물,
恨別鳥惊心. 한스러운 이별에는 새 울어도 놀라는 마음.
烽火連三月, 봉화가 삼 개월을 잇따르니,
家書抵万金. 집 편지는 만금을 거절한다.
白頭搔更短, 흰머리 긁으니 더욱 짧아져,
渾欲不胜簪. 아무리 원해도 비녀조차 꽂을 수 없다.

대장은 頷聯(3, 4구)과 頸聯(5, 6구)에 표현한다. 3, 4구의 대장표현을 살펴보면 다음과 같다.

感時花濺泪, 혼란스러운 시절에는 꽃 피어도 흐르는 눈물,
恨別鳥惊心. 한스러운 이별에는 새 울어도 놀라는 마음.

3구의 '혼란스러운 시절(感時)'과 4구의 '한스러운 이별(恨別)'은 '형용사＋명사'의 형 식으로, 위의 구에서 '형용사＋명사'의 형식이면 아래 구에서도 '형용사＋명사' 형식이 어야 한다. '꽃(花)'과 '새(鳥)'는 명사 대 명사로 대장되었다. '흐르는 눈물(濺泪)'과 '놀

라는 마음(惊心)' 역시 '형용사＋명사'의 형식으로 대장되었다. 5, 6구의 대장표현을 살펴보기로 한다.

烽火連三月, 봉화가 삼 개월을 잇따르니,
家書抵万金. 집 편지는 만금을 거절한다.

'烽火(봉화)'와 '家書(집 편지)'는 명사 대 명사, '連(잇따르다)'과 '抵(거절하다)'는 동사 대 동사로 대장되었다. '家書抵万金'은 '집에서 온 편지는 만금을 거절할 만한 값어치가 있다'라고 일반적으로 번역되지만 대장을 설명하기 위해 위와 같이 번역했다. '三月'과 '万金' 역시 명사 대 명사로써 대장되었다. 특히 '三(삼)'과 '万(만)'처럼 숫자에는 숫자나 숫자를 상징할 수 있는 운자로 대응시킨다.

일반적으로 대장은 3, 4구와 5, 6구의 兩聯(양련) 대장이 원칙이며, 극히 드물게 單聯(단련) 대장도 나타난다. 이 경우 頷聯(함련, 3, 4구)이나 頸聯(경련, 5, 6구)에 대장한다. 때로는 首聯(1, 2구)이나 尾聯(7, 8구)에 대장하는 경우도 있지만 이 경우에도 함련(3, 4구)과 경련(5, 6구)에 대장해야 한다. <春望>의 首聯(1, 2구) 부분인 '國破山河在, 城春草木深' 역시 '山河'와 '草木'으로 부분 대장이지만 뚜렷하게 대장되었다. 首聯(1, 2구)의 대장은 이처럼 부분 대장으로 나타낼 수도 있다. 대장은 표현에 관한 형식이어서 평/측 안배, 압운, 하삼련, 고평 금지 등의 규정보다는 융통성 있게 표현할 수 있다.

오언율시 창작원칙에 따라 <春望>의 창작과정을 단계별로 나누어 나타내면 다음과 같다. 제1구의 2번째 글자인 '破'는 측성이므로 측기식이며, 제1구의 마지막 운자는 수구불압운, 운자는 평성 侵운이므로, 2, 4, 6, 8구에 '深(평)', '心(평)', '金(평)', '簪(평)'으로 압운하고, 홀수 구에는 측성을 안배한다. 2, 4분명의 원칙에 따라 4번째 운자는 평성을 안배한다.

	1	2	3	4	5	
1		破측		河평	在측	불압운
2					深평	압운
3					泪측	
4					心평	압운
5					月측	
6					金평	압운
7					短측	
8					簪평	압운

2, 4분명의 원칙에 따라 2, 4구의 평/측을 상반되도록 안배한다. 2구의 2, 4번째 운자의 평/측도 1구와 상반되도록 안배한다.

	1	2	3	4	5
1		破측		河평	在측
2		春평		木측	深평
3					泪측
4					心평
5					月측
6					金평
7					短측
8					簪평

점대 원칙에 따라 2구의 2번째 운자와 3구의 2번째 운자는 동일하게 평/측을 안배하고, 2, 4분명의 원칙에 의해 3구의 2번째 운자와 4번째 운자는 평/측이 상반되도록 안배한다.

	1	2	3	4	5
1		破측		河평	在측
2		春평		木측	深평
3		時평		濺측	泪측
4					心평
5					月측
6					金평
7					短측
8					簪평

4구의 2번째 운자는 3구의 2번째 운자와 평/측이 상반되어야 하므로, 측성을 안배한다. 2, 4분명의 원칙에 따라 4구의 2, 4번째 운자도 평/측이 상반되도록 안배한다.

	1	2	3	4	5
1		破측		河평	在측
2		春평		木측	深평
3		時평		濺측	泪측
4		別측		惊평	心평
5					月측
6					金평
7					短측
8					簪평

점대 원칙에 따라 4구의 2번째 운자와 5구의 2번째 운자는 동일한 평/측을 안배하며, 5구의 2번째 운자와 4번째 운자는 평/측이 상반되도록 안배한다.

	1	2	3	4	5
1		破측		河평	在측
2		春평		木측	深평
3		時평		濺측	泪측
4		別측		惊평	心평
5		火측		三평	月측
6					金평
7					短측
8					簪평

5구의 2번째 운자와 6구의 2번째 운자는 평/측이 상반되도록 안배하고, 6구의 2, 4번째 운자도 평/측이 상반되도록 안배한다.

	1	2	3	4	5
1		破측		河평	在측
2		春평		木측	深평
3		時평		濺측	泪측
4		別측		惊평	心평
5		火측		三평	月측
6		書평		万측	金평
7					短측
8					簪평

점대 원칙에 의해 7구의 2번째 운자는 6구의 2번째 운자와 동일한 평/측을 안배하고, 7구의 2, 4번째 운자는 평/측이 상반되도록 안배한다.

	1	2	3	4	5
1		破측		河평	在측
2		春평		木측	深평
3		時평		濺측	泪측
4		別측		惊평	心평
5		火측		三평	月측
6		書평		万측	金평
7		頭평		更측	短측
8					簪평

8구의 2번째 운자는 7구의 2번째 운자와 평/측이 상반되도록 안배하고, 8구의 2, 4번째 운자도 평/측이 상반되도록 안배한다.

	1	2	3	4	5
1		破측		河평	在측
2		春평		木측	深평
3		時평		濺측	泪측
4		別측		惊평	心평
5		火측		三평	月측
6		書평		万측	金평
7		頭평		更측	短측
8		欲측		胜(=昇)평	簪평

평/측의 안배가 알맞게 되었으므로 이번에는 하삼련(평평평 또는 측측측)과 고평(측평측)이 나타나지 않도록 각 구 3번째 운자의 평/측부터 안배한다. 가능한 고측(평측평)도 나타나지 않아야 한다.

	1	2	3	4	5
1		破측	山평	河평	在측
2		春평	草측	木측	深평
3		時평	花평	濺측	泪측
4		別측	鳥측	惊평	心평
5		火측	連평	三평	月측
6		書평	抵측	万측	金평
7		頭평	搔평	更측	短측
8		欲측	不측	胜(=昇)평	簪평

각 구에 안배된 평/측으로 하삼련 금지 원칙이나 고평 금지 원칙이 잘 지켜졌는지를 살펴보면, 제1구(측평평측), 제2구(평측측평), 제3구(평평측측), 제4구(측측평평), 제5구(측평평측), 제6구(평측측평), 제7구(평평측측), 제8구(측측평평)까지 하삼련이나 고평이 나타나지 않게 안배되었음을 알 수 있다. 마지막으로 각 구의 첫 번째 운자를 고평(측평측)이 나타나지 않도록 안배한다. 가능한 고측(평측평)도 나타나지 않아야 한다.

	1	2	3	4	5
1	國측	破측	山평	河평	在측
2	城평	春평	草측	木측	深평
3	感측	時평	花평	濺측	泪측
4	恨측	別측	鳥측	惊평	心평
5	烽측	火측	連평	三평	月측
6	家평	書평	抵측	万측	金평
7	白측	頭평	搔평	更측	短측
8	渾평	欲측	不측	胜(=昇)평	簪평

한 수의 율시 창작에는 여러 가지 까다로운 규칙이 있음을 살펴보았다. 중국어의 병음과 성조를 익혀 낭송할 수 있다면, 장단 고저의 조화에 따른 리듬의 변화를 느낄 수 있을 것이다. 한시의 중국어 낭송은 중국어 학습에서 매우 중요시되는 성조를 자연스럽게 익힐 수 있는 효과적인 방법이어서 한시의 창작방법을 익히는 일은 취미나 풍류를 떠나 매우 실용적으로 이용할 수 있는 장점이 있다. 중국어로 한시를 낭송하는 방법은 중국어 발음 기초만 잘 익혀도 가능하며, 또한 무엇 때문에 율시의 창작에 까다로운 규칙이 적용되었는지를 이해하는 지름길이기도 하다. <春望>의 평/측과 병음을 표기하면 다음과 같다. 병음은 영어의 발음기호와 같은 역할을 한다.

　　國破山河在, 측측평평측 guó pò shān hé zài
　　城春草木深. 평평측측평 chéng chūn cǎomù shēn
　　感時花濺泪, 측평평측측 gǎn shí huā jiàn lèi
　　恨別鳥惊心. 측측측평평 hèn biè niǎo jīngxīn
　　烽火連三月, 측측평평측 fēnghuǒ lián sānyuè
　　家書抵万金. 평평측측평 jiāshū dǐ wànjīn
　　白頭搔更短, 측평평측측 báitóu sāo gèng duǎn

渾欲不胜簪. 평측측평평 hún yù búshèng zān

　운자를 단순히 평/측으로 구분하여 율시를 창작했지만 실제로 낭송해 보면, 4가지 높낮이의 소리로 어울려 있음을 알 수 있다. 이러한 점이 중국어로 낭송할 수 있어야 하는 까닭이다. 한 수의 훌륭한 율시를 창작하고도 리듬의 장단이나 고저에 따른 낭송을 할 수 없어서, 율의 조화로움을 느낄 수 없다면, 굳이 율시를 창작해야 할 까닭이 없다. 각각의 운자에는 소리의 높낮이가 정해져 있는데 이를 '성조'라고 한다. 한자의 소리 높낮이는 사성(四聲)인 1, 2, 3, 4성으로 구분된다.

　평성은 현대중국어의 1성과 2성에 속하며, 측성은 3성과 4성에 속한다. 위의 시에서 '國(guó)'은 현대중국어에서는 2성으로 평성에 속하지만, 고대에는 측성으로 분류되었다. '白' 역시 2성으로 평성에 속하지만, 고대에는 측성으로 분류되었다. 시대의 흐름에 따라 소리의 높낮이가 변한 까닭이다. 이러한 운자는 적지 않게 나타나므로 韻書(운서)에서 분류해 놓은 운자의 평/측 구분을 잘 살펴보아야 한다.

　지금 율시를 창작하고자 하는 시인은 '國'을 평성으로 사용할 수 있는가? 운서의 운을 조정하지 않는 이상 아직까지는 그럴 수 없다. 그러나 낭송은 현대의 성조로 해야 중국어 학습에 유용하다. 병음의 표기와 평/측의 구분은 일치하지 않는 운자가 빈번히 나타나지만 잘못된 표기가 아니니, 혼동하지 않도록 주의해야 한다. '恨別鳥惊心'은 '측측측평평'이지만 현대 한어의 성조로는 4성(측성), 4성(측성), 3성(측성), 1성(평성), 1성(평성)이다. 율시의 구성원칙을 잘 지켜 쓴 한 수의 율시는 바로 운자가 가진 소리의 높낮이를 조화시켜 음악으로 표현한 경우와 같으므로, '시가(詩歌)'라고 부른다. 한시를 창작하려면 최소한 중국어의 성조에 따라 읽는 방법을 익혀 낭송할 수 있어야만 무엇 때문에 고래의 그 많은 천재와 문사들이 이 짧은 형식의 문장으로 자신의 뜻을 읊었는지를 이해할 수 있을 것이다. 단순히 창작규칙만을 까다롭게 정해 누가 이 규칙에 알맞은 시를 잘 써내는가를 겨루기 위한 목적이었다면 무슨 가치가 있었겠는가? 한 시대를 풍미했으며, 오늘날까지 수많은 사람들의 입으로 찬미되고, 낭송되며 온갖 문장에 인용되고, 이러한 시형 창작으로 자신의 감정을 드러내거나 풍류를 즐겼던 까닭은 그럴만한 가치가 있었기 때문이다.

1.7. 많이 쓰이는 五言律詩(오언율시) 구성형식

　운자의 평/측 안배에 대해서는 4가지 경우로 나누어 설명했지만 창작과정에서는 대부분 측기식 수구불압운 형식이 사용된다. 측기식이므로 제1구의 2번째 운자는 측성을 안배한다. 2, 4분명의 원칙에 따라 평/측이 상반되어야 하므로 4번째 운자는 당연히 평성이 안배된다. '수구불압운'이란 압운자만 아니면 평/측 모두 사용할 수 있으므로, 3, 5, 7구에 반드시 측성자가 안배되어야 하는 경우와 약간의 차이가 있다. 그렇기는 하지만 대부분 측성을 안배한다. 2, 4, 6, 8구에 평성 운자를 안배해야 하므로 홀수 구에는 측성이 안배된다.

	1	2	3	4	5	
1		측		평	측	불압운
2					평	압운
3					측	
4					평	압운
5					측	
6					평	압운
7					측	
8					평	압운

　1구의 2번째 운자가 측성이므로 2구의 2번째 운자는 평/측이 상반되도록 평/성을 안배해야 하며, 2구의 4번째 운자도 2, 4분명의 원칙에 따라 평/측이 상반되도록 측성을 안배한다.

	1	2	3	4	5
1		측		평	측
2		평		측	평
3					측
4					평
5					측
6					평
7					측
8					평

점대 원칙에 따라 3구의 2, 4번째 운자는 2구의 2, 4번째 운자와 동일한 평/측을 안배한다.

	1	2	3	4	5
1		측		평	측
2		평		측	평
3		평		측	측
4					평
5					측
6					평
7					측
8					평

4구의 2번째 운자는 3구와 평/측이 상반되도록 안배하고, 2, 4번째 운자도 평/측이 상반되도록 안배한다.

	1	2	3	4	5
1		측		평	측
2		평		측	평
3		평		측	측
4		측		평	평
5					측
6					평
7					측
8					평

점대 원칙에 따라 5구의 2번째 운자는 4구와 동일한 평/측을 안배하고, 2, 4번째 운자는 평/측이 상반되도록 안배한다.

	1	2	3	4	5
1		측		평	측
2		평		측	평
3		평		측	측
4		측		평	평
5		측		평	측
6					평
7					측
8					평

6구의 2번째 운자는 5구와 평/측이 상반되도록 안배하고 2, 4번째 운자도 평/측이 상반되도록 안배한다.

	1	2	3	4	5
1		측		평	측
2		평		측	평
3		평		측	측
4		측		평	평
5		측		평	측
6		평		측	평
7					측
8					평

점대 원칙에 따라 7구의 2번째 운자는 6구와 동일한 평/측을 안배하고, 2, 4구의 운자는 평/측이 상반되도록 안배한다.

	1	2	3	4	5
1		측		평	측
2		평		측	평
3		평		측	측
4		측		평	평
5		측		평	측
6		평		측	평
7		평		측	측
8					평

8구의 2번째 운자는 7구와 평/측이 상반되도록 안배하고, 2, 4번째 운자도 평/측이 상반되도록 안배한다.

	1	2	3	4	5
1		측		평	측
2		평		측	평
3		평		측	측
4		측		평	평
5		측		평	측
6		평		측	평
7		평		측	측
8		측		평	평

하삼련(평평평 또는 측측측)이나 고평(측평측)이 나타나지 않도록 각 구 3번째 운자의 평/측을 안배한다. 가능한 고측(평측평)도 나타나지 않아야 한다.

	1	2	3	4	5
1		측	평	평	측
2		평	측	측	평
3		평	평	측	측
4		측	측	평	평
5		측	평	평	측
6		평	측	측	평
7		평	평	측	측
8		측	측	평	평

고평(측평측)이 나타나지 않도록 각 구의 첫 번째 운자를 안배한다. 가능한 고측도 나타나지 않아야 한다.

	1	2	3	4	5
1	측	측	평	평	측
2	평	평	측	측	평
3	측	평	평	측	측
4	평	측	측	평	평
5	측	측	평	평	측
6	평	평	측	측	평
7	평	평	평	측	측
8	측	측	측	평	평

하삼평과 하삼측, 고평이 나타나지 않았으며, 고측조차 나타나지 않으니, 오언율시의 모범이 될 수 있는 구성형식이라고 할 수 있다. 이 형식에서 변형을 만들어 보기로 한다.

	1	2	3	4	5
1	측	측	평	평	측
2	평	평	측	측	평
3	평	평	평	측	측
4	측	측	측	평	평
5	측	측	평	평	측
6	평	평	측	측	평
7	측	평	평	측	측
8	평	측	측	평	평

제1구의 첫 번째 운자를 평성으로 바꾼다면, '평측평'이 되어 고측이 발생한다. 고측은 잘못이 아니지만 가능한 나타나지 않아야 한다. 2구의 첫 번째 운자를 측성으로 바꾼다면, '측평측'이 되어 고평이 발생하므로 바꿀 수 없다. 6구의 첫 번째 운자를 측성으로 바꾼다면 역시 고평이 발생할 것이며, 6구의 3번째 운자를 평성으로 바꿀 경우에는 고측이 발생한다. 이와 같이 따져 나가면, 바꿀 수 있는 운자는 겨우 4~5자에 지나지 않는다. 오언율시 구성형식은 측기식 수구불압운이 정격이며, 대부분의 오언율시는 이 형식으로 창작된다.

측기식 수구불압운 형식보다는 덜 사용되지만 평기식 수구불압운 형식도 종종 사용되므로 창작과정을 단계별로 살펴보기로 한다. 두 형식 사이에 우열이 있는 것은 아니다. 측기식과 평기식의 차이는 첫 구 2번째 운자를 평성으로 안배하느냐, 측성으로 안배하느냐의 차이일 뿐 나머지는 모두 같다. 기식의 결정은 리듬의 변화에 관계된다. 평기식 수구불압운이므로 첫 구의 2번째 운자는 평성을 안배하고, 5번째 운자는 압운하지 않는다. 짝수 구인 2, 4, 6, 8구에 평성으로 압운하며, 홀수 구인 3, 5, 7구에는 측성을 안배한다.

	1	2	3	4	5	
1		평		측	측	불압운
2					평	압운
3					측	
4					평	압운
5					측	
6					평	압운
7					측	
8					평	압운

2구의 2번째 운자는 1구와 상반되도록 평/측을 안배하고, 2, 4번째 운자의 평/측도 상반되도록 안배한다(2, 4분명 원칙에 따라 각 구의 2, 4번째 운자는 모두 평/측이 상반되도록 안배한다).

	1	2	3	4	5
1		평		측	측
2		측		평	평
3					측
4					평
5					측
6					평
7					측
8					평

3구의 2번째 운자는 점대 원칙에 따라 2구와 동일한 평/측을 안배하고, 4구의 2번째 운자는 3구와 상반되도록 평/측을 안배한다.

	1	2	3	4	5
1		평		측	측
2		측		평	평
3		측		평	측
4		평		측	평
5					측
6					평
7					측
8					평

5구의 2번째 운자는 점대 원칙에 따라 4구와 동일한 평/측을 안배하고, 6구의 2번째 운자는 5구와 평/측이 상반되도록 안배한다.

	1	2	3	4	5
1		평		측	측
2		측		평	평
3		측		평	측
4		평		측	평
5		평		측	측
6		측		평	평
7					측
8					평

7구의 2번째 운자는 점대 원칙에 따라 6구와 동일한 평/측을 안배하고, 8구의 2번째 운자는 7구와 평/측이 상반되도록 안배한다.

	1	2	3	4	5
1		평		측	측
2		측		평	평
3		측		평	측
4		평		측	평
5		평		측	측
6		측		평	평
7		측		평	측
8		평		측	평

하삼련과 고평이 나타나지 않도록 각 구 3번째 운자의 평/측을 안배한다. 가능한 고측도 나타나지 않아야 한다.

	1	2	3	4	5
1		평	평	측	측
2		측	측	평	평
3		측	평	평	측
4		평	측	측	평
5		평	평	측	측
6		측	측	평	평
7		측	평	평	측
8		평	측	측	평

각 구의 2, 3, 4, 5번째 운자의 평/측 안배를 살펴보면, 제1구 평평측측, 제2구 측측평평, 제3구 측평평측, 제4구 평측측평, 제5구 평평측측, 제6구 측측평평, 제7구 측평평측, 제8구 평측측평으로 하삼련이나 고평이 나타나지 않았으며, 고측도 나타나지 않았다. 평/측을 안배해 나가는 과정에서는 구성원칙에 알맞게 안배되고 있는지를 수시로 확인할 필요가 있다. 고평이 나타나지 않도록 각 구 첫 번째 운자의 평/측을 안배한다.

	1	2	3	4	5
1	측	평	평	측	측
2	평	측	측	평	평
3	측	측	평	평	측
4	평	평	측	측	평
5	평	평	평	측	측
6	측	측	측	평	평
7	측	측	평	평	측
8	평	평	측	측	평

앞부분에서 나타낸 측기식 수구불압운 구성형식과 더불어 평기식 수구불압운의 모범 구성형식이라고 말할 수 있다. 위의 형식에서 하삼련이나 고평이 나타나지 않도록 운자의 평/측을 조절하여 사용할 수는 있지만, 바꿀 수 있는 운자는 몇 자에 지나지 않는다. 차라리 구성형식은 고정시켜 놓고, 각자의 창작 재능으로 해당 평/측에 맞는 운자를 안배하는 일에 힘쓰는 편이 나을 수도 있다.

오언율시 창작은 측기식 수구불압운 형식이 정격이며 평기식 수구불압운 형식 역시 종종 사용되는데, 두 기식 사이에 우열의 차이가 있는 것은 아니다. 사용빈도의 차이일 뿐이다. 평기식 수구압운과 측기식 수구압운 형식도 사용할 수는 있으나 거의 쓰이지 않으며, 이 형식은 칠언율시에 사용된다. 명확한 구분을 위해 다시 한 번 나타내면 다음과 같다.

- 오언율시 구성형식: 측기식 수구불압운(정격)
  평기식 수구불압운(정격과 동일)
- 칠언율시 구성형식: 평기식 수구압운(정격)
  측기식 수구압운(정격과 동일)

賈島(가도, 779~843)의 <題李凝幽居(제이응유거)>를 감상하고 오언율시의 구성형식을 살펴보기로 한다.

閑居隣竝少, 한거린병소, 은거하는 이곳에는 이웃조차 드물고,
草徑入荒園. 초경입황원. 잡초 자란 오솔길은 황량한 정원으로 통한다.
鳥宿池邊樹, 조숙지변수, 새는 연못 위의 나무에서 잠들고,
僧敲月下門. 승고월하문. 스님은 달 아래서 문을 두드린다.
過橋分野色, 과교분야색, 다리 건너니 들판 경치 달라지고,
移石動云根. 이석동운근. 돌부리에서 구름기운 일어난다.
暫去還來此, 잠거환래차, 잠시 갔다가 다시 돌아오리니,
幽期不負言. 유기불부언. 은거의 약속 어기지 않으리라.

李凝(이응)은 賈島(가도)의 친구로 생애는 잘 알려져 있지 않다. '移石動云根' 구는 직역으로는 뜻을 이해하기 어렵다. 옛사람은 구름기운이 돌부리에 접촉하면 구름이 발생한다고 믿었다. '云根'은 그러한 뜻으로 사용되었다. '分野色'은 다리를 사이에 두고 서로 다른 세상 같다는 느낌을 드러낸 말이다. '敲(두드리다)'로 쓸 것인가, '推(밀다)'로 쓸 것인가에 대해 고심하다가, 韓愈(한유)의 권유에 따라 '敲'로 썼다는 일화는 유명하다. '심사숙고하여 자구를 다듬다'는 뜻인 '推敲'라는 말은 이 시에서 생겨났다.

평/측과 병음을 표기하고 구성형식을 분석하면 다음과 같다.

閑居隣並少, 평평평측측 xián jū lín bìng shǎo
草徑入荒園. 측측측평평 cǎo jìng rù huāng yuán
鳥宿池邊樹, 측측평평측 niǎo sù chí biān shù
僧敲月下門. 평평측측평 sēng qiāo yuè xià mén
過橋分野色, 측평평측측 guò qiáo fēn yě sè
移石動云根. 평측측평평 yí shí dòng yún gēn
暫去還來此, 측측평평측 zàn qù huán lái cǐ
幽期不負言. 평평측측평 yōu qī bú fù yán

평기식 수구불압운, 평성 元운으로 압운했다. 元운은 韻書(운서)에서 확인해야 한다. 해당 압운을 확인하는 습관을 들여야 운의 분류에 빨리 익숙해질 수 있다. 반복하여 설명하는 까닭은 이해에 그쳐서 될 일이 아니라, 익숙해져야 하기 때문이다. 구성형식은 건축가가 설계도를 그리는 일과 같다. 2, 4분명, 하삼련 금지, 고평 금지의 원칙은 당연히 지켜졌으며, 점대의 원칙에도 알맞다. 고측조차 나타나지 않았으니, 오언율시의 모범 구성형식이며, 앞부분에서 나타낸 평기식 수구압운 형식과 비교해 보면 거의 차이가 나지 않는다. 평기식이므로 제1구 2번째 운자를 평성으로 안배하고 짝수 구에는 압운한다. 수구불압운이므로, 홀수 구의 운자는 측성을 안배한다. 2, 4분명 원칙에 따라 4번째 운자는 측성을 안배한다.

	1	2	3	4	5	
1		居평		並측	少측	불압운
2				園평	압운	
3				樹측		
4				門평	압운	
5				色측		
6				根평	압운	
7				此측		
8				言평	압운	

2구의 2번째 운자는 1구와 상반되도록 평/측을 안배하고, 2, 4분명의 원칙에 따라 4번째 운자는 평성을 안배한다.

	1	2	3	4	5
1		居평		竝측	少측
2		徑측		荒평	園평
3					樹측
4					門평
5					色측
6					根평
7					此측
8					言평

점대 원칙에 따라 3구의 2번째 운자는 2구와 동일한 평/측을 안배하고, 2, 4번째 운자의 평/측은 상반되도록 안배한다.

	1	2	3	4	5
1		居평		竝측	少측
2		徑측		荒평	園평
3		宿측		邊평	樹측
4					門평
5					色측
6					根평
7					此측
8					言평

4구의 2번째 운자는 3구와 평/측이 상반되도록 안배하고, 4번째 운자는 평/측이 상반되도록 안배한다.

	1	2	3	4	5
1		居평		竝측	少측
2		徑측		荒평	園평
3		宿측		邊평	樹측
4		敲평		下측	門평
5					色측
6					根평
7					此측
8					言평

5구의 2번째 운자는 점대 원칙에 따라, 4구와 동일한 평/측을 안배하고, 2, 4분명의 원

칙에 따라 4번째 운자는 평/측이 상반되도록 안배한다.

	1	2	3	4	5
1		居평		竝측	少측
2		徑측		荒평	園평
3		宿측		邊평	樹측
4		敲평		下측	門평
5		橋평		野측	色측
6					根평
7					此측
8					言평

6구의 2번째 운자는 5구와 평/측이 상반되도록 안배하고, 4번째 운자도 평/측이 상반되도록 안배한다.

	1	2	3	4	5
1		居평		竝측	少측
2		徑측		荒평	園평
3		宿측		邊평	樹측
4		敲평		下측	門평
5		橋평		野측	色측
6		石측		云평	根평
7					此측
8					言평

7구의 2번째 운자는 점대 원칙에 따라 6구와 동일한 평/측을 안배하고, 4번째 운자는 평/측이 상반되도록 안배한다.

	1	2	3	4	5
1		居평		竝측	少측
2		徑측		荒평	園평
3		宿측		邊평	樹측
4		敲평		下측	門평
5		橋평		野측	色측
6		石측		云평	根평
7		去측		來평	此측
8					言평

8구의 2번째 운자는 7구와 평/측이 상반되도록 안배하고, 4번째 운자도 평/측이 상반 되도록 안배한다.

	1	2	3	4	5
1		居평		竝측	少측
2		徑측		荒평	園평
3		宿측		邊평	樹측
4		敲평		下측	門평
5		橋평		野측	色측
6		石측		云평	根평
7		去측		來평	此측
8		期평		負측	言평

1, 2구의 ‘居徑(평/측)’, 3, 4구의 ‘宿敲(측/평)’, 5, 6구의 ‘橋石(평/측)’, 7, 8구의 ‘去期(측/평)’로 위아래 2번째 운자는 평/측이 상반되었으며, 2, 4분명의 원칙에 따라, 각 구의 2번째 운자와 4번째 운자의 평/측도 상반되었다. 점대 원칙에 따라 2·3구, 4·5구, 6·7구의 2번째 운자는 ‘측측’, ‘평평’, ‘측측’으로 동일한 운이 안배되었음을 알 수 있다. 언제나 1·2, 3·4, 5·6, 7·8구로 묶어서 살피는 습관을 들이는 일이 중요하다.

하삼련(평평평 또는 측측측)과 고평(측평측)이 나타나지 않도록 각 구 3번째 운자의 평/측을 안배한다.

	1	2	3	4	5
1		居평	隣평	立측	少측
2		徑측	入측	荒평	園평
3		宿측	池평	邊평	樹측
4		敲평	月측	下측	門평
5		橋평	分평	野측	色측
6		石측	動측	云평	根평
7		去측	還평	來평	此측
8		期평	不측	負측	言평

각 구의 평/측 안배를 살펴보면, 1구(평평측측), 2구(측측평평), 3구(측평평측), 4구(평측측평), 5구(평평측측), 6구(측측평평), 7구(측평평측), 8구(평측측평)로 '하삼평(평평평)'이거나 '하삼측(측측측)'으로 나타난 경우가 없음을 알 수 있다. 현재까지 '고평(측평측)'도 당연히 나타나지 않았다. 마지막 단계로 고평이 나타나지 않도록 각 구 첫 번째 운자의 평/측을 안배한다.

	1	2	3	4	5
1	閑평	居평	隣평	立측	少측
2	草측	徑측	入측	荒평	園평
3	鳥측	宿측	池평	邊평	樹측
4	僧평	敲평	月측	下측	門평
5	過측	橋평	分평	野측	色측
6	移평	石측	動측	云평	根평
7	暫측	去측	還평	來평	此측
8	幽평	期평	不측	負측	言평

앞부분의 '평평평'이나 '측측측'의 안배는 '하삼련' 금지 원칙과 아무런 관계가 없다. 하삼련 금지 원칙이란 아랫부분 3운자의 평/측에만 해당한다. 1·2, 3·4, 5·6, 7·8구의 첫 번째 운자와 3번째 운자는 1, 3불론 원칙에 따라 평/측의 상반을 고려하지 않아도 무방하지만 거의 평/측이 상반되어 있으며, 위아래조차도 대부분 그러하다. 가도가 평/측의 안배에 힘쓴 점도 있지만, 오언율시의 구성형식 방법을 잘 지켜 평/측을 안배하면 대체로 이와 같은 구성으로 나타난다. 구성형식에 있어서 매우 참고할 만한 작품이다.

조선 중기의 문인 李珥(1536～1584) 선생이 9세에 지었다는 <花石亭(화석정)>을 감상해 보기로 한다.

林亭秋已晩, 임정추이만, 수풀 속 정자에 가을 이미 깊었으니,
騷客意無窮. 소객의무궁. 시인의 정취 무궁하구나!
遠水連天碧, 원수련천벽, 저 멀리 강물은 하늘에 잇닿아 푸르고,
霜楓向日紅. 상풍향일홍. 서리 맞은 단풍잎은 해를 향해 붉었구나!
山吐孤輪月, 산토고윤월, 산은 외로이 둥근 달 토해 내었고,
江含萬里風. 강함만리풍. 강은 만 리에 걸친 바람 머금었구나!
寒鴻何處去, 한홍하처거, 겨울 기러기 어느 곳으로 날아가는가?
聲斷暮雲中. 성단모운중. 울음소리 사라지며 구름 속으로 들어가네.

화석정은 경기도 파주군 임진강 강가의 정자를 말한다. 이이 선생이 관직을 물러난 후 제자들과 여생을 보낸 곳으로 알려져 있다.

평/측과 병음을 표시하고 구성형식을 분석하면 다음과 같다.

林亭秋已晩, 평평평측측 lín tíng qiū yǐ wǎn
騷客意無窮. 평측측평평 sāokè yì wúqióng
遠水連天碧, 측측평평측 yuǎn shuǐ liántiān bì
霜楓向日紅. 평평측측평 shuāng fēng xiàng rì hóng
山吐孤輪月, 평측평평측 shān tǔ gū lún yuè
江含萬里風, 평평측측평 jiāng hán wànlǐ fēng
寒鴻何處去, 평평평측측 hán hóng héchù qù
聲斷暮雲中. 평측측평평 shēng duàn mù yún zhōng

평기식, 수구불압운, 평성 '東'운으로 압운했다. 하삼평(평평평)이나, 고평(측평측)이 나타나지 않았으며, 2, 4분명의 원칙도 당연히 지켜졌다. 頷聯(3, 4구)과 頸聯(5, 6구)의 대장 표현도 훌륭하다. 점대 원칙에 있어서 2구의 2번째 운자인 '客'은 측성, 3구의 2번째 운자인 '水' 역시 측성이며, 6구와 7구의 2번째 운자 역시 '평평'으로 점대 원칙에 알맞다. 운의 이해를 돕기 위해 東운으로 반복하여 설명하도록 한다. 중국어에 기초가 있는 사람이라면 더욱 쉽게 이해할 수 있을 것이다. 운자를 확인하기 위해서는 반드시 韻書(운서)를 참조하는 습관을 들여야 한다. 韻書를 참조하지 않고서는 율시뿐만 아니라 한시 창작은 거의 불가능하다고 말할 수 있다.

1東: 東(동dōng), 風(풍fēng), 楓(풍fēng), 中(중zhōng), 終(종zhōng), 紅(홍hóng), 虹(홍hóng), 同(동tòng), 忠(충zhōng), 窮(궁qióng), 沖(충chōng), 崇(숭chóng)……

<花石亭>에서는 '窮', '紅', '風', '中'으로 압운했다. 2구 마지막 운자에 '窮'으로 압운한 이상, 나머지 운자는 반드시 '東'에 포함된 운자 속에서 골라야 한다. 처음부터 끝까지 동일한 운에 속한 운자를 골라 쓰는 원칙을 '一韻到底格(일운도저격)'이라 부른다. 七言律詩(칠언율시) 역시 마찬가지 규칙이 적용된다. <花石亭>은 비교적 쉬운 운자로 구성되어 있으며, 운자의 순서대로 자연스럽게 번역할 수 있는 작품이므로, 오언율시의 창작에서 모범 참고작품으로 삼을 만하다. 다만 잘못이 아닌 데도, 잘못이라고 여길 수 있는 부분이 있어서 구성형식을 표로 나타내어 분석해 보기로 한다.

평기식, 수구불압운, 평성 東운으로 압운했다. 홀수 구에는 측성을 안배한다. 2, 4분명 원칙에 따라 4번째 운자는 평/측이 상반되도록 안배한다.

	1	2	3	4	5	
1		亭평		己측	晚측	불압운
2		客측		無평	窮평	압운
3					碧측	
4					紅평	압운
5					月측	
6					風평	압운
7					去측	
8					中평	압운

2구의 2번째 운자는 1구와 평/측이 상반되도록 안배하고, 2, 4분명 원칙에 따라, 4번째 운자도 평/측이 상반되도록 안배한다.

	1	2	3	4	5
1		亭평		己측	晚측
2		客측		無평	窮평
3					碧측
4					紅평
5					月측
6					風평
7					去측
8					中평

점대 원칙에 따라 3구의 2번째 운자는 2구와 동일한 평/측을 안배하고, 2, 4분명 원칙에 따라, 4번째 운자는 평/측이 상반되도록 안배한다.

	1	2	3	4	5
1		亭평		已측	晚측
2		客측		無평	窮평
3		水측		天평	碧측
4					紅평
5					月측
6					風평
7					去측
8					中평

4구의 2번째 운자는 3구와 평/측이 상반되도록 안배하고, 2, 4분명 원칙에 따라, 4번째 운자도 평/측이 상반되도록 안배한다.

	1	2	3	4	5
1		亭평		已측	晚측
2		客측		無평	窮평
3		水측		天평	碧측
4		楓평		日측	紅평
5					月측
6					風평
7					去측
8					中평

점대 원칙에 따라 5구의 2번째 운자는 4구의 2번째 운자와 동일한 평/측을 안배하고, 2, 4분명 원칙에 따라 4번째 운자는 평/측이 상반되도록 안배한다.

	1	2	3	4	5
1		亭평		已측	晚측
2		客측		無평	窮평
3		水측		天평	碧측
4		楓평		日측	紅평
5		吐측		輪평	月측
6					風평
7					去측
8					中평

6구의 2번째 운자는 5구와 평/측이 상반되도록 안배하고, 2, 4분명 원칙에 따라 4번째 운자도 평/측이 상반되도록 안배한다.

	1	2	3	4	5
1		亭평		已측	晩측
2		客측		無평	窮평
3		水측		天평	碧측
4		楓평		日측	紅평
5		吐측		輪평	月측
6		含평		里측	風평
7					去측
8					中평

4구의 2번째 운자가 평성(楓)이므로, 점대 원칙에 따라 5구의 2번째 운자도 평성이어야 하지만 측성(吐)이 안배되었으므로, 점대 원칙에 어긋난다. 잘못된 구성이 아니라는 점에 대해서는 아랫부분에서 설명하기로 한다.

점대 원칙에 따라 7구의 2번째 운자는 6구와 동일한 평/측을 안배하고, 2, 4분명 원칙에 따라 4번째 운자는 평/측이 상반되도록 안배한다.

	1	2	3	4	5
1		亭평		已측	晩측
2		客측		無평	窮평
3		水측		天평	碧측
4		楓평		日측	紅평
5		吐측		輪평	月측
6		含평		里측	風평
7		鴻평		處측	去측
8					中평

8구의 2번째 운자는 7구와 평/측이 상반되도록 안배하고, 2, 4분명 원칙에 따라 4번째 운자도 평/측이 상반되도록 안배한다.

	1	2	3	4	5
1		亭평		已측	晚측
2		客측		無평	窮평
3		水측		天평	碧측
4		楓평		日측	紅평
5		吐측		輪평	月측
6		含평		里측	風평
7		鴻평		處측	去측
8		斷측		雲평	中평

하삼련과 고평이 나타나지 않도록 각 구의 3번째 운자를 안배한다. 가능한 고측도 나타나지 않아야 한다.

	1	2	3	4	5
1		亭평	秋평	已측	晚측
2		客측	意측	無평	窮평
3		水측	連평	天평	碧측
4		楓평	向측	日측	紅평
5		吐측	孤평	輪평	月측
6		含평	萬측	里측	風평
7		鴻평	何평	處측	去측
8		斷측	暮측	雲평	中평

하삼련과 고평이 나타나지 않았음을 확인할 수 있다. 고평이 나타나지 않도록 각 구의 첫 번째 운자를 안배한다. 가능한 고측(평측평)도 나타나지 않도록 안배한다.

	1	2	3	4	5
1	林평	亭평	秋평	已측	晚측
2	騷평	客측	意측	無평	窮평
3	遠측	水측	連평	天평	碧측
4	霜평	楓평	向측	日측	紅평
5	山평	吐측	孤평	輪평	月측
6	江평	含평	萬측	里측	風평
7	寒평	鴻평	何평	處측	去측
8	聲평	斷측	暮측	雲평	中평

5구의 '山吐孤'는 '평측평'으로 고측이다. 고측은 잘못이라 할 수는 없으나 가능한 나

타나지 않도록 구성해야 한다. 이 시에서는 4구 2번째 운자 '楓'은 평성인 데 비해, 5구의 2번째 운자인 '吐'는 측성인 까닭에 점대 원칙에 맞지 않으며, 잘못은 아니지만 5구에 고측도 나타났다. 頷聯(함련, 3, 4구)과 頸聯(경련, 5, 6구)의 대장 표현을 통해 이러한 현상이 나타난 까닭을 살펴보기로 한다.

> 3구: 遠水連天碧, 저 멀리 강물은 하늘에 잇닿아 푸르고,
> 4구: 霜楓向日紅. 서리 맞은 단풍잎은 해를 향해 붉었구나!
> 5구: 山吐孤輪月, 산은 외로이 둥근 달 토해 내었고,
> 6구: 江含萬里風. 강은 만 리에 걸친 바람 머금었구나!

3구와 4구의 '遠水(저 멀리 보이는 강물)'와 '霜楓(서리 맞은 단풍)'은 '형용사+명사'로 대장되었다. '連天'과 '向日'은 '동사+명사'로 대장되었다. '碧'과 '紅'은 '형용사 대 형용사'로 대장되었다. '連天碧', '向日紅'을 묶어 대장으로 보아도 무방하다.

5구와 6구의 '山吐'와 '江含'은 '명사+동사'로 대장되었다. '孤輪'과 '萬里'는 수량으로 이루어진 대장이다. 대장 방법에서도 설명한 바와 같이 수량은 수량이나, 수량의 범위에 속하는 운자로 대장해야 한다. '孤', '半', '幾' 등도 수량의 범위에 속한다. '月'과 '風'은 '명사 대 명사' 대장이다. '孤輪月'과 '萬里風'을 묶어 대장으로 보아도 무방하다. 대장 부분을 평/측으로 표기하고 점대 원칙에 어긋난 까닭과 고측이 나타난 까닭을 살펴보기로 한다.

> 3구: 遠水連天碧, 측측평평측
> 4구: 霜楓向日紅. 평평측측평
> 5구: 山吐孤輪月, 평측평평측
> 6구: 江含萬里風. 평평측측평

3구의 '遠水'와 4구의 '霜楓', 5구의 '山吐'와 6구의 '江含'은 각각 적절한 대장이지만, 5구의 2번째 운자인 '吐'가 측성인 까닭에 4구의 '楓'과 점대 원칙에 어긋났다. 5구의 고측 역시 대장 표현 때문에 발생했다. 점대 원칙에도 알맞고 고측도 나타나지 않도록 대장 표현을 바꾸면 해결될 일이지만 2, 4분명의 원칙에 따라 평/측을 상반되도록 안배해야 하기 때문에 다른 운자로 바꾸는 일은 그렇게 간단하지 않다. 대장 표현 때문에 점대 원칙에 어긋나거나 고측이 나타난 경우는 율시에서 종종 나타나는 현상이어서, 잘못이

라 할 수 없다. 2, 3구와 6, 7구의 2번째 운자도 극히 드물기는 하지만, 표현 때문에 점대 원칙이 지켜지지 않는 경우도 있다. 한시백일장에 참가할 경우에는 점대 원칙을 반드시 지켜야 하며, 고측도 나타나지 않도록 창작해야 좋은 결과를 얻을 수 있을 것이다.

杜甫(두보)의 <春夜喜雨(춘야희우)>를 감상하고 구성형식을 분석해 보기로 한다.

好雨知時節, 호우지시절, 좋은 비 시절을 알아,
当春乃發生. 당춘내발생. 봄 맞으니 바로 초목 발생시킨다.
隨風潛入夜, 수풍잠입야, 바람 따라 어둠 속으로 스며들어,
潤物細无聲. 윤물세무성. 만물을 적시며 소리 없이 내린다.
野徑云俱黑, 야경운구흑, 밤길은 구름 덮여 깜깜한데,
江船火獨明. 강선화독명. 강물 위의 배 등불 유독 밝다.
曉看紅濕處, 효간홍습처, 새벽 되어 붉게 젖어 있는 곳 바라보니,
花重錦官城. 화중금관성. 꽃 가득 피어 있는 금관성이로다.

'重'은 '무겁다', '정도가 심하다'의 뜻으로 쓰일 때는 측성이며, '겹치다'의 뜻일 때는 평성으로 쓰인다. 이 구에서는 '꽃이 겹겹이 피어 있다' 뜻으로 쓰였다. 경물의 묘사로만 나타낸 그림 같은 표현이다. 평/측과 병음을 표기하고 구성형식을 분석하면 다음과 같다.

好雨知時節, 측측평평측 hǎo yǔ zhī shíjié
当春乃發生. 평평측측평 dāng chūn nǎi fāshēng
隨風潛入夜, 평평평측측 suí fēng qiánrù yè
潤物細无聲. 측측측평평 rùn wù xì wú shēng
野徑云俱黑, 측측평평측 yě jìng yún jù hēi
江船火獨明. 평평측측평 jiāng chuán huǒ dú míng
曉看紅濕處, 측평평측측 xiǎo kān hóng shī chù
花重錦官城. 평측측평평 huā zhòng jǐnguānchéng

측기식 수구불압운, 평성 '庚'운으로 압운했다. 점대 원칙에도 알맞다. '俱'는 현대한어에서는 4성으로 측성에 속하지만, 고대에는 평성과 측성 양쪽에 쓰였다. 평성으로 쓰일 때는 虞운에 속한다. '看' 역시 평성과 측성 모두 가능하다.

1.8. 五言律詩(오언율시)의 拗體(요체)

張九齡(장구령, 678~740)의 <望月懷遠(망월회원)>을 감상하고 구성형식을 살펴보기로 한다.

海上生明月, 해상생명월, 바다 위에서 밝은 달 떠오르니,
天涯共此時. 천애공차시. 하늘 끝까지 이때를 함께하네.
情人怨遙夜, 정인원요야, 사랑하는 사람은 긴 밤을 원망하며,
竟夕起相思. 경석기상사. 밤새도록 임 생각에 잠 못 이룬다.
滅燭憐光滿, 멸촉령광만, 촛불 끄니 밝은 달빛 사랑스럽고,
披衣覺露滋. 피의각로자. 걸친 저고리에 이슬 촉촉함을 느낀다.
不堪盈手贈, 불감영수증, 손에 가득 담아 드릴 수 없어,
還寢夢佳期. 환침몽가기. 다시 잠자리에 들어 만날 그날 꿈꾼다.

오언율시의 창작규칙에 따라 평/측을 표기하고, 구성형식을 분석하면 다음과 같다.

海上生明月, 측측평평측
天涯共此時. 평평측측평
情人怨遙夜, 평평측평측
竟夕起相思. 측측측평평
滅燭憐光滿, 측측평평측
披衣覺露滋. 평평측측평
不堪盈手贈, 측평평측측
還寢夢佳期. 평측측평평

측기식 수구불압운, 평성 '支'운으로 압운했다. 하삼평(평평평 또는 측측측)은 당연히 나타나지 않았으며, 점대 원칙에도 알맞다. 그런데 3구와 4구에 주목할 필요가 있다.

3구: 情人怨遙夜, 평평측평측
4구: 竟夕起相思. 측측측평평

3구의 경우 2, 4분명 원칙에도 맞지 않고, 고평(측평측)이 나타났다. 고평은 율시의 창작에서 엄격하게 금지하는 규칙이다. 그렇다면 이 시는 잘못 창작되었는가? 결코 그렇지 않다. 가상으로 3구의 '怨'과 '遙'의 평/측을 서로 바꾸어 본다. 실제로 바꾸어서는 안 되며, 어디까지나 가상이다. 바꾼 후 평/측을 표시하면 다음과 같다.

3구: 情人怨遙夜, 평평평측측
4구: 竟夕起相思. 측측측평평

3구의 '怨'과 '遙'의 평/측을 가상으로 바꾸어 보면, '평평평측측', '측측측평평'이 되어 2, 4분명의 원칙에 들어맞는다.

율시의 창작에서 운자의 평/측을 안배하다 보면, 모든 원칙에 맞추기 어려운 경우가 생긴다. 창작원칙에는 어긋나더라도 표현의 당위성을 위해 반드시 써야 할 운자는 생기기 마련이다. 평/측이 잘못 안배되어 하삼련이나 고평이 나타난 형식을 '拗體(요체)'라고 하며, 자체 구에서 해결하거나 아래 구에서 여러 가지 방법으로 대응시켜 해결한다. 때로는 일부러 요체로써 창작방법의 다양성을 추구하는 경우도 있다. 알맞은 표현이나 대장을 구사하기 위해 요체로 나타내어야 할 필요가 있는데, 대장의 표현 때문에 나타나는 요체는 대장 부분에서 설명하기로 한다. 율시에서 요체는 빈번히 나타나며, 정격과 같다.

낭송을 위해 평/측과 병음을 함께 표기하면 다음과 같다.

海上生明月, 측측평평측 hǎi shàng shēng míngyuè
天涯共此時. 평평측측평 tiānyá gòng cǐshí
情人怨遙夜, 평평측평측 qíngrén yuàn yáo yè
竟夕起相思. 측측측평평 jìng xī qǐ xiāngsī
滅燭怜光滿, 측측평평측 miè zhú lián guāng mǎn
披衣覺露滋. 평평측측평 pī yī jué lù zī
不堪盈手贈, 측평평측측 bùkān yíng shǒu zèng
還寢夢佳期. 평측측평평 hái qǐn mèng jiā qī

두보의 <月夜(월야)>를 감상하고 拗體(요체)가 나타난 부분을 살펴보기로 한다.

今夜鄜州月, 금야부주월, 오늘 밤 부주에 뜬 달을,
閨中只獨看. 규중지독간. 규중에서 단지 홀로 바라보고 있겠지.
遙怜小儿女, 요령소인녀, 멀리서 어린 자식들 불쌍히 여기지만,
未解憶長安. 미해억장안. 장안에서 그리는 이 마음 이해하지 못하리라.
香霧云鬢濕, 향무운환습, 밤안개에 구름처럼 쪽진 머리 젖고,
清輝玉臂寒. 청휘옥비한. 맑은 달빛 아래 옥 같은 팔은 차가우리.
何時倚虛幌, 하시의허황, 어느 때 투명한 휘장에 기대어,

双照泪痕乾. 쌍조루흔건. 함께 달빛 받으며 눈물자국 말릴 수 있을까?

측기식 수구불압운, 평성 寒운으로 압운했다. 평/측을 표기하고, 요체가 나타난 부분을 살펴보기로 한다.

제1구: 今夜鄜州月, 평측평평측
제2구: 闺中只獨看. 평평측측평
제3구: 遙怜小儿女, 평평측평측
제4구: 未解憶長安. 측측측평평
제5구: 香霧云鬟濕, 평측평평측
제6구: 清輝玉臂寒. 평평측측평
제7구: 何時倚虛幌, 평평측평측
제8구: 双照泪痕乾. 평측측평평

각 구의 평/측을 살펴보면, 하삼련은 타나나지 않았으며, 점대 원칙에도 알맞다. 첫 구의 '今夜鄜'는 '평측평'으로 고측이지만 잘못은 아니다. 그런데 3구와 7구에서 고평이 나타났다. 해결방법을 살펴보기로 한다.

3구: 遙怜小儿女, 평평측평측(고평)
4구: 未解憶長安. 측측측평평(위아래 2, 4 평/측 상반되지 않음)

3구의 '小儿女'는 '측평측'으로 고평이다. 가상으로 3, 4번째 운자의 평/측을 바꾸어 본다. 가상이며 실제로 운자의 위치를 바꾼 것은 아니다. 압운에 영향을 미치므로, 4, 5번째 운자의 평/측을 바꾸어서는 안 된다. 가상으로 바꾼 후 평/측을 나타내면 다음과 같다.

3구: 遙怜小儿女, 평평평측측(求拗)
4구: 未解憶長安. 측측측평평(위아래 2, 4 평/측 상반)

고평이 해결된 경우를 '求拗(구요)'라고 한다. 고평이 해결되면, 반드시 2, 4 또는 2, 4, 6분명의 원칙에 맞아야 하며, 위아래 평/측도 상반되어야 한다. 7구에서도 고평이 나타났으며, 해결방법은 3구의 경우와 같다.

7구: 何時倚虛幌, 평평측평측(고평)

8구: 双照淚痕乾. 평측측평평(위아래 2, 4 평/측 상반되지 않음)

7구: 何時倚虛幌, 평평평측측(求拗)
8구: 双照淚痕乾. 평측측평평(위아래 2, 4 평/측 상반)

낭송을 위해 평/측과 병음을 표기하면 다음과 같다.

今夜鄜州月, 평측평평측 jīnyè fūzhōu yuè
閨中只獨看. 평평측측평 guīzhōng zhǐ dú kān
遙憐小儿女, 평평측평측 yáo lián xiǎo érnǚ
未解憶長安. 측측측평평 wèi jiě yì Cháng'ān
香霧云鬢濕, 평측평평측 xiāng wù yún huán shī
淸輝玉臂寒. 평평측측평 qīnghuī yùbì hán
何時倚虛幌, 평평측평측 héshí yǐ xū huǎng
双照淚痕乾. 평측측평평 shuāng zhào lèihén gān

'看'은 평성과 측성 양쪽으로 쓸 수 있다. '獨'과 '濕'은 평성으로 표시되었으나, 고대에는 측성으로 쓰였다. '乾'은 괘를 나타낼 때에는 'qián'으로, 마르다, 고갈되다는 뜻으로 쓰일 때에는 'gān'으로 읽는다. 평/측과 현대한어의 성조가 맞지 않는 운자는 시대의 흐름에 따라 평/측이 변했거나 때로는 평/측 양쪽으로 써도 무방한 운자이므로, 낭송할 때는 이러한 규칙에 얽매이지 말고 현대한어의 성조대로 낭송해도 음률의 조화를 느낄 수 있다.

李白(이백, 701~762)의 <送友人(송우인)>을 감상하고 요체의 또 다른 형식을 살펴보기로 한다.

靑山橫北郭, 청산횡북곽, 푸른 산은 성곽에 비껴 있고,
白水繞東城. 백수요동성. 맑은 물은 동쪽 성을 휘감아 돈다.
此地一爲別, 차지일위별, 여기서 이별하게 되면,
孤蓬万里征. 고봉만리정. 그대 외로운 쑥처럼 만 리를 떠돌게 되리!
浮云游子意, 부운유자의, 뜬구름이 나그네 마음이라면,
落日故人情. 락일고인정. 지는 해는 친구의 마음이로다.
揮手自玆去, 휘수자자거, 손 흔들며 이로부터 떠나가니,
蕭蕭班馬鳴. 소소반마명. 말 울음소리조차 처량하구나!

구성형식을 분석하고, 요체가 나타난 부분과 해결방법을 살펴보기로 한다.

　　제1구: 靑山橫北郭, 평평평측측
　　제2구: 白水繞東城. 측측측평평
　　제3구: 此地一爲別, 측측평평측
　　제4구: 孤蓬万里征. 평평측측평
　　제5구: 浮云游子意, 평평평측측
　　제6구: 落日故人情. 측측측평평
　　제7구: 揮手自玆去, 평측측평측
　　제8구: 蕭蕭班馬鳴. 평평평측평

　　평기식, 수구불압운, 평성 '庚'운으로 압운했다. 하삼련도 나타나지 않았으며, 점대 원칙에도 알맞다. 그런데 7구에는 고평이 나타났으며, 8구에서는 고측이 나타나 있다.

　　7구: 揮手自玆去, 평측측평측(고평)
　　8구: 蕭蕭班馬鳴. 평평평측평(구요)

　　7구의 '自玆去'는 '측평측'으로 고평이지만, 이 경우 8구의 '班馬鳴'을 '평측평'으로 안배하여, 해결했다. 고평에 고측으로 대응한 경우도 요체를 해결하는 방법이다. 이 경우는 고평인 경우도 2, 4분명 원칙은 그대로 지켜야 하며, 위아래 2, 4번째 평/측도 상반되어야 한다. 자체 구에서 요체를 해결할 수 있는 요체와 더불어, 율시 창작에서 빈번히 사용되는 형식이며, 잘 활용하면 더욱 다양한 표현을 추구할 수 있다.

　　낭송을 위해 평/측과 병음을 표기하면 다음과 같다.

　　靑山橫北郭, 평평평측측 qīngshān héng běi guō
　　白水繞東城. 측측측평평 báishuǐ rào dōng chéng
　　此地一爲別, 측측평평측 cǐdì yí wéi bié
　　孤蓬万里征. 평평측측평 gū péng wànlǐ zhēng
　　浮云游子意, 평평평측측 fúyún yóuzǐ yì
　　落日故人情. 측측측평평 luòrì gùrén qíng
　　揮手自玆去, 평측측평측 huīshǒu zì zī qù
　　蕭蕭班馬鳴. 평평평측평 xiāoxiāo bān mǎ míng

　　병음으로 낭송할 때에는 요체상태로 낭송해도 율의 조화를 느낄 수 있으며, 성조학습에 매우 효율적이다.

　오언율시 중에서 후인이 창작의 모범으로 삼는 <登岳陽樓(등악양루)>를 감상하고
요체가 나타난 부분을 살펴보기로 한다.

　　昔聞洞庭水, 석문동정수, 예로부터 동정호수에 대해 들었으나,
　　今上岳陽樓. 금상악양루. 오늘에야 악양루에 올랐다.
　　吳楚東南坼, 오초동남탁, 오나라 촉나라는 동남으로 갈라졌고,
　　乾坤日夜浮. 건곤일야부. 하늘과 땅은 밤낮으로 떠오른다.
　　親朋无一字, 친붕무일자, 친척과 친구는 소식 전혀 없고,
　　老病有孤舟. 로병유고주. 늙음과 병들었음에 외로운 배만 있다.
　　戎馬關山北, 융마관산북, 오랑캐 말은 관산 북쪽에 있어,
　　凭軒涕泗流. 빙헌체사류. 난간에 기대어 눈물만 흘린다.

　평/측을 표기하고 구성형식과 요체가 나타난 부분을 살펴보면 다음과 같다.

　　제1구: 昔聞洞庭水, 측평측평측
　　제2구: 今上岳陽樓. 평측측평평
　　제3구: 吳楚東南坼, 측측평평측
　　제4구: 乾坤日夜浮. 평평측측평
　　제5구: 親朋无一字, 평평평측측
　　제6구: 老病有孤舟. 측측측평평
　　제7구: 戎馬關山北, 평측평평측
　　제8구: 凭軒涕泗流. 평평측측평

　평기식 수구불압운, 평성 '尤'운으로 압운했다. 하삼련은 당연히 나타나지 않았으며,
점대 원칙에도 알맞다. 7구의 '戎馬關'은 '평측평'으로 고측이지만 잘못이 아니다. 그런
데 1구를 살펴보면, '측평측평측'으로 2, 4분명의 원칙에도 맞지 않으며, 고평이 두 번이
나 반복되었다.

　　제1구: 昔聞洞庭水, 측평측평측
　　제2구: 今上岳陽樓. 평측측평평

　'洞'과 '庭'의 평/측을 가상으로 바꾸어 나타내면 다음과 같다.

제1구: 昔聞洞庭水, 측평평측측
제2구: 今上岳陽樓. 평측측평평

1구의 3, 4번째 운자의 평/측을 가상으로 바꾸면, 2, 4분명의 원칙에도 맞고, 위아래 2, 4번째 평/측도 상반된다. 요체의 대표적 예다. 이 시는 표현방법에 있어서 후인들의 높은 평가를 받는 작품이다. '洞庭水'와 '岳陽樓', '吳'나라와 '楚'나라, '乾'과 '坤', '日' 과 '夜' 등 지명 대 지명, 국명 대 국명 등은 평/측을 다른 운자로 대체하기가 어려우며, 한 구에서 '乾'과 '坤', '日'과 '夜'로 뚜렷한 대비를 이루면서, 위아래로 평/측을 안배한 일에서 뛰어난 표현을 느낄 수 있다.

<登岳陽樓>라는 제목으로 창작할 경우를 가정한다면, 먼저 우리말로 <登岳陽樓>라는 시 한 수를 창작하는 일이 우선되어야 할 것이다. 이 경우 1구의 2번째 운자는 평성이며 樓, 浮, 舟, 流 운자를 압운의 위치에 안배한다.

	1	2	3	4	5	
1		聞평			水측	불압운
2					樓평	압운
3					坼측	
4					浮평	압운
5					字측	
6					舟평	압운
7					北측	
8					流평	압운

이어 평/측 안배를 고려하여 아래와 같이 나열해 본다.

예로부터 들었다. 동정호수에 대해,
(昔聞)   (洞庭水)
오늘에야 올랐다. 악양루에.
(今上)   (岳陽樓)
오나라와 촉나라는 동남으로 갈라졌고,
(吳)   (楚)   (東南)   (坼)

하늘과 땅은 밤낮으로 떠오른다.

(乾)　　(坤)　　(日夜)　　(浮)

친척과 친구에게서는 전혀 없는 소식,

(親)　　(朋)　　　　　(无)　(一字)

늙음과 병들었음에 남아 있는 외로운 배.

(老)　　(病)　　　(有)　　(孤舟)

오랑캐 말은 관산 북쪽에 있어,

(戎馬)　　　(關山)(北)

난간에 기대어 눈물만 흘린다.

(凭軒)　　　　　(涕泗)　　(流)

　　먼저 우리말로 시를 지은 후 해당 표현에 알맞은 운자를 사전이나 참고서적을 통해 맞추어 나간다. 한자를 안배한 후 이번에는 평/측의 여부와 2, 4분명, 하삼평, 하삼측, 고평 등을 확인해 나가면서, 평/측이 맞지 않으면 대체할 수 있는 다른 운자를 찾아서 안배한다. 3·4, 5·6구에는 대장을 구상한다. 그래도 맞지 않으면 우리말 표현을 먼저 바꾼 다음, 알맞은 운자를 생각해 본다.

　　한시 창작에 있어서 표현의 기본은 경물과 감정의 융합이다. <登岳陽樓>에서도 1·2구에서는 먼저 악양루에 오르게 된 감정을 표현했다. 3·4구에서는 경물을 표현했으며, 5·6구는 이 시에서 표현하고자 하는 가장 주된 감정을 드러냈으며, 7·8구에서는 자신의 감정을 정리하며 끝맺었음을 알 수 있다. 때로는 1·2구에서는 감정을, 3·4·5·6구에서는 경물을, 7·8구에서는 감정을 드러내어 마무리하기도 한다. 두보나 이백의 율시 작품이나 唐詩 300수 등의 시를 많이 읽어 표현의 구조를 체득하는 일이 중요하다. 한시를 읽다 보면 번역이 자연스럽지 않은 경우가 종종 드러나는 까닭은, 번역이 잘못되어서가 아니라, 평/측의 안배와 2, 4분명 및 하삼련 원칙 등을 지켜 율의 조화를 이루려는 과정에서 운자의 안배가 도치되는 경우가 종종 발생하기 때문이다. 율시의 구성형식을 이해하지 못한 채, 번역만 살펴 함부로 작품을 평가해서는 곤란하다.

　　낭송을 위해 평/측과 병음을 표기하면 다음과 같다.

昔聞洞庭水,　측평측평측　xī wén dòngtíngshuǐ
今上岳陽樓.　평측측평평　jīn shàng yuèyánglóu
吳楚東南坼,　측측평평측　wú chǔ dōngnán chè
乾坤日夜浮.　평평측측평　qiánkūn rìyè fú
親朋无一字,　평평평측측,　qīnpéng wú yí zì
老病有孤舟.　측측측평평.　lǎo bìng yǒu gū zhōu
戎馬關山北,　평측평평측,　róngmǎ guānshān běi
凭軒涕泗流.　평평측측평.　píng xuān tì sì liú

제2장
七言律詩(칠언율시) 창작방법

七言律詩는 각 구 7자, 8구로 모두 56자로 구성된다. 창작방법은 五言律詩의 창작방법과 같으며, 두 운자가 더해졌을 뿐이다. 다만 오언율시가 측기식, 수구불압운이 정격이며, 평기식 수구불압운으로도 종종 쓰는 데 비해, 칠언율시는 평기식, 수구압운이 정격이며, 측기식 수구압운으로도 많이 쓴다. 수구불압운으로 창작해도 잘못은 아니지만, 거의 반드시라고 해도 좋을 만큼 수구압운 한다는 점이 오언율시와 차이가 있다. 오언율시에서 2, 4분명 원칙은 칠언율시에서는 두 운자가 더해졌으므로, 2, 4, 6분명 원칙이 적용된다. 하삼련(평평평 또는 측측측)이나 고평(측평측) 금지의 원칙은 모두 같다. 대장의 방법 또한 오언율시의 경우와 같다. 칠언율시는 오언율시에 비해 편폭이 길므로 다양하게 표현할 수 있는 장점이 있다. 칠언율시 창작방법을 익혀 창작할 수 있다면, 스스로의 창작능력에 자부심을 가져도 좋을 것이다.

2.1. 七言律詩(칠언율시) 平/仄(평/측) 안배방법

평/측 안배방법은 오언율시에서 앞부분에 두 운자를 더한 형태이므로, 앞에서 설명한 오언율시의 구성만 잘 이해하면 큰 어려움이 없다. 오언과 칠언의 첫 구 구성을 비교해 보기로 한다.

· 五言律詩 平起平收(평기평수)와 七言律詩와의 관계

오언:　　평평측측평
칠언:　측측평평측측평

· 五言律詩 平起仄收(평기측수)와 七言律詩와의 관계

오언:　　평평평측측
칠언:　측측평평평측측

· 五言律詩 仄起平收(측기평수)와 七言律詩와의 관계

오언:　　측측측평평
칠언:　평평측측측평평

· 五言律詩 仄起仄收(측기측수)와 七言律詩와의 관계

오언:　　측측평평측
칠언:　평평측측평평측

　　이론적으로는 4가지 경우로 구성할 수 있지만, 다른 구성은 전무라고 해도 좋을 만큼 거의 쓰이지 않으며, 오언율시의 平起平收(평기평수)와 仄起平收(측기평수) 규칙만 잘 응용하면 충분하다. 오언율시 구성형식과 마찬가지로 단순한 이해에 그쳐서는 안 되며, 익숙해져야 한다. 오언율시의 仄起平收(측기평수) 구성방법으로부터 칠언율시의 구성형식을 완성하는 과정은 다음과 같다.

　　* 오언:　　측측측평평
　　* 칠언:　평평측측측평평

　　오언율시에서 2번째 운자가 측성, 제1구에 압운하는 경우가 仄起平收(측기평수)에 해당한다. 칠언은 오언에 두 운자를 더한 형태이므로 오언의 仄起平收에서 앞부분에 오언의 첫 구 두 운자와 반대되는 운자를 더한다. 오언의 '측측측평평'에서 앞부분에 '평평'

을 더하면 '평평측측측평평'으로 제1구가 구성된다. 평기식 수구압운이 완성되었다. 하삼련과 고평이 나타나지 않으며, 고측도 나타나지 않는다. 이를 바탕으로 오언과 마찬가지로 평/측 표를 구성해 나가면 매우 간단하다. 2, 4, 6, 8구의 마지막 부분에 평성으로 압운한다. 이해가 잘 되지 않을 경우, 오언율시 평/측 구성과정으로 되돌아가 살펴보기를 권한다.

	1	2	3	4	5	6	7	
1	평	평	측	측	측	평	평	압운
2							평	압운
3								
4							평	압운
5								
6							평	압운
7								
8							평	압운

제1구에서 오언의 '측측측평평' 앞에 두 자의 평성 운을 더해 '평평측측측평평'으로 정해지면, 평기식 수구압운이 결정된다. 짝수 구에 정해진 평성 운을 안배하면, 홀수 구에는 당연히 측성이 안배된다.

	1	2	3	4	5	6	7	
1	평	평	측	측	측	평	평	압운
2							평	압운
3							측	
4							평	압운
5							측	
6							평	압운
7							측	
8							평	압운

2구의 2번째 운자는 1구와 평/측이 상반되도록 안배하고, 2, 4, 6분명 원칙에 따라 4, 6번째 운자는 평/측이 상반되도록 안배한다.

	1	2	3	4	5	6	7
1	평	평	측	측	측	평	평
2		측		평		측	평
3							측
4							평
5							측
6							평
7							측
8							평

점대 원칙에 따라 3구의 2번째 운자는 2구와 동일한 평/측을 안배하고, 2, 4, 6분명의 원칙에 따라 4, 6번째 운자는 평/측이 상반되도록 안배한다.

	1	2	3	4	5	6	7
1	평	평	측	측	측	평	평
2		측		평		측	평
3		측		평		측	측
4							평
5							측
6							평
7							측
8							평

평/측 표를 구성할 때에는 항상 1·2, 3·4, 5·6, 7·8구를 서로 묶어 보는 습관을 길러야 한다. 또한 짝수 구와 홀수 구의 2번째 운자만 위아래로 '평평', 또는 '측측'으로 동일하게 정하는 습관도 아울러 들여야 한다. 반복하여 강조하는 까닭은 혼동하는 경우가 빈번하기 때문이다.

4구의 2번째 운자는 3구와 평/측이 상반되도록 안배하고, 2, 4, 6분명 원칙에 따라, 4,

6번째 운자도 평/측이 상반되도록 안배한다.

	1	2	3	4	5	6	7
1	평	평	측	측	측	평	평
2		측		평		측	평
3		측		평		측	측
4		평		측		평	평
5							측
6							평
7							측
8							평

점대 원칙에 따라 5구의 2번째 운자는 4구와 동일한 평/측을 안배하고, 2, 4, 6분명 원칙에 따라 4, 6번째 운자는 평/측이 상반되도록 안배한다.

	1	2	3	4	5	6	7
1	평	평	측	측	측	평	평
2		측		평		측	평
3		측		평		측	측
4		평		측		평	평
5		평		측		평	측
6							평
7							측
8							평

6구의 2번째 운자는 5구와 평/측이 상반되도록 안배하고 2, 4, 6분명 원칙에 따라, 4, 6번째 운자도 평/측이 상반되도록 안배한다.

	1	2	3	4	5	6	7
1	평	평	측	측	측	평	평
2		측		평		측	평
3		측		평		측	측
4		평		측		평	평
5		평		측		평	측
6		측		평		측	평
7							측
8							평

점대 원칙에 따라 7구의 2번째 운자는 6구와 동일한 평/측을 안배하고, 2, 4, 6분명 원칙에 따라, 4, 6번째 운자는 평/측이 상반되도록 안배한다.

	1	2	3	4	5	6	7
1	평	평	측	측	측	평	평
2		측		평		측	평
3		측		평		측	측
4		평		측		평	평
5		평		측		평	측
6		측		평		측	평
7		측		평		측	측
8							평

8구의 2번째 운자는 7구와 평/측이 상반되도록 안배하고, 2, 4, 6분명 원칙에 따라, 4, 6번째 운자도 평/측이 상반되도록 안배한다.

	1	2	3	4	5	6	7
1	평	평	측	측	측	평	평
2		측		평		측	평
3		측		평		측	측
4		평		측		평	평
5		평		측		평	측
6		측		평		측	평
7		측		평		측	측
8		평		측		평	평

각 구의 아랫부분에 하삼련(평평평 또는 측측측)과 고평(측평측)이 나타나지 않도록 평/측을 안배한다. 오언율시에서 설명한 바와 같이 뒷부분부터 안배한다. 가능한 고측(평측평)도 나타나지 않도록 유의하면서 각 구 5번째 운자의 평/측을 안배한다.

	1	2	3	4	5	6	7
1	평	평	측	측	측	평	평
2		측		평	측	측	평
3		측		평	평	측	측
4		평		측	측	평	평
5		평		측	평	평	측
6		측		평	측	측	평
7		측		평	평	측	측
8		평		측	측	평	평

각 구의 4, 5, 6, 7번째 운자의 평/측 안배를 살펴보면, 1구(측측평평), 2구(평측측평), 3구(평평측측), 4구(측측평평), 5구(측평평측), 6구(평측측평), 7구(평평측측), 8구(측측평평)로, 어떠한 구에도 하삼평(평평평), 하삼측(측측측), 고평(측평측)이 나타나지 않았다. 고측(평측평)도 역시 나타나지 않았다.

각 구의 3번째 운자에 고평이 나타나지 않도록 평/측을 안배한다. 가능한 고측도 나타나지 않아야 한다.

	1	2	3	4	5	6	7
1	평	평	측	측	측	평	평
2		측	평	평	측	측	평
3		측	측	평	평	측	측
4		평	평	측	측	평	평
5		평	측	측	평	평	측
6		측	평	평	측	측	평
7		측	측	평	평	측	측
8		평	평	측	측	평	평

고평이 나타나지 않도록 각 구 첫 번째 운자의 평/측을 안배한다. 가능한 고측도 나타나지 않아야 한다.

	1	2	3	4	5	6	7
1	평	평	측	측	측	평	평
2	측	측	평	평	측	측	평
3	평	측	측	평	평	측	측
4	측	평	평	측	측	평	평
5	평	평	측	측	평	평	측
6	측	측	평	평	측	측	평
7	평	측	측	평	평	측	측
8	측	평	평	측	측	평	평

평기식 수구압운의 모범이 될 수 있는 구성형식이라 할 수 있다. 앞부분 또는 중간 부분에서 삼평(평평평)이나 삼측(측측측)이 나타나는 경우는 하삼평이나 하삼측과 관계가 없다. 하삼평이나 하삼측은 각 구의 아랫부분 연속 3운자를 가리킨다. 이와 같이 평/측의 상반으로 성조의 높낮이를 이루고, 동일한 평/측의 안배로 성조의 조화를 이룬다. 폭

포수가 거세게 떨어지다가 다시 잠잠한 물결을 이루는 모습이 반복되는 모습에 비유될 수 있다.

칠언율시의 모범작품이라 할 수 있는 두보의 <江村(강촌)>을 감상하고 구성형식을 살펴보기로 한다.

淸江一曲抱村流, 청강일곡포촌류, 맑은 강 한 굽이 마을 안아 흐르고,
長夏江村事事幽. 장하강촌사사유. 긴 여름 강촌에는 모든 일 한가롭다.
自去自來梁上燕, 자거자래량상연, 절로 가고 절로 오는 들보 위의 제비,
相親相近水中鷗. 상친상근수중구. 서로 친하고 서로 가까이하는 물 위의 갈매기.
老妻畵紙爲棋局, 로처화지위기국, 늙은 아내는 종이에 줄 그어 바둑판 만들고,
稚子敲針作釣鉤. 치자고침작조구. 어린 자식은 침 두드려 낚시 바늘 만든다.
但有故人供祿米, 단유고인공록미, 단지 오랜 친구가 보내 준 쌀뿐이나,
微軀此外更何求. 미구차외경하구. 미천한 이 몸으로 더 이상 무엇을 바라겠는가!

* '但有故人供祿米' 구는 일설에 '多病所須惟藥物'로도 알려져 있다.

평/측을 표시하고 구성형식을 살펴보면 다음과 같다.

	1	2	3	4	5	6	7	
1	淸평	江평	一평	曲측	抱측	村평	流평	압운
2	長평	夏측	江평	村평	事측	事측	幽평	압운
3	自측	去측	自측	來평	梁평	上측	燕측	
4	相평	親평	相평	近측	水측	中평	鷗평	압운
5	老측	妻평	畵평	紙측	爲평	棋평	局측	
6	稚측	子측	敲평	針평	作측	釣측	鉤평	압운
7	但측	有측	故측	人평	供평	祿측	米측	
8	微평	軀평	此평	外측	更측	何평	求평	압운

평기식 수구압운, 평성 '尤'운으로 압운했다. 2, 4, 6분명, 하삼련 금지, 고평 금지 원칙은 당연히 잘 지켜졌으며, 짝수 구와 홀수 구 사이의 점대 원칙도 잘 지켜졌다. 2구 첫 부분의 '長夏江(평측평)'에 고측이 나타났으나, 잘못이 아니다. 5구의 3번째 운자인 '畵'는 측성이지만, 동사 '긋다'의 뜻으로 쓰일 때에는, '劃'과 통하며, 평성 또는 측성으로 쓸 수 있다. 구성과정을 단계별로 살펴보기로 한다.

평기식 수구압운이며, '尤'운을 안배하면 홀수 구에는 당연히 측성이 안배된다. 2, 4, 6분명 원칙에 따라 4, 6번째 운자는 평/측이 상반되도록 안배한다.

	1	2	3	4	5	6	7	
1		江평		曲측		村평	流평	압운
2							幽평	압운
3							燕측	
4							鷗평	압운
5							局측	
6							鉤평	압운
7							米측	
8							求평	압운

2구의 2번째 운자는 1구와 평/측이 상반되도록 안배하고, 2, 4, 6분명 원칙에 따라 4, 6번째 운자의 평/측도 상반되도록 안배한다.

	1	2	3	4	5	6	7
1		江평		曲측		村평	流평
2		夏측		村평		事측	幽평
3							燕측
4							鷗평
5							局측
6							鉤평
7							米측
8							求평

점대 원칙에 따라 3구의 2번째 운자는 2구와 동일한 평/측을 안배하고, 2, 4, 6분명 원칙에 따라 4, 6번째 운자는 평/측이 상반되도록 안배한다.

	1	2	3	4	5	6	7
1		江평		曲측		村평	流평
2		夏측		村평		事측	幽평
3		去측		來평		上측	燕측
4							鷗평
5							局측
6							鉤평
7							米측
8							求평

4구의 2번째 운자는 3구와 평/측이 상반되도록 안배하고, 2, 4, 6분명 원칙에 따라 4, 6번째 운자의 평/측도 상반되도록 안배한다.

	1	2	3	4	5	6	7
1		江평		曲측		村평	流평
2		夏측		村평		事측	幽평
3		去측		來평		上측	燕측
4		親평		近측		中평	鷗평
5							局측
6							鉤평
7							米측
8							求평

점대 원칙에 따라 5구의 2번째 운자는 4구와 동일한 평/측을 안배하고, 2, 4, 6분명 원칙에 따라 4, 6번째 운자는 평/측이 상반되도록 안배한다.

	1	2	3	4	5	6	7
1		江평		曲측		村평	流평
2		夏측		村평		事측	幽평
3		去측		來평		上측	燕측
4		親평		近측		中평	鷗평
5		妻평		紙측		棋평	局측
6							鉤평
7							米측
8							求평

6구의 2번째 운자는 5구와 평/측이 상반되도록 안배하고, 2, 4, 6분명 원칙에 따라 4, 6번째 운자의 평/측도 상반되도록 안배한다.

	1	2	3	4	5	6	7
1		江평		曲측		村평	流평
2		夏측		村평		事측	幽평
3		去측		來평		上측	燕측
4		親평		近측		中평	鷗평
5		妻평		紙측		棋평	局측
6		子측		針평		釣측	鉤평
7							米측
8							求평

점대 원칙에 따라 7구의 2번째 운자는 6구와 동일한 평/측을 안배하고, 2, 4, 6분명 원칙에 따라 4, 6번째 운자는 평/측이 상반되도록 안배한다.

	1	2	3	4	5	6	7
1		江평		曲측		村평	流평
2		夏측		村평		事측	幽평
3		去측		來평		上측	燕측
4		親평		近측		中평	鷗평
5		妻평		紙측		棋평	局측
6		子측		針평		釣측	鉤평
7		子측		針평		釣측	米측
8							求평

8구의 2번째 운자는 7구와 평/측이 상반되도록 안배하고, 2, 4, 6분명 원칙에 따라, 4, 6번째 운자도 평/측이 상반되도록 안배한다.

	1	2	3	4	5	6	7
1		江평		曲측		村평	流평
2		夏측		村평		事측	幽평
3		去측		來평		上측	燕측
4		親평		近측		中평	鷗평
5		妻평		紙측		棋평	局측
6		子측		針평		釣측	鉤평
7		有측		人평		祿측	米측
8		軀평		外측		何평	求평

평/측을 안배할 때에는 반드시 1·2, 3·4, 5·6, 7·8구로 묶어서 생각하고, 점대 원칙은 2·3, 4·5, 6·7구의 2번째 운자만 살핀다. 이어 하삼련(평평평 또는 측측측)과 고평(측평측)이 나타나지 않도록 각 구의 5번째 운자를 안배한다. 가능한 고측(평측평)도 나타나지 않아야 한다.

	1	2	3	4	5	6	7
1		江평		曲측	抱측	村평	流평
2		夏측		村평	事측	事측	幽평
3		去측		來평	梁평	上측	燕측
4		親평		近측	水측	中평	鷗평
5		妻평		紙측	爲평	棋평	局측
6		子측		針평	作평	釣측	鉤평
7		有측		人평	供평	祿측	米측
8		軀평		外측	更측	何평	求평

6구의 '作釣鉤'가 고측(평측평)이 된 까닭은 5구의 '棋局'과 대장 표현을 이루기 위해 어쩔 수 없이 나타난 현상이다. 이처럼 고측은 주로 대장 표현의 필요성 때문에 가끔 나타나기도 하지만 고평은 반드시 금지해야 한다. 고평이 나타나지 않도록 각 구 3번째 운자의 평/측을 안배한다.

	1	2	3	4	5	6	7
1		江평	一평	曲측	抱측	村평	流평
2		夏측	江평	村평	事측	事측	幽평
3		去측	自측	來평	梁평	上측	燕측
4		親평	相평	近측	水측	中평	鷗평
5		妻평	畵평	紙측	爲평	棋평	局측
6		子측	敲평	針평	作평	釣측	鉤평
7		有측	故측	人평	供평	祿측	米측
8		軀평	此평	外측	更측	何평	求평

고평이 나타나지 않도록 각 구 첫 번째 운자의 평/측을 안배한다. 평/측 안배에 완전히 익숙해질 때까지 연습할 필요가 있다.

	1	2	3	4	5	6	7
1	淸평	江평	一평	曲측	抱측	村평	流평
2	長평	夏측	江평	村평	事측	事측	幽평
3	自측	去측	自측	來평	梁평	上측	燕측
4	相평	親평	相평	近측	水측	中평	鷗평
5	老측	妻평	畵평	紙측	爲평	棋평	局측
6	稚측	子측	敲평	針평	作평	釣측	鉤평
7	但측	有측	故측	人평	供평	祿측	米측
8	微평	軀평	此평	外측	更측	何평	求평

칠언율시의 구성원칙에 알맞고 표현도 훌륭한 한 수의 작품이 완성되었다. 율시를 창작했으므로 리듬의 조화를 느낄 수 있도록 낭송할 수 있어야 한다. 평/측과 병음을 표기하면 다음과 같다.

清江一曲抱村流, 평평평측측평평 qīng jiāng yì qǔ bào cūn liú
長夏江村事事幽. 평측평평측측평 chángxià jiāng cūn shì shì yōu
自去自來梁上燕, 측측측평평측측 zì qù zì lái liáng shàng yàn
相親相近水中鷗. 평평평측측평평 xiāngqīn xiāngjìn shuǐzhōng ōu
老妻畵紙爲棋局, 측평측측평평측 lǎo qī huàzhǐ wéi qíjú
稚子敲針作釣鉤. 측측평평측평 zhìzǐ qiāo zhēn zuò diàogōu
但有故人供祿米, 측측측평평측측 dàn yǒu gùrén gōng lù mǐ
微軀此外更何求. 평평평측측평평 wēi qū cǐwài gèng hé qiú

두보의 <登高(등고)>를 감상하고 칠언율시의 구성형식을 살펴보기로 한다.

風急天高猿嘯哀, 풍급천고원소애, 바람 급하고, 하늘 높고, 원숭이 울음소리 애절하며,
渚淸沙白鳥飛回. 저청사백조비회. 물 맑고, 모래 희고, 새는 날아 선회한다.
无邊落木蕭蕭下, 무변락목소소하, 끝없이 펼쳐진 낙엽 진 나무의 쓸쓸함 아래,
不盡長江袞袞來. 불진장강곤곤래. 끝없는 장강 도도히 흐른다.
万里悲秋常作客, 만리비추상작객, 만 리에 걸친 슬픈 가을에 언제나 나그네 되어,
百年多病獨登台. 백년다병독등태. 긴 세월 병 많은 몸으로 홀로 누대에 오른다.
艱難苦恨繁霜鬢, 간난고한번상빈, 지치고 고통스러운 한스러움에 무성해진 귀밑머리와,
潦倒新停濁酒杯. 료도신정탁주배. 병들고 실의에 빠진 몸 때문에 탁주잔도 다시 멈추었다.

측기식 수구 압운, 평성 '灰'운으로 압운했다. 창작 구성과정을 단계별로 나타내어 보기로 한다. 첫 구 2번째 운자에 측성을 안배하고, 2, 4, 6분명의 원칙에 따라 4, 6번째 운자는 평/측이 상반되도록 안배한다. 1, 2, 4, 6, 8구의 끝부분에 평성으로 압운하면, 3, 5, 7구의 끝부분에는 측성이 안배된다. 표로써 살펴보면 쉽게 이해할 수 있다.

	1	2	3	4	5	6	7	
1		急측		高평		嘯측	哀평	압운
2							回평	압운
3							下측	
4							來평	압운
5							客측	
6							台평	압운
7							鬢측	
8							杯평	압운

2구의 2번째 운자는 1구와 평/측이 상반되도록 안배하고, 2, 4, 6분명 원칙에 따라 4, 6번째 운자의 평/측도 상반되도록 안배한다.

	1	2	3	4	5	6	7
1		急측		高평		嘯측	哀평
2		淸평		白측		飛평	回평
3							下측
4							來평
5							客측
6							台평
7							鬢측
8							杯평

점대 원칙에 따라 3구의 2번째 운자는 2구와 동일한 평/측을 안배하고, 2, 4, 6분명 원칙에 따라 4, 6번째 운자는 평/측이 상반되도록 안배한다.

	1	2	3	4	5	6	7
1		急측		高평		嘯측	哀평
2		淸평		白측		飛평	回평
3		邊평		木측		蕭평	下측
4							來평
5							客측
6							台평
7							鬢측
8							杯평

4구의 2번째 운자는 3구와 평/측이 상반되도록 안배하고, 2, 4, 6분명 원칙에 따라 4, 6번째 운자의 평/측도 상반되도록 안배한다.

	1	2	3	4	5	6	7
1		急측		高평		嘯측	哀평
2		淸평		白측		飛평	回평
3		邊평		木측		蕭평	下측
4		盡측		江평		袞측	來평

	1	2	3	4	5	6	7
5							客측
6							台평
7							鬢측
8							杯평

점대 원칙에 따라 5구의 2번째 운자는 4구와 동일한 평/측을 안배하고, 2, 4, 6분명 원칙에 따라 4, 6번째 운자는 평/측이 상반되도록 안배한다.

	1	2	3	4	5	6	7
1		急측		高평		嘯측	哀평
2		淸평		白측		飛평	回평
3		邊평		木측		蕭평	下측
4		盡측		江평		袞측	來평
5		里측		秋평		作측	客측
6							台평
7							鬢측
8							杯평

6구의 2번째 운자는 5구와 평/측이 상반되도록 안배하고, 2, 4, 6분명 원칙에 따라 4, 6번째 운자의 평/측도 상반되도록 안배한다.

	1	2	3	4	5	6	7
1		急측		高평		嘯측	哀평
2		淸평		白측		飛평	回평
3		邊평		木측		蕭평	下측
4		盡측		江평		袞측	來평
5		里측		秋평		作측	客측
6		年평		病측		登평	台평
7							鬢측
8							杯평

점대 원칙에 따라 7구의 2번째 운자는 6구와 동일한 평/측을 안배하고, 2, 4, 6분명 원칙에 따라 4, 6번째 운자는 평/측이 상반되도록 안배한다.

	1	2	3	4	5	6	7
1		急측		高평		嘯측	哀평
2		淸평		白측		飛평	回평
3		邊평		木측		蕭평	下측
4		盡측		江평		衰측	來평
5		里측		秋평		作측	客측
6		年평		病측		登평	台평
7		難평		恨측		霜평	鬢측
8							杯평

8구의 2번째 운자는 7구와 평/측이 상반되도록 안배하고, 2, 4, 6분명 원칙에 따라 4, 6번째 운자의 평/측도 상반되도록 안배한다.

	1	2	3	4	5	6	7
1		急측		高평		嘯측	哀평
2		淸평		白측		飛평	回평
3		邊평		木측		蕭평	下측
4		盡측		江평		衰측	來평
5		里측		秋평		作측	客측
6		年평		病측		登평	台평
7		難평		恨측		霜평	鬢측
8		倒측		停평		酒측	杯평

하삼련(평평평 또는 측측측)과 고평(측평측)이 나타나지 않도록 각 구 5번째 운자의 평/측을 안배한다. 가능한 고측도 나타나지 않아야 한다.

	1	2	3	4	5	6	7
1		急측		高평	猿측	嘯측	哀평
2		淸평		白측	鳥측	飛평	回평
3		邊평		木측	蕭평	蕭평	下측
4		盡측		江평	衰측	衰측	來평
5		里측		秋평	常평	作측	客측
6		年평		病측	獨측	登평	台평
7		難평		恨측	繁평	霜평	鬢측
8		倒측		停평	濁측	酒측	杯평

고평이 나타나지 않도록 각 구 3번째 운자의 평/측을 안배한다. 가능한 고측도 나타나지 않아야 한다.

	1	2	3	4	5	6	7
1		急측	天평	高평	猿측	嘯측	哀평
2		淸평	沙평	白측	鳥측	飛평	回평
3		邊평	落측	木측	蕭평	蕭평	下측
4		盡측	長평	江평	袞측	袞측	來평
5		里측	悲평	秋평	常평	作측	客측
6		年평	多평	病측	獨측	登평	台평
7		難평	苦측	恨측	繁평	霜평	鬢측
8		倒측	新평	停평	濁측	酒측	杯평

고평이 나타나지 않도록 각 구 첫 번째 운자의 평/측을 안배한다. 가능한 고측도 나타나지 않아야 한다.

	1	2	3	4	5	6	7
1	風평	急측	天평	高평	猿측	嘯측	哀평
2	渚측	淸평	沙평	白측	鳥측	飛평	回평
3	无평	邊평	落측	木측	蕭평	蕭평	下측
4	不측	盡측	長평	江평	袞측	袞측	來평
5	万측	里측	悲평	秋평	常평	作측	客측
6	百측	年평	多평	病측	獨측	登평	台평
7	艱평	難평	苦측	恨측	繁평	霜평	鬢측
8	潦측	倒측	新평	停평	濁측	酒측	杯평

1구의 첫 부분 '風急天'이 고측(평측평)으로 쓰인 까닭은 표현을 위해 어쩔 수 없이 나타난 경우다. 평/측과 병음을 표기하면 다음과 같다.

風急天高猿嘯哀, 평측평평측측평 fēng jí tiān gāo yuán xiào āi
渚淸沙白鳥飛回. 측평평측측평평 zhǔ qīng shā bái niǎo fēihuí
无邊落木蕭蕭下, 평평측측평평측 wúbiān luò mù xiāoxiāo xià
不盡長江袞袞來. 평측평평측측평 bújìn Chángjiāng gǔngǔn lái
万里悲秋常作客, 측측평평평측측 wànlǐ bēiqiū cháng zuòkè
百年多病獨登台. 측평평측측평평 bǎinián duō bìng dú dēngtái

艱難苦恨繁霜鬢, 평평측측평평측 jiānnán kǔ hèn fán shuāng bìn
潦倒新停濁酒杯. 측측평평측측평 liǎodǎo xīn tíng zhuó jiǔbēi

　　시성 두보는 55세 때인 766년, 가을에 불후의 명작인 <秋興(추흥)> 8수를 칠언율시
로 창작했다. 한 수의 율시 창작에도 심혈을 기울여야 하는바, 8수 연작으로 지었으니,
그의 창작능력이 얼마나 대단한지를 짐작하고도 남음이 있다. 경물에 감정을 절묘하게
융합시킨 제1수를 감상하고 구성형식을 분석해 보기로 한다. 두보의 칠언율시 한 수 한
수는 그야말로 칠언율시 창작의 교과서라 할 수 있다.

玉露凋傷楓樹林, 옥로조상풍수림, 옥 이슬에 시든 단풍나무 숲은,
巫山巫峽气蕭森. 무산무협기소삼. 무산무협의 기운에 쓸쓸하고 음산하다.
江間波浪兼天涌, 강간파랑겸천용, 강 물결 함께 하늘로 치솟고,
塞上風云接地陰. 새상풍운접지음. 차가운 바람과 구름은 땅에 닿아 음울하다.
叢菊兩開他日泪, 총국량개타일루, 국화 몇 송이 피었음에 지난날 생각나 눈물 나고,
孤舟一系故園心. 고주일계고원심. 외로운 배 묶여 있음에 고향 그리는 마음 가득하다.
寒衣處處催刀尺, 한의처처최도척, 겨울 옷 만드느라 도처에서 칼과 자를 빠르게 움직이고,
白帝城高急暮砧. 백제성고급모침. 백제 성 높이 솟은 가운데 저녁 다듬질 소리 급하다.

　　측기식 수구압운, 평성 '侵'운을 사용했다. 제1구의 2번째 운자에 측성을 안배하고, 1,
2, 4, 6, 8구에 평성 운을 안배하면 3, 5, 7구에는 당연히 측성이 안배되어야 한다. 2, 4,
6분명 원칙에 따라 4, 6번째 운자는 평/측이 상반되도록 안배한다. 칠언율시 구성과정을
지루할 정도로 반복하여 설명하는 까닭은 이해에 그쳐서만 될 일이 아니라, 습관처럼 익
숙해져야 하기 때문이다.

	1	2	3	4	5	6	7	
1		露측		傷평		樹측	林평	압운
2							森평	압운
3							涌측	
4							陰평	압운
5							泪측	
6							心평	압운
7							尺측	
8							砧평	압운

　　2구의 2번째 운자는 1구와 평/측이 상반되도록 안배하고, 2, 4, 6분명 원칙에 따라 4,

6번째 운자의 평/측도 상반되도록 안배한다.

	1	2	3	4	5	6	7
1		露측		傷평		樹측	林평
2		山평		峽측		蕭평	森평
3							涌측
4							陰평
5							淚측
6							心평
7							尺측
8							砧평

점대 원칙에 따라 3구의 2번째 운자는 2구와 동일한 평/측을 안배하고, 2, 4, 6분명 원칙에 따라 4, 6번째 운자는 평/측이 상반되도록 안배한다.

	1	2	3	4	5	6	7
1		露측		傷평		樹측	林평
2		山평		峽측		蕭평	森평
3		間평		浪측		天평	涌측
4							陰평
5							淚측
6							心평
7							尺측
8							砧평

4구의 2번째 운자는 3구와 평/측이 상반되도록 안배하고, 2, 4, 6분명 원칙에 따라 4, 6번째 운자의 평/측도 상반되도록 안배한다.

	1	2	3	4	5	6	7
1		露측		傷평		樹측	林평
2		山평		峽측		蕭평	森평
3		間평		浪측		天평	涌측
4		上측		云평		地측	陰평
5							淚측
6							心평
7							尺측
8							砧평

점대 원칙에 따라 5구의 2번째 운자는 4구와 동일한 평/측을 안배하고, 2, 4, 6분명 원칙에 따라 4, 6번째 운자는 평/측이 상반되도록 안배한다.

	1	2	3	4	5	6	7
1		露측		傷평		樹측	林평
2		山평		峽측		蕭평	森평
3		間평		浪측		天평	涌측
4		上측		云평		地측	陰평
5		菊측		開평		日측	泪측
6							心평
7							尺측
8							砧평

6구의 2번째 운자는 5구와 평/측이 상반되도록 안배하고, 2, 4, 6분명 원칙에 따라 4, 6번째 운자의 평/측도 상반되도록 안배한다.

	1	2	3	4	5	6	7
1		露측		傷평		樹측	林평
2		山평		峽측		蕭평	森평
3		間평		浪측		天평	涌측
4		上측		云평		地측	陰평
5		菊측		開평		日측	泪측
6		舟평		系측		園평	心평
7		.					尺측
8							砧평

점대 원칙에 따라 7구의 2번째 운자는 6구와 동일한 평/측을 안배하고, 2, 4, 6분명 원칙에 따라 4, 6번째 운자는 평/측이 상반되도록 안배한다.

	1	2	3	4	5	6	7
1		露측		傷평		樹측	林평
2		山평		峽측		蕭평	森평
3		間평		浪측		天평	涌측
4		上측		云평		地측	陰평
5		菊측		開평		日측	泪측

	1	2	3	4	5	6	7
6		舟평		系측		園평	心평
7		衣평		處측		刀평	尺측
8							砧평

8구의 2번째 운자는 7구와 평/측이 상반되도록 안배하고, 2, 4, 6분명 원칙에 따라 4, 6번째 운자의 평/측도 상반되도록 안배한다.

	1	2	3	4	5	6	7
1		露측		傷평		樹측	林평
2		山평		峽측		蕭평	森평
3		間평		浪측		天평	涌측
4		上측		云평		地측	陰평
5		菊측		開평		日측	泪측
6		舟평		系측		園평	心평
7		衣평		處측		刀평	尺측
8		帝측		高평		暮측	砧평

1・2구, 3・4구, 5・6구, 7・8구를 묶어, 평/측이 대응되었는지를 살피고, 2・3구, 4・5구, 6・7구를 묶어 2번째 운자의 위아래가 동일한 운인지를 묶어 살피는 일은 아무리 강조해도 지나치지 않다. 평/측 안배에 익숙하지 않은 입문자의 경우 착오를 불러일으키기 쉬우므로 이 점에 유의해야 한다. 하삼련과 고평이 나타나지 않도록 각 구 5번째 운자의 평/측을 안배한다.

	1	2	3	4	5	6	7
1		露측		傷평	楓평	樹측	林평
2		山평		峽측	氣측	蕭평	森평
3		間평		浪측	兼평	天평	涌측
4		上측		云평	接측	地측	陰평
5		菊측		開평	他평	日측	泪측
6		舟평		系측	故측	園평	心평
7		衣평		處측	催평	刀평	尺측
8		帝측		高평	急측	暮측	砧평

각 구의 5, 6, 7번째 운자를 살펴보면 하삼련(평평평 또는 측측측)이나 고평(측평측)이 나타나지 않음을 알 수 있다. 고평이 나타나지 않도록, 각 구 3번째 운자의 평/측을 안배한다.

	1	2	3	4	5	6	7
1		露측	凋평	傷평	楓평	樹측	林평
2		山평	巫평	峽측	气측	蕭평	森평
3		間평	波평	浪측	兼평	天평	涌측
4		上측	風평	云평	接측	地측	陰평
5		菊측	兩측	開평	他평	日측	泪측
6		舟평	一측	系측	故측	園평	心평
7		衣평	處측	處측	催측	刀평	尺측
8		帝측	城평	高평	急측	暮측	砧평

고평이 나타나지 않도록 각 구 첫 번째 운자의 평/측을 안배한다. 제1구의 '楓樹林'은 고측(평측평)에 해당한다. 가능한 고측을 피해야 하지만, 이 경우 '楓樹'라는 말을 쓰지 않을 수 없는데다, 수구압운이기 때문에 고측을 피하기 어려웠다고 생각된다. 표현을 위해 어쩔 수 없이 고측으로 나타낸 경우에 해당한다.

	1	2	3	4	5	6	7
1	玉측	露측	凋평	傷평	楓평	樹측	林평
2	巫평	山평	巫평	峽측	气측	蕭평	森평
3	江평	間평	波평	浪측	兼평	天평	涌측
4	塞측	上측	風평	云평	接측	地측	陰평
5	叢평	菊측	兩측	開평	他평	日측	泪측
6	孤평	舟평	一측	系측	故측	園평	心평
7	寒평	衣평	處측	處측	催측	刀평	尺측
8	白측	帝측	城평	高평	急측	暮측	砧평

낭송을 위해 평/측과 병음을 표기하면 다음과 같다.

玉露凋傷楓樹林, 측측평평평측평 yù lù diāo shāng fēng shùlín
巫山巫峽气蕭森. 평평평측측평평 wūshān wūxiá qì xiāo sēn

江間波浪兼天涌, 평평평측평평측 jiāng jiān bōlàng jiān tiān yǒng
塞上風云接地陰. 측측평평측측평 sài shàng fēngyú njiē dì yīn
叢菊兩開他日淚, 평측측평평측측 cóng jú liǎng kāi tā rì lèi
孤舟一系故園心. 평평측측측평평 gū zhōu yī xì gù yuán xīn
寒衣處處催刀尺, 평평측측평평측 hán yī chùchù cuī dāo chǐ
白帝城高急暮砧. 측측평평측측평 báidì chéng gāo jí mù zhēn

왕유(王維, 701~761)의 <積雨輞川莊作(적우망천장작)>을 감상하고 구성형식을 살펴보기로 한다.

積雨空林烟火遲, 적우공림연화지, 장마 뒤 빈 숲에 밥 짓는 연기 모락모락 피어오르고,
蒸藜炊黍餉東菑. 증려취서향동치. 명아주 찌고 기장밥 지어 동쪽 밭에 내간다.
漠漠水田飛白鷺, 막막수전비백로, 드넓은 논에는 백로가 날아들고,
陰陰夏木囀黃鸝. 음음하목전황리. 그늘진 여름나무 꾀꼬리 울음소리.
山中習靜觀朝槿, 산중습정관조근, 산속의 익숙해진 조용함 속에서 무궁화 감상하고,
松下清齋折露葵. 송하청재절로규. 소나무 아래 조촐한 식사 위해 이슬 젖은 아욱 꺾는다.
野老与人爭席罷, 야로여인쟁석파, 시골노인은 사람들과 자리다툼 그만두었는데,
海鷗何事更相疑. 해구하사경상의. 갈매기는 무슨 일로 다시 상대를 의심하는가?

이 시는 경물의 묘사에 감정을 잘 이입시킨 작품이다. 왕유는 전원시를 잘 지어 唐(당)대 제일의 산수전원시인으로 꼽혔다. 일찍이 소동파가 "시 가운데 그림이 있고, 그림 가운데 시가 있다(詩中有畫, 畫中有詩)"라는 말로써 그를 높이 평가했다.

평/측과 평음을 표기하고 칠언율시의 구성원칙에 따라 분석하면 다음과 같다.

積雨空林烟火遲, 측측평평평측평 jī yǔ kōng lín yānhuǒ chí
蒸藜炊黍餉東菑. 평평측측측평평 zhēng lí chuī shǔ xiǎng dōng zī
漠漠水田飛白鷺, 측측측평평측측 mòmò shuǐtián fēi báilù
陰陰夏木囀黃鸝. 평평측측측평평 yīnyīn xià mù zhuàn huánglí
山中習靜觀朝槿, 평평측측평평측 shānzhōng xí jìng guān cháo jǐn
松下清齋折露葵. 평측평평평측평 sōngxià qīng zhāi zhé lù kuí
野老与人爭席罷, 측측측평평측측 yě lǎo yǔ rén zhēng xí bà
海鷗何事更相疑. 측평평측측평평 hǎi'ōu hé shì gèng xiāng yí

측기식, 수구압운, 평성 支운으로 압운했다. 2, 4, 6분명, 하삼련과 고평 금지 원칙은 당연히 잘 지켜졌다. 다만 2구의 2번째 운자인 '藜'는 평성이며, 3구의 2번째 운자인

'漠'은 측성으로 점대 원칙에는 맞지 않다. 또한 '烟火遲(평측평)', '松下淸(평측평)', '折露葵(평측평)'는 고측이다. 칠언율시에서 점대 원칙은 간혹 지켜지지 않고, 고측도 가끔 나타나는 현상이므로 잘못이 아니다. 점대 원칙도 잘 지켜지고, 고측도 나타나지 않으면서 표현도 뛰어날 수 있다면 구성형식에서 더욱 훌륭한 시라고 할 수 있다.

2.2. 七言律詩(칠언율시)의 拗體(요체)

오언율시와 마찬가지로 칠언율시에서도 요체가 나타나며, 정격과 같다. 두보의 <曲江(곡강)> 2수를 감상하고 요체가 나타난 부분을 살펴보기로 한다.

一片花飛減却春, 일편화비감각춘, 한 조각 꽃잎 날리면서 오히려 봄을 줄어들게 하니,
風飄万点正愁人. 풍표만점정수인. 바람에 흩날리는 수많은 꽃잎 정녕 사람 근심스럽게 한다.
且看欲盡花經眼, 차간욕진화경안, 잠시 지는 꽃잎 눈앞을 스치는 모습 보고 있으려니,
莫厭傷多酒入唇. 막염상다주입진. 지나친 슬픔에 술 마시는 일 싫어할 수 있겠는가!
江上小堂巢翡翠, 강상소당소비취, 강 위 작은 누각엔 물총새 둥지 틀고,
苑邊高冢臥麒麟. 원변고총와기린. 부용원 옆 무덤가엔 기린 석상 누워 있다.
細推物理須行樂, 세추물리수행악, 사물의 이치를 곰곰이 생각해 보면 반드시 즐겨야 하리니,
何用浮榮絆此身. 하용부영반차신. 어찌 헛된 명예 위해 이 몸 얽매겠는가!

朝回日日典春衣, 조회일일전춘의, 조정에서 돌아오는 길 날마다 봄 옷 저당 잡힌 후,
每日江頭盡醉歸. 매일강두진취귀. 매일 강가 술집 들러 취해야만 돌아온다.
酒債尋常行處有, 주채심상행처유, 외상 술값 술집마다 있을 수 있으나,
人生七十古來稀. 인생칠십고래희. 인생 칠십은 예로부터 드물다.
穿花蛺蝶深深見, 천화협접심심견, 꽃 사이 날아다니는 나비는 숨었다 나타나고,
点水蜻蜓款款飛. 점수청정관관비. 꼬리 적시는 잠자리 느릿느릿 날아다닌다.
傳語風光共流轉, 전어풍광공류전, 풍광을 전하는 말 함께 맴돌며,
暫時相賞莫相違. 잠시상상막상위. 순간의 감상(기회)만으로 내 마음 실망시키지 말기를!

제1수의 평/측과 병음을 표기하고 구성형식을 분석하면 다음과 같다.

一片花飛減却春, 측측평평측측평 yípiàn huā fēi jiǎn què chūn
風飄万点正愁人. 평평측측측평평 fēng piāo wàn diǎn zhèng chóurén
且看欲盡花經眼, 평평측측평평측 qiě kān yù jìn huā jīng yǎn
莫厭傷多酒入唇. 측측평평측측평 mò yàn shāng duō jiǔ rù chún
江上小堂巢翡翠, 평측측평평측측 jiāng shàng xiǎo táng cháo fěicuì
苑邊高冢臥麒麟. 측평평측측평평 yuàn biān gāo zhǒng wò qílín
細推物理須行樂, 측평측측평평측 xì tuī wùlǐ xū xínglè

何用浮榮絆此身. 평측평평측측평 hé yòng fú róng bàn cǐ shēn

측기식 수구압운이며, 평성 眞운으로 압운했다. '且'는 현대한어에서는 3성으로 측성에 속하지만 고대에는 평성으로도 사용했다. 운서에는 평성 漁운으로 분류되어 있다. 看은 평성과 측성 모두 쓸 수 있다. 하삼련 금지와 점대 원칙에도 알맞다. 그러나 7, 8구에서는 拗體(요체)를 사용했으니 분석해 보기로 한다.

7구: 細推物理須行樂, 측평측측평평측
8구: 何用浮榮絆此身. 평측평평측측평

7구의 '細推物'은 '측평측', 8구의 '何用浮'은 '평측평'으로 고평과 고측을 대응시킨 요체다. 이러한 요체의 경우 각 구의 2, 4, 6분명의 원칙은 그대로 지켜져야 한다.

제2수의 평/측과 병음을 표기하고 구성형식을 분석하면 다음과 같다.

朝回日日典春衣, 평평측측측평평 cháo huí rìrì diǎn chūn yī
每日江頭盡醉歸. 측측평평측측평 měirì jiāng tóu jìn zuì guī
酒債尋常行處有, 측측평평평측측 jiǔzhài xúncháng háng chù yǒu
人生七十古來稀. 평평측측측평평 rénshēng qīshí gǔ lái xī
穿花蛺蝶深深見, 평평측측평평측 chuān huā jiádié shēnshēn jiàn
点水蜻蜓款款飛. 측측평평측측평 diǎnshuǐ qīngtíng kuǎnkuǎn fēi
傳語風光共流轉, 평측평평측평측 chuán yǔ fēngguāng gòng liúzhuǎn
暫時相賞莫相違. 측평평측측평평 zànshí xiāng shǎng mò xiāng wéi

평기식, 수구 압운, 평성 微운으로 압운했다. 반드시 운서의 해당 운을 확인하는 습관을 들여야 한다. 제1수에서는 평성 眞운을 사용했는데, 연작시에서는 각각의 수마다 운을 달리하여 지을 수도 있고 '일운도저격'으로 지을 수도 있다. '一韻到底格'으로 압운할 경우에는 제1수에 차례대로 사용된 압운을 나머지 수에도 똑같이 적용한다. '行'은 '가다'라는 뜻으로 쓰일 때에는 'xíng'으로 읽으며, 가게, 점포를 나타낼 때는 'háng'으로 읽는다. 이 시에서는 '술집'의 뜻으로 쓰였다. 성조는 2성으로 둘 다 평성에 속하지만, 그렇지 않은 경우도 있다. 예를 들면, '長'의 경우 '길다'는 뜻으로 쓰일 때에는 'cháng'으로 읽으며 2성으로 평성에 속하지만, '어른', '연장자'의 의미로 쓰일 때에는 'zhǎng'

으로 읽으며 3성으로, 측성에 속한다. 이러한 운자 역시 적지 않으며 율시의 창작에서 구분하는 일은 매우 중요하다. 하삼련과 점대의 원칙에는 맞으나, 7, 8구의 마지막 부분을 살펴보면, '共流轉'은 고평(측평측)으로 요체를 사용했다. 구 자체에서 구하는 방법을 나타내면 다음과 같다.

7구: 傳語風光共流轉, 평측평평측평측
8구: 暫時相賞莫相違. 측평평측측평평

'共流轉(측평측)'에서 가상으로 '共'과 '流'의 평/측을 바꾸어 나타내면 다음과 같다.

傳語風光共流轉, 평측평평평측측
暫時相賞莫相違. 측평평측측평평

오언율시의 요체와 마찬가지로 칠언율시에 나타난 요체도 정격과 같다. 이 경우는 '轉'이 측성자로 결정되어 있는데다, '共流'를 다른 운자로 대체하면 알맞은 표현을 하기 어려운 까닭에, 어쩔 수 없이 요체를 사용한 경우에 해당한다.

두보의 <蜀相(촉상)>을 감상하고 요체가 나타난 부분과 해결방법을 살펴보기로 한다.

丞相祠堂何處尋, 승상사당하처심, 승상의 사당을 어디에서 찾을까?
錦官城外柏森森. 금관성외백삼삼, 금관성 밖 잣나무 우거진 곳이라오.
映階碧草自春色, 영계벽초자춘색, 섬돌 덮은 푸른 풀은 저절로 봄빛이요,
隔叶黃鸝空好音. 격협황리공호음. 나뭇잎 사이 꾀꼬리는 부질없이 흥겨운 울음 운다.
三顧頻煩天下計, 삼고빈번천하계, 삼고초려로 천하계책 의논하니,
兩朝開濟老臣心. 량조개제로신심. 두 왕조 열어 구제함으로써 늙은 신하의 마음 바쳤다.
出師未捷身先死, 출사미첩신선사, 출사표 바쳤으나 승리 전에 먼저 죽으니,
長使英雄泪滿襟. 장사영웅루만금. 길이 영웅들로 하여금 눈물로 소매 젖게 했도다.

승상은 제갈량을 말한다. '兩朝'는 유비와 아들 유선의 2대 왕조를 뜻한다. '三顧'는 '三顧草廬(삼고초려)' 또는 '三顧茅廬(삼고모려)'의 줄임말로 유비가 제갈량을 신하로 삼기 위해 세 번 찾아간 일을 가리킨다. 평/측과 병음을 표기하고 구성형식을 살펴보면 다음과 같다.

丞相祠堂何處尋, 평측평평평측평 chéngxiàng cítáng héchù xún
錦官城外柏森森. 측평평측측평평 jǐnguān chéngwài bǎi sēnsēn
映階碧草自春色, 측평측측측평측 yìng jiē bìcǎo zì chūnsè
隔叶黃鸝空好音. 평측평평평측평 gé yè huánglí kōng hǎo yīn
三顧頻煩天下計, 평측평평평측측 sān gù pínfán tiānxià jì
兩朝開濟老臣心. 측평평측측평평 liǎng cháo kāi jǐ lǎo chén xīn
出師未捷身先死, 평평측측평평측 chūshī wèi jié shēn xiān sǐ
長使英雄淚滿襟. 평측평평측측평 chángshǐ yīngxióng lèi mǎn jīn

측기식 수구압운, 평성 侵운으로 압운했다. 3구에서는 고평이 2번 나타난 요체이며, 4구에서 해결되었으니 살펴보기로 한다.

映階碧草自春色, 측평측측측평측
隔叶黃鸝空好音. 평측평평평측평

'映階碧'과 '自春色'은 '측평측'으로 고평이지만, 4구의 '隔叶黃'과 '空好音'의 '평측평'을 대응시킴으로써 요체를 해결했다. '고평'을 '고측'으로 대응시켜 요체를 해결하는 방법이다. 이로써 2, 4, 6분명의 원칙에 들어맞는다. 5구의 '三顧頻'과 7구의 '長使英'은 '평측평'으로 고측이지만 잘못은 아니다.

두보의 <日暮(일모)>는 다양한 拗體(요체)가 나타나 있는 작품이다. 감상 후 요체를 살펴보기로 한다.

牛羊下來久, 우양하래구, 소와 양 모두 들판에서 돌아온 지 오래되었고,
各已閉柴門. 각이폐시문. 집집마다 이미 사립문 닫아걸었네.
風月自清夜, 풍월자청야, 바람과 달은 맑은 밤을 따르지만,
江山非故園. 강산비고원. 강과 산은 고향 동산 아니로다.
石泉流暗壁, 석천류암벽, 몰래 솟아난 샘물은 석벽 따라 흐르고,
草露滴秋根. 초로적추근. 가을 이슬은 풀뿌리를 적신다.
頭白灯明里, 두백정명리, 흰머리 등불 아래 드러나니,
何須花燼繁. 하수화신번. 어찌 좋은 조짐 많아질 필요가 있겠는가?

大歷(대력) 2년(767) 가을, 타향을 떠돌다 夔州(기주)에 거처하면서 지은 시다. 경물에 감정을 절묘하게 융합시킨 작품으로 평가받는다. '石泉流暗壁, 草露滴秋根'은 당연히 '暗泉流石壁, 秋露滴草根'로 써야 뜻이 잘 통하지만, 율시의 구성원칙을 지키려다 보니,

순서를 바꾸어 안배했다. '花燼'은 등불심지가 타면서 맺는 꽃모양의 불꽃으로, 옛사람들은 좋은 조짐을 나타낸다고 믿었다. 이 구는 고향에 돌아가지 못하고 하릴없이 흐르는 세월을 한탄하는 함축적인 의미로 쓰였다. 평/측과 병음을 표기하면 다음과 같다.

牛羊下來久,　평평측평측　niúyáng xiàlái jiǔ
各已閉柴門.　측측측평평　gè yǐ bì cháimén
風月自淸夜,　평측측평측　fēngyuè zì qīng yè
江山非故園.　평평평측평　jiāngshān fēi gùyuán
石泉流暗壁,　평평평측측　shíquán liú àn bì
草露滴秋根.　측측측평평　cǎo lù dī qiū gēn
頭白灯明里,　평측평평측　tóu bái dēng míng lǐ
何須花燼繁.　평평평측평　hé xū huā jìn fán

평기식, 수구불압운, 평성 元운으로 압운했다. 하삼련 금지 원칙과 점대 원칙에도 알맞다. 이 시는 구성형식에서 요체의 다양성을 보여 주고 있다. 제1구의 '下來久'는 '측평측'으로 고평이지만, 가상으로 '측(下)'과 '평(來)'을 바꾸면, 고평이 해결된다. 이때 2구의 4번째 운자는 반드시 평성(柴)이 되어야 한다. 3구의 '自淸夜'는 '측평측'으로 고평이며, 4구의 '非故園'을 '평측평'으로 대응시켜 요체를 해결했다.

7구와 8구의 대응방법은 요체는 아니지만, 독특하므로 살펴보기로 한다.

7구: 頭白灯明里,　평측평평측
8구: 何須花燼繁.　평평평측평

'頭白灯'은 '평측평'으로 고측이며, '花燼繁' 역시 '평측평'으로 고측이다. 고측은 율시 구성원칙에서 반드시 금지해야 하는 원칙은 아니지만, 가능한 피할수록 좋다. 그런데 이 시에서는 각 구에 일부러 고측의 위치를 달리하여 2, 4분명의 원칙을 지켰다. 구성형식을 다양화시키면서도, 표현하고 싶은 내용을 훼손시키지 않은 두보의 창작 솜씨야말로 그저 경탄을 자아낼 뿐이니, 어찌 본받지 않을 수 있겠는가!

2.3. 많이 쓰이는 七言律詩(칠언율시) 구성형식

칠언율시를 구성하는 방법은 이론상으로는 다양할 수 있으나 실제 창작과정에서는 거의 반드시라고 할 정도로 평기평수(平起平收)와 측기평수(仄起平收) 형식만 사용된다. 평기식 수구압운 형식은 앞부분에서 설명한 바와 같다. 측기평수(仄起平收) 형식을 단계별로 설명하면 다음과 같다.

	1	2	3	4	5	6	7	
1	측	측	평	평	측	측	평	압운
2							평	압운
3							측	
4							평	압운
5							측	
6							평	압운
7							측	
8							평	압운

2구의 2번째 운자는 1구와 평/측이 상반되도록 안배하고, 2, 4, 6분명 원칙에 따라 4, 6번째 운자의 평/측도 상반되도록 안배한다.

	1	2	3	4	5	6	7
1	측	측	평	평	측	측	평
2		평		측		평	평
3							측
4							평
5							측
6							평
7							측
8							평

점대 원칙에 따라 3구의 2번째 운자는 2구와 동일하게 안배하고, 2, 4, 6분명의 원칙에 따라 4, 6번째 운자는 평/측이 상반되도록 안배한다.

	1	2	3	4	5	6	7
1	측	측	평	평	측	측	평
2		평		측		평	평
3		평		측		평	측
4							평
5							측

	1	2	3	4	5	6	7
6							평
7							측
8							평

4구의 2번째 운자는 3구와 평/측이 상반되도록 안배하고, 2, 4, 6분명 원칙에 따라 4, 6번째 운자도 평/측이 상반되도록 안배한다.

	1	2	3	4	5	6	7
1	측	측	평	평	측	측	평
2		평		측		평	평
3		평		측		평	측
4		측		평		측	평
5							측
6							평
7							측
8							평

점대 원칙에 따라 5구의 2번째 운자는 4구와 동일한 평/측을 안배하고, 2, 4, 6분명의 원칙에 따라 4, 6번째 운자는 평/측이 상반되도록 안배한다.

	1	2	3	4	5	6	7
1	측	측	평	평	측	측	평
2		평		측		평	평
3		평		측		평	측
4		측		평		측	평
5		측		평		측	측
6							평
7							측
8							평

6구의 2번째 운자는 5구와 평/측이 상반되도록 안배하고, 2, 4, 6분명 원칙에 따라 4, 6번째 운자도 평/측이 상반되도록 안배한다.

1	측	측	평	평	측	측	평
2		평		측		평	평
3		평		측		평	측
4		측		평		측	평
5		측		평		측	측
6		평		측		평	평
7							측
8							평

　점대 원칙에 따라 7구의 2번째 운자는 6구와 동일한 평/측을 안배하고, 2, 4, 6분명의 원칙에 따라 4, 6번째 운자는 평/측이 상반되도록 안배한다.

	1	2	3	4	5	6	7
1	측	측	평	평	측	측	평
2		평		측		평	평
3		평		측		평	측
4		측		평		측	평
5		측		평		측	측
6		평		측		평	평
7		평		측		평	측
8							평

　8구의 2번째 운자는 7구와 평/측이 상반되도록 안배하고, 2, 4, 6분명 원칙에 따라 4, 6번째 운자도 평/측이 상반되도록 안배한다.

	1	2	3	4	5	6	7
1	측	측	평	평		측	평
2		평		측		평	평
3		평		측		평	측
4		측		평		측	평
5		측		평		측	측
6		평		측		평	평
7		평		측		평	측
8		측		평		측	평

하삼련(평평평 또는 측측측)과 고평(측평측)이 나타나지 않도록 평/측을 적절하게 안배한다. 가능한 고측도 나타나지 않아야 한다. 각 구 5번째 운자의 평/측을 안배하면 다음과 같다.

	1	2	3	4	5	6	7
1	측	측	평	평	측	측	평
2		평		측	측	평	평
3		평		측	평	평	측
4		측		평	측	측	평
5		측		평	평	측	측
6		평		측	측	평	평
7		평		측	평	평	측
8		측		평	측	측	평

고평이 나타나지 않도록 각 구 3번째 운자의 평/측을 안배한다.

	1	2	3	4	5	6	7
1	측	측	평	평	측	측	평
2		평	측	측	측	평	평
3		평	측	측	평	평	측
4		측	평	평	측	측	평
5		측	측	평	평	측	측
6		평	평	측	측	평	평
7		평	측	측	평	평	측
8		측	평	평	측	측	평

고평이 나타나지 않도록 각 구 첫 번째 운자의 평/측을 안배한다.

	1	2	3	4	5	6	7
1	측	측	평	평	측	측	평
2	평	평	평	측	측	평	평
3	평	평	측	측	평	평	측
4	측	측	평	평	측	측	평
5	평	측	측	평	평	측	측
6	측	평	평	측	측	평	평
7	평	측	측	평	평	측	측
8	측	평	평	측	측	평	평

칠언율시의 전형적인 측기식 수구불압운 구성형식이다. 하삼련과 고평 금지 규칙이 잘 지켜졌으며, 2, 4, 6분명 원칙과 점대 원칙에도 어긋나지 않았다. 고측(평측평)도 나타나지 않았다. 이 형식을 바탕으로 각 구의 첫 운자를 변형시키면 다음과 같이 나타낼 수도 있다.

	1	2	3	4	5	6	7
1	측	측	평	평	측	측	평
2	측	평	평	측	측	평	평
3	평	평	측	측	평	평	측
4	측	측	평	평	측	측	평
5	측	측	측	평	평	측	측
6	평	평	평	측	측	평	평
7	측	측	측	평	평	측	측
8	평	평	평	측	측	평	평

1구의 첫 번째 운자를 평성으로 바꾸면 '평측평'으로 고측이 된다. 잘못은 아니지만 바꾸지 않는 편이 좋다.

2구의 첫 번째 운자를 측성으로 바꾸면, '측평평'으로 가능하다.

3구의 첫 번째 운자를 측성으로 바꾸면 고평이 된다.

4구의 첫 번째 운자를 평성으로 바꾸면 고측이 된다.

5구의 평성을 측성으로 바꾸면, '측측측'으로 가능하다.

6구의 첫 번째 운자를 평성으로 바꾸면, '평평평'으로 가능하다.

7구의 첫 번째 운자를 측성으로 바꾸면 '측측측'으로 가능하다.

8구의 첫 번째 운자를 평성으로 바꾸면, '평평평'으로 가능하다.

이처럼 바꾸어 나가더라도 각 구의 하삼련, 고평 금지, 2, 4분명 원칙을 지키면서 바꿀 수 있는 운자는 몇 자에 불과하다. 각 구의 나머지 부분도 2, 4, 6분명, 하삼련, 고평이 나타나지 않도록 고려하면서 평/측을 안배할 수는 있지만, 바꿀 수 있는 운자 역시 몇 자에 지나지 않는다. 지금까지 예로 든 平起平收(평기평수), 仄起平收(측기평수)와 요체 형식만 잘 살펴 칠언율시 창작 구성형식으로 사용한다면 굳이 다른 형식을 고려할 필요는 없다.

제3장
律詩(율시)의
對仗(대장)

對仗표현은 율시 창작에서 빼놓을 수 없는 중요한 수사 형식이다. 대장 표현의 구사는 율시의 균형미를 돋보이게 하는 역할을 한다. 대장 표현을 추구하지 않는다면 굳이 율시를 창작할 필요가 없을 것이다.

3.1. 對仗(대장)의 종류와 유의사항

대장 표현은 대체로 명사·형용사·수사(숫자, 수량 등)·색깔·방위·동사·부사·허사·대명사 등의 동류 품사로 이루어져 있음을 알 수 있다. 동류의 품사로써 대장을 이룰지라도 반드시 다음 네 가지를 유의해야 한다.

첫째, 숫자는 숫자끼리 대장을 이룬다. '孤'와 '半' 등도 숫자로 취급한다.

둘째, 색깔은 색깔별로 대장을 원칙으로 삼는다.

셋째, 방위는 방위로 대장을 이루어야 한다.

넷째, 연속되는 운자는 반드시 연속되는 운자로 대장을 이루어야 한다. 예를 들면 '鴛鴦(원앙)'과 '鸚鵡(앵무)'는 대장을 이룰 수 있다. 그러나 이 경우에도 동일한 성질을 지닌 말을 원칙으로 삼는다.

고유명사는 고유명사끼리 대장된다. 또한 인명과 지명, 지명과 인명도 대장될 수 있는데, 인명과 인명, 지명과 지명의 대장이 가장 훌륭한 대장이다. 명사의 대장을 분류해 보면, 천문·계절·지리·궁궐·복식·기물·식물·동물·인간윤리·인사·형체·외모·동작 등으로 나눌 수 있다. '云(평성)'과 '雨(측성)', '雪(측성)'과 '風(평성)'의 대장은 빈번히 볼 수 있으며, '晚照(측측)'와 '晴空(평평)', '來鴻(평평)'과 '去燕(측측)', '宿鳥(측측)'와 '鳴虫(평평)'의 경우 대장이 잘 이루어지는 흔한 예라고 할 수 있다. 그러나 '日(측)'과 '月(측)'의 경우, 율시 창작에서는 대장되는 말로 쓰일 수 없다. 두 운자 모두 측성이기 때문이다. '云裳(평평)'과 '霞衣(평평)' 또한 대장이 될 수 없으니, 모두 평성이기 때문이다. 아무리 훌륭한 대장일지라도 하삼련 금지, 고평 금지, 2, 4분명 또는 2, 4, 6분명의 원칙을 반드시 지키면서 나타내야 하기 때문에 율시 창작에서 가장 고심하는 부분이다. 대장 표현 때문에 점대 원칙은 가끔 지켜지지 않는 경우도 있으며, 고측이 나타나기도 한다.

3.2. 對仗(대장)의 위치

대장은 함련(頷聯, 3, 4구)과 경련(頸聯, 5, 6구)에 나타낸다. 때로는 首聯(1, 2구)이나 尾聯(7, 8구)에도 대장할 수 있지만 이 경우에도 수련·함련·경련에 대장하거나, 함련·경련·미련에 대장하는 경우가 거의 대부분이다. 함련과 경련에는 거의 반드시라고 할 정도로 대장 표현을 나타내어야 한다는 점만 염두에 두면 된다. <春日憶李白(춘일억이백)>을 통해 일반적인 대장의 예를 살펴보기로 한다.

> 白也詩无敵, 백야시무적, 이백의 시에는 그 누구도 대적할 수 없으니,
> 飄然思不群. 표연사불군. 비범한 생각은 뭇사람과 다르다.
> 清新庾開府, 청신유개부, 필력의 청신함은 북주시대 유신과 같고,
> 俊逸鮑參軍. 준일포참군. 시상의 준일함은 유송시대 포조와 같다.
> 渭北春天樹, 위북춘천수, 위수 북쪽에서 봄날의 나무(바라보는 나),
> 江東日暮云. 강동일모운. 장강 동쪽에서 저녁구름(바라보는 당신).
> 何時一樽酒, 하시일준주, 어느 때 만나 술잔 기울이며,
> 重与細論文. 중여세론문. 다시 그대와 함께 자세히 문장의 도리를 논할 수 있을까?

평/측과 병음을 표기하고 구성형식을 살펴보기로 한다.

> 白也詩无敵, 측측평평측 bái yě shī wú dí
> 飄然思不群. 평평평측평 piāorán sī bù qún
> 清新庾開府, 평평측평측 qīngxīn yǔ kāi fǔ
> 俊逸鮑參軍. 측측측평평 jùnyì bào cānjūn
> 渭北春天樹, 측측평평측 wèi běi chūntiān shù

江東日暮云. 평평측측평 jiāng dōng rìmù yún
何時一樽酒, 평평측평측 héshí yì zūn jiǔ
重与細論文. 평측측평평 chóng yǔ xì lùnwén

측기식 수구불압운 평성 文운으로 압운했다. 3구와 7구에서는 요체를 사용했다. 3, 4
구와 5, 6구의 대장 표현을 살펴보면 다음과 같다.

　　제3구: 淸新庾開府, 필력의 청신함은 북주시대 유신과 같고,
　　제4구: 俊逸鮑參軍. 시상의 준일함은 유송시대 포조와 같다.
　　제5구: 渭北春天樹, 위수 북쪽에서 봄날의 나무(바라보는 나),
　　제6구: 江東日暮云. 장강 동쪽에서 저녁구름(바라보는 당신).

‘淸新’은 ‘俊逸’과 ‘명사 대 명사’로 ‘庾開府’는 ‘鮑參軍’과 ‘관명과 관명’으로 대장되
었다. 인명이나 관명으로 대장을 이루는 방법은 매우 세련된 대장 표현이다. 평/측을 상
반되도록 안배하면서 대장시킬 수 있는 인명이나 관직은 매우 한정적이기 때문이다. ‘庾
開府’는 북조시대 유신, ‘鮑參軍’은 포조를 가리킨다. 인명으로 대장을 이루려다 보니,
鮑參軍(측평측)에 요체를 사용할 수밖에 없었던 것이다. 요체를 사용하지 않으면 이러한
멋진 대장을 이룰 수 없으니, 요체의 필요성을 알 수 있는 표현이다. ‘渭北’과 ‘江東’은
물과 물로써 대장되었고, ‘春天樹’와 ‘日暮云’은 ‘봄날의 나무’와 ‘해 질 녘 구름’으로
‘계절과 자연’으로 대장되었다.

　　王維(왕유)의 <觀獵(관렵)>을 감상하고 대장을 살펴보기로 한다.

　　風勁角弓鳴, 풍경각궁명, 바람 가르는 활시위소리,
　　將軍獵渭城. 장군렵위성. 장군은 (말 타고) 위성 근교를 사냥한다.
　　草枯鷹眼疾, 초고응안질, 풀 시드니 매의 눈은 번뜩이고,
　　雪盡馬蹄輕. 설진마제경. 눈 녹으니 말발굽 경쾌하다.
　　忽過新丰市, 홀과신봉시, 순식간에 신풍 시를 지나,
　　還歸細柳營. 환귀세류영. 다시 세류 군영으로 돌아온다.
　　回看射雕處, 회간사조처, 고개 돌려 화살 꽂힌 곳 바라보니,
　　千里暮云平. 천리모운평. 천 리에 걸친 저녁구름 지평선에 닿아 있다.

‘草枯’와 ‘雪盡’은 ‘명사＋동사’로써 대장되었다. ‘鷹眼’과 ‘馬蹄’는 ‘명사＋명사’로써
대장되었으며, ‘疾’과 ‘輕’은 ‘동사 대 동사’로써 대장되었다. ‘忽過’와 ‘還歸’는 ‘부사＋

동사'로써 대장되었으며, '新丰市'와 '細柳營'은 '지명과 지명'으로 대장되었다. 대장 표현의 정석이라 할 수 있다.

평/측과 병음을 표기하고 구성형식을 분석하면 다음과 같다.

風勁角弓鳴, 평측측평평 fēng jìn jiǎo gōng míng
將軍獵渭城. 평평측측평 jiāngjūn liè wèi chéng
草枯鷹眼疾, 측평평측측 cǎo kū yīng yǎn jí
雪盡馬蹄輕. 측측측평평 xuě jìn mǎ tí qīng
忽過新丰市, 평측평평측 hū guò xīnfēng shì
還歸細柳營, 평평측측평 huán guī xìliǔ yíng
回看射雕處, 평평측평측 huí kān shè diāo chù
千里暮云平. 평측측평평 qiānlǐ mù yún píng

측기식 수구압운, 평성 庚운으로 사용했다. 오언율시는 측기식, 수구불압운이 정격이지만, 수구압운으로 쓸 수도 있다. 기식의 차이에 불과하다. 7구의 '射雕處'는 '측평측'으로 요체에 해당한다. 가상으로 '射雕'의 평/측을 바꾸면 '평평평측측'이 되어 2, 4분명의 원칙에도 알맞고, 8구의 평/측과도 상반된다. '疾'은 현대중국어에서는 2성으로 평성에 해당되지만 '빠르다'는 뜻으로 쓰일 때는 측성이다.

두보의 <客至(객지)>를 감상하고 대장 표현을 살펴보기로 한다.

舍南舍北皆春水, 사남사북개춘수, 집 남북 모두 봄물인데,
但見群鷗日日來. 단견군구일일래. 단지 보이는 건 무리지은 갈매기 매일매일 찾아올 뿐.
花徑不曾緣客掃, 화경불증연객소, 꽃 길 일찍이 손님 위해 쓸어본 적 없었지만,
蓬門今始爲君開. 봉문금시위군개. 사립문 비로소 그대 위해 열었다오.
盤飧市遠无兼味, 반손시원무겸미, 쟁반 위의 음식은 시장 멀어 변변찮고,
樽酒家貧只旧醅. 준주가빈지구배. 동이의 술은 가난하여 단지 막걸리뿐이라오.
肯与鄰翁相對飮, 긍여린옹상대음, (그래도) 이웃집 늙은이와 마주하여 마시려 한다면,
隔籬呼取盡餘杯. 격리호취진여배. 울타리 사이로 불러 남은 술 모두 비우게 해드리리다.

'花徑'과 '蓬門'은 '명사+명사'로 대장되었다. '不曾'과 '今始'의 경우 '일찍이'와 '비로소'의 뜻으로 대장되었다. '緣客掃(손님 위해 쓸다)'와 '爲君開(그대 위해 열다)'는 '개사+목적어'로 대장되었다. 이 부분은 아랫부분에서 다시 설명하기로 한다. 대장은 평/측

이나 2, 4, 6분명의 원칙보다는 표현에 좀 더 융통성이 있다. 盤飱(소반의 저녁밥)과 樽酒(술통의 술)는 '명사＋명사'로 대장되었다. '市遠(시장은 멀다)'와 '家貧(집이 가난하다)'는 명사＋동사로 대장되었다. '无'와 '只'는 '없다'와 '있다'의 뜻으로 대장되었으며, '兼味'와 '旧醅', '맛있는 반찬'과 '묵은 막걸리'로 대장되었다. 대장 기법은 많은 수의 율시를 읽고 표현 기법을 잘 파악하여 익혀야 한다.

　오언율시에는 수련(1, 2구)에도 대장한 경우가 더러 나타나지만, 칠언율시에는 首聯에 대장한 경우가 적은데, 아마도 오언은 수구불압운으로 쓰는 경우가 대부분이어서 대장하기가 수월하지만, 칠언은 수구압운으로 쓰는 경우가 대부분이어서 대장하기가 비교적 까다롭기 때문일 것이다. 首聯에 대장했더라도 頷聯(3, 4구)과 頸聯(5, 6구)에 대장하는 경우가 거의 대부분이다. 두보의 시에서는 首聯이나 尾聯에도 대장하거나, 때로는 시 전체를 대장한 경우도 있는데, 율시의 구성원칙을 엄격하게 지키면서 전체를 대장할 수 있는 능력은 보통사람이 지닐 수 있는 능력은 아니다. 이러한 경우는 특수한 경우에 해당하고 頷聯과 頸聯에만 원칙에 맞는 대장 표현을 구사할 수 있다면 훌륭한 작품으로 평가될 수 있다.

　평/측과 병음을 표기하고 구성형식을 분석하면 다음과 같다.

　　舍南舍北皆春水,　측평측측평평측 shě nán shě běi jiē chūn shuǐ
　　但見群鷗日日來.　측측평평측측평 dàn jiàn qún ōu rìrì lái
　　花徑不曾緣客掃,　평측측평평측측 huā jìng bù céng yuán kè sǎo
　　蓬門今始爲君開.　평평평측평평평 péng mén jīn shǐ wèi jūn kāi
　　盤飱市遠无兼味,　평평측측평평측 pán sūn shì yuǎn wú jiān wèi
　　樽酒家貧只旧醅.　평측평평측측평 zūn jiǔjiā pín zhī jiù pēi
　　肯与鄰翁相對飲,　측측평평평측측 kěn yǔ lín wēng xiāngduì yǐn
　　隔篱呼取盡餘杯.　측평평측측평평 gé lí hū qǔ jìn yú bēi

　평기식 수구불압운, 평성 灰운으로 압운했다. 수구압운이 정격이나 이처럼 수구불압운으로 쓸 수도 있다. 起式(기식)의 차이일 뿐이다.

　白居易의 ＜錢塘湖春行(전당호춘행)＞을 감상하고 대장 표현을 살펴보기로 한다.

孤山寺北賈亭西, 고산사북가정서, 고산사 북쪽, 가정 서편에
水面初平云脚低. 수면초평운각저. 수면은 곧이어 둑과 평평해지고 구름 낮게 깔렸다.
几處早鶯爭暖樹, 궤처조앵쟁난수, 몇몇 곳에서는 이른 봄 꾀꼬리 양지바른 나뭇가지 다투고,
誰家新燕啄春泥. 수가신연탁춘니. 어떤 집에서는 새로 온 제비가 봄 진흙을 쫀다.
亂花漸欲迷人眼, 란화점욕미인안, 어지럽게 핀 꽃은 사람의 눈을 현혹시키려 하고,
淺草才能沒馬蹄. 천초재능몰마제. 갓 돋아난 풀은 겨우 말발굽 덮을 정도 되었다.
最愛湖東行不足, 최애호동행불족, 호수 동쪽을 가장 좋아하여 아무리 다녀도 부족한데,
綠楊陰里白沙堤. 록양음리백사제. (특히) 푸른 버드나무 그늘 아래 백사장 제방이 (제일이로다).

'錢塘湖'는 杭州(항주)의 西湖(서호)를 가리킨다. 賈亭은 서호의 명승지로 '賈公亭(가공정)'이라고도 부른다. '初'는 고대한어에서 부사로 쓰였다. '不久(오래지 않아)'와 같다. 3, 4구의 대장을 살펴보면, '几處'와 '誰家', '早鶯'와 '新燕'으로 대장되었고, '爭'과 '啄'은 동사 대 동사로 대장되었으며, '暖樹'와 '春泥' 역시 대장을 이룬다. 暖樹(형용사＋명사)와 春泥(명사＋명사)는 대장에 부적합해 보이지만 이 구에서 '春'이 형용사의 역할과 비슷하므로 올바른 대장이다. 이러한 대장은 많이 나타난다. 대장은 규칙의 엄격함보다도 표현에 더 무게를 두고 있음을 알 수 있다. 5, 6구에서 '亂花'와 '淺草'는 각각 '형용사＋명사'로 대장되었으며, '漸欲'과 '才能'은 부사 대 부사로써 대장되었고 '迷人眼', '沒馬蹄'는 각각 '동사＋목적어'로 대장되었다. 위의 경우에서 나타나듯이 대장은 반드시 반대되는 말을 뜻하지는 않지만, 뚜렷한 대비효과를 이루는 말로 나타낼 수 있다면 훌륭한 대장이라 할 수 있다. 이 시의 대장 또한 칠언율시 대장의 모범이라 할 수 있다.

평/측과 병음을 표시하고 구성형식을 살펴보면 다음과 같다.

孤山寺北賈亭西, 평평측측측평평 gū shān sì běi gǔ tíng xī
水面初平云脚低. 측측평평평측평 shuǐmiàn chū píng yún jiǎo dī
几處早鶯爭暖樹, 측측측평평측측 jǐchù zǎo yīng zhēng nuǎn shù
誰家新燕啄春泥. 평평평측측평평 shéi jiā xīn yàn zhuó chūnní
亂花漸欲迷人眼, 측평평측평평측 luàn huā jiàn yù mírén yǎn
淺草才能沒馬蹄. 측측평측측평평 qiǎn cǎo cái néng mò mǎtí
最愛湖東行不足, 측측평평측측측 zuì ài hú dōng xíng bùzú
綠楊陰里白沙堤. 측평평측측평평 lǜ yáng yīn lǐ bái shā dī

평기식 수구압운, 평성 齊운으로 압운했다. 首聯(수련, 1, 2구)과 頷聯(함련, 3, 4구), 頸聯(경련, 5, 6구)까지는 경물을 묘사했고, 尾聯(미련, 7, 8구)에서 감정을 이입시켰다.

'啄'은 현대한어에서 2성으로 평성에 속하지만 고대에는 측성으로 쓰였다. '漸'은 평성과 측성 양쪽으로 쓸 수 있다. '沒'은 '없다'는 뜻을 나타낼 때는 2성으로 평성에 속하지만, '묻히다'는 뜻을 나타낼 경우에는 4성으로 측성에 속한다.

3.3. 單聯(단련) 對仗(대장)

율시에는 일반적으로 함련(3, 4구)과 경련(5, 6구)에 대장하는 兩聯(양련) 대장이 원칙이지만, 극히 드물게나마 單聯(단련) 대장으로 표현하기도 한다. 이백의 <塞下曲(새하곡)>을 감상하고 단련 대장을 살펴보기로 한다.

    五月天山雪, 오월천산설, 오월 천산의 눈,
    无花只有寒. 무화지유한. 꽃은 없고 단지 추위만 있다.
    笛中聞折柳, 적중문절류, 피리소리는 ≪折楊柳≫ 곡조만 들릴 뿐,
    春色未曾看. 춘색미증간. 봄기운은 아직도 느낄 수 없다.
    曉戰隨金鼓, 효전수금고, 새벽의 전쟁에는 쇠북소리 따랐고,
    宵眠抱玉鞍. 소면포옥안. 밤에 잠잘 때도 말안장 안았다.
    愿將腰下劍, 원장요하검, 원컨대 허리에 찬 보검으로,
    直爲斬樓蘭. 직위참루란. 바로 누란왕 벨 수 있기를.

3, 4구의 대장을 살펴보면, '笛中(피리소리)'과 '春色(봄 색깔)'은 대장이 될 수 있으나, '聞折柳'와 '未曾看'은 대장이 아니다. 5구의 '曉戰(새벽전쟁)'과 6구의 '宵眠(밤잠)'은 '명사＋명사'로 대장되었다. '隨(따르다)'와 '抱(안다)'는 동사로써 대장되었으며, '金鼓(쇠북)'과 '玉鞍(안장)'은 물건으로 대장되었다. 대장 표현은 다소 융통성이 있어서, 표현을 보고 대장여부를 판단해야 할 때도 있다. 또한 이처럼 최소한 단련 대장으로나마 표현해야 한다. 단련 대장은 아주 드물게 나타나는 현상으로 양련 이상의 대장이 원칙이다. 단련 대장이 간혹 나타나는 까닭은 표현에 따라 억지로 대장을 구하지 않았기 때문이다.

평/측과 병음을 표기하고 구성형식을 살펴보면 다음과 같다.

    五月天山雪, 측측평평측 wǔyuè tiānshān xuě
    无花只有寒. 평평측측평 wú huā zhǐ yǒu hán

笛中聞折柳, 측평평측측 dí zhōng wén zhé liǔ
春色未曾看. 평측측평평 chūnsèwèi céng kān
曉戰隨金鼓, 측측평평측 xiǎo zhàn suí jīn gǔ
宵眠抱玉鞍. 평평측측평 xiāo mián bào yù ān
願將腰下劍, 측평평측측 yuàn jiāng yāo xià jiàn
直爲斬樓蘭. 측측측평평 zhí wèi zhǎn lóu lán

측기식 수구불압운, 평성 寒운으로 압운했다. 반드시 운서의 해당 운을 살펴보는 습관을 들여야 한다. '折'은 현대중국어에서는 2성으로, 평성이지만, 고대에는 측성으로 읽혔다. '看'은 평성으로, '爲'는 측성으로 쓰였다. 2, 4분명 하삼련과 고평 금지의 원칙, 점대 원칙에 모두 들어맞는다.

3.4. 對仗(대장) 방법

대장 방법에는 工對(공대)·寬對(관대)·借對(차대)·流水對(유수대) 등으로 나눌 수 있다. 각각의 대장 방법을 살펴보기로 한다.

3.4.1. 工對(공대)

동류의 성질을 지닌 품사로써 이루는 대장을 工對(공대)라고 한다. 다만 동일한 명사일지라도 성질이 같지 않은 경우가 있는데, 이러한 경우에도 대장을 이룰 수 있다. 예를 들면, 天地(하늘과 땅)·詩酒(시와 술)·花鳥(꽃과 새)도 공대를 이룰 수 있다. 이 경우에도 평/측은 반드시 상반되어야 한다. 반대되는 말도 공대를 이룰 수 있다. 앞부분에서 감상한 <塞下曲(새하곡)>의 '曉戰隨金鼓(효전수금고)'와 '宵眠抱玉鞍(소면포옥안)' 구는 공대 표현에 해당한다. 이처럼 운자끼리 상대되면서 자연히 구 전체로써 대장되는 경우도 공대에 해당한다. 두보의 <春望(춘망)>은 首聯(1, 2구)에서도 대장되었다. "國破山河在(국파산하재), 城春草木深(성춘초목심)"에서 '山河(지리)'와 '草木(식물)'은 대장되었다. 이처럼 지리와 식물은 종류가 다르지만 대장을 이룰 수 있다. 일반적으로 대장은 섬세함보다는 뚜렷하게 대비되는 표현을 중시한다. 또한 동일한 뜻을 지닌 正對(정대)의 대장은 가능한 피해야 하며, 反對(반대)의 대장을 원칙으로 삼는다. 육조시대 문학이론서인 <文心雕龍(문심조룡)>에서도 "反對는 훌륭하지만, '正對'는 졸렬하다"고 설명하고 있다. 앞에서 소개한 두보의 <客至(객지)>로써 살펴보기로 한다.

花徑不曾緣客掃, 꽃 길 일찍이 손님 위해 쓴 적이 없지만,
蓬門今始爲君開. 쑥대 문 지금 비로소 그대 위해 열어 둔다.

'緣'과 '爲'는 동일한 뜻을 지닌 말로 대장에서는 금기시하는 사항이다. 그러나 이 경우 '緣'과 '爲'는 허사로 간주되기 때문에 문제로 삼지 않는다. 또한 한 번 정도 사용된 경우는 상관없지만, 구 전체에 뚜렷하게 나타나는 경우는 '합장(合掌)'이라고 해서 엄격히 금지한다.

3.4.2. 寬對(관대)

관대는 工對(공대)보다 약간 폭이 넓은 대장 표현이다. '寬'이 '폭이 넓다'라는 뜻과 마찬가지로 '명사 대 명사', '동사 대 동사' 등으로써 대장을 이루지만, 완전히 들어맞지 않는 경우에 사용하는 방법이다. 예를 들면 '천문 대 계절', '색깔 대 방위' 등을 들 수 있다. 작품 중에서는 공대와 관대가 혼합된 대장 표현이 대부분이다. 王維(왕유)의 <使至塞上(사지새상)>의 감상과 분석을 통해 寬對(관대) 형식을 살펴보기로 한다.

單車欲問邊, 단차욕문변, 홀로 수레 타고 변방형세 살피고자,
屬國過居延. 속국과거연. 사신으로 거연 지방 지난다.
征蓬出漢塞, 정봉출한새, 흩날리는 쑥 잎은 변방을 드나들고,
歸雁入胡天. 귀안입호천. 돌아가는 기러기는 오랑캐 하늘로 들어간다.
大漠孤烟直, 대막고연직, 사막에 외로운 연기 곧게 오르고,
長河落日圓. 장하락일원. 황하 위로 지는 해 둥글다.
蕭關逢候吏, 소관봉후리, 소관에서 정찰기병 만났더니,
都護在燕然. 도호재연연. 도호군대는 연연산에 있다네.

함련의 '征蓬出漢塞, 歸雁入胡天'에서 '天(하늘)'과 '塞(변방)'은 천문 대 지리로 대장되었다. '天'과 '地'로 나타낸 대장은 工對(공대)에 속하며, '天'과 '塞'로 대장된 경우는 寬對에 속한다. 공대와 관대의 구분은 용어상의 설명을 위한 구분일 뿐, 실제 창작에서는 혼용된다.

평/측과 병음을 나타내고 구성형식을 분석하면, 다음과 같다.

```
單車欲問邊,  평평측측평  dān chē yù wèn biān
屬國過居延.  측측측평평  shǔ guó guò jū yán
征蓬出漢塞,  평평평측측  zhēng péng chū hàn sāi
歸雁入胡天.  평측측평평  guī yàn rù hú tiān
大漠孤烟直,  측측평평측  dàmò gū yān zhí
長河落日圓.  평평측측평  chánghé luòrì yuán
蕭關逢候吏,  평평평측측  xiāo guān féng hòu lì
都護在燕然.  평측측평평  dōu hù zài yān rán
```

평기식, 수구압운, 평성 先운으로 압운했다. 하삼련, 고평 금지의 원칙이 잘 지켜졌으며, 고측도 나타나지 않았다. 2, 3구 사이의 점대 원칙이 지켜지지 않은 까닭은 표현 때문에 어쩔 수 없는 경우다.

陳子昂(진자앙, 약 659∼약 700)의 <春夜別友人(춘야별우인)>을 감상하고 寬對(관대) 표현을 살펴보기로 한다.

```
銀燭吐靑烟,  은촉토청연.  촛불의 밝은 빛은 푸른 안개 토해내고,
金樽對綺筵.  금준대기연.  금 술잔으로 풍성한 연회자리 마주한다.
离堂思琴瑟,  리당사금슬.  전별의 이 자리 친구와 함께했던 즐거움을 추억하나,
別路繞山川.  별로요산천.  이별 후의 노정은 산천을 떠돌게 되리니!
明月隱高樹,  명월은고수.  밝은 달빛은 높은 나무에 가려져 있고,
長河沒曉天.  장하몰효천.  은하수는 새벽하늘에 묻힌다.
悠悠洛陽道,  유유락양도,  유유히 떠나가는 낙양의 이 길,
此會在何年.  차회재하년.  여기서 떠나면 어느 해에 다시 만날 수 있겠는가?
```

'銀燭'은 밝게 빛나는 촛불, '綺筵'은 화려한 연회석, '琴瑟'은 친구와 함께하는 즐거운 연회자리, 친구와의 우정을 뜻한다. 함련에서 '离堂'과 '別路'는 동사+명사, 琴瑟과 山川은 명사+명사, '思'와 '繞'는 동사 대 동사로, 전형적인 공대 대장이지만, '路'는 지리, '堂'은 집으로 성질이 다른 관대 대장이다. 경련에서 '明月'과 '長河', 高樹'와 '曉天'은 '형용사+명사' 대 '형용사+명사'로 대장되었다. '형용사+명사'로 분석하기는 했지만, 실제로는 '明月'이나 '長河'는 명사처럼 쓰인다. '隱'과 '沒'은 동사 대 동사로 대장되었다. 이러한 대장은 매우 빈번하니, 관대는 공대의 연장이라 할 수 있다.

두 운자 이상의 대장에서 절반은 대장을 이루지만 절반은 이루지 않을 수도 있으니, 이 또한 관대의 수법이다. 수련은 대장할 수도 있고 하지 않을 수도 있는데, 절반은 대장을 이루지만, 절반은 대장을 이루지 않을 수도 있다.

평/측과 병음을 표기하고 구성형식을 분석하면 다음과 같다.

銀燭吐靑烟, 평측측평평 yín zhú tǔ qīngyān
金樽對綺筵. 평평측측평 jīn zūn duì qǐ yán
离堂思琴瑟, 평평평측측 lí táng sī qín sè
別路繞山川. 측측측평평 bié lù rào shānchuān
明月隱高樹, 평측평평측 míng yuè yǐn gāo shù
長河沒曉天. 평평측측평 chánghé mò xiǎo tiān
悠悠洛陽道, 평평측평측 yōuyōu luòyáng dào
此會在何年. 측측측평평 cǐ huì zài hé nián

측기식 수구압운 평성 先운으로 압운했다. 오언율시는 수구불압운이 정격이지만 수구압운 할 수도 있다. '琴'은 '錦'의 뜻으로 측성으로 쓰였다. 7구의 '洛陽道'는 고평이지만 가상으로 '洛'과 '陽'의 평/측을 바꾸면 고평이 해결된다.

두보의 <月夜(월야)>를 감상하고 관대의 표현을 살펴보기로 한다.

今夜鄜州月, 오늘 밤 부주에 뜬 달을,
閨中只獨看. 규중에서 홀로 바라보고 있으리.
遙怜小儿女, 멀리서나마 어린 자식들 가여워하지만,
未解憶長安. 장안에서 그리워함을 이해하지 못하리라.
香霧云鬢濕, 향기로운 안개에 구름 같은 머리 젖고,
清輝玉臂寒. 밝은 달빛에 옥 같은 팔은 차가워지리.
何時倚虛幌, 어느 때 투명 휘장에 기대어,
双照泪痕干. 함께 달빛 받으며 눈물자국 말릴 수 있을까?

함련의 '遙怜小儿女, 未解憶長安'에서 '儿女(자식)'와 '長安(지명)'은 관대로 이루어졌다. '遙怜小'와 '未解憶'으로 보기 어렵다. 양련 대장이 원칙이지만, 함련(3, 4구)의 대장은 부분 대장을 할 수도 있다. 대장은 함련보다 경련에서 더욱 엄격하게 내어야 한다고 알려져 있으나 당시 300수 등에 나타난 대장 표현을 살펴보면 꼭 그러하지는 않다. 위에서 예를 든 <春日憶李白(춘일억이백)>에서도 함련의 대장이 더욱 뚜렷하다. 부분 대장 역시 빈번히 나타난다. 頸聯에서 '香霧(향기로운 안개)'와 '淸輝(밝은 달빛)', '云鬢(구름 같은 머리)'과 '玉臂(옥 같은 팔)', '濕(젖다)'과 '寒(차갑다)'은 대장표현의 정석이다. 구성형식은 앞부분에서 한 바 있으므로 생략한다.

두보의 七言絕句(칠언절구) 작품인 <兩个黃鸝鳴翠柳(량개황리명취류)>를 감상하고 대장을 살펴보기로 한다. 절구는 대장을 강구하지 않아도 무방하지만, 두보는 이 한 수에서 그림 같은 대장으로 표현했다.

兩个黃鸝鳴翠柳, 량개황리명취류, 두 마리 꾀꼬리 버드나무 잎 사이에서 울고,
一行白鷺上靑天. 일행백로상청천. 한 줄의 백로 푸른 하늘을 난다.
窗含西岭千秋雪, 창함서령천추설, 창문으로 보이는 서쪽 산 천년의 적설,
門泊東吳万里船. 문박동오만리선. 문 앞에 정박해 있는 동오 지방으로부터 온 배.

'숫자(兩个) 대 숫자(一行)', '동물(黃鸝) 대 동물(白鷺)', '동사(울다, 鳴)' 대 '동사(上, 오르다)'로 대장되었다. '翠柳'와 '靑天'은 (형용사+명사)의 대장으로 뚜렷한 대비를 이루는 그림 같은 대장 표현이다. 칠언절구는 수구압운이 정격이나 불압운인 까닭은 '翠柳' 대 '靑天'으로 대장을 이루려 보니, 압운할 수 없었을 것이다. '行'이 '열' 또는 '줄'의 뜻으로 쓰일 때는 'háng'으로 읽힌다. 절구는 대장 표현을 하지 않아도 무방하지만, 때로는 이처럼 뛰어난 대장 표현도 나타난다.

평/측과 병음을 표시하고 구성형식을 분석하면 다음과 같다.

兩个黃鸝鳴翠柳, 측측평평평측측 liǎnggè huánglí míng cuì liǔ
一行白鷺上靑天. 측평평측측평평 yìháng báilù shàng qīngtiān
窗含西岭千秋雪, 평평평측평평측 chuāng hán xī lǐng qiānqiū xuě
門泊東吳万里船. 평측평평측측평 mén bó dōngwú wànlǐ chuán

측기식 수구불압운, 평성 先운으로 압운했다. 해당 압운을 반드시 살펴보는 습관을 들여야 한다. 운을 확인하는 과정에서 자연스럽게 평/측을 체득할 수 있기 때문이다.

3.4.3. 借對(차대)

한 가지 뜻에서 의미를 빌려 다른 뜻으로 사용하여 대장하는 경우를 '借對'라고 한다. 두보의 <巫峽敝廬奉贈侍御四舅(무협폐려봉증시어사구)>를 감상한 다음, 借對(차대) 표현을 살펴보기로 한다.

> 江城秋日落, 강성추일락, 장강가의 성에 가을 해 저무니,
> 山鬼閉門中. 산귀폐문중. 산귀신은 성문 닫아걸었다.
> 行李淹吾舅, 행리엄오구, 사신으로 머물던 나의 외숙은,
> 誅茅問老翁. 주모문로옹. 초가집 늙은이를 방문했다.
> 赤眉猶世亂, 적미유세란, 붉은 눈썹 한군데에도 세상은 어지럽고,
> 靑眼只途窮. 청안지도궁. 푸른 눈동자로도 단지 곤궁한 인생길.
> 傳語桃源客, 전어도원객, 도화원 객들에서 말씀 전해주십시오.
> 人今出處同. 인금출처동. 어떤 사람 지금 그들과 같이 살고 싶어 한다고.

함련의 '行李'는 춘추전국시대에 '使者'의 뜻으로 사용되었으나, 당대에는 '여행'의 뜻으로 사용되었다. 이 구에서는 '여행'의 표면적인 뜻을 빌려 '사자'의 뜻을 나타내었다. 경련에서 '赤眉'와 '靑眼', '世亂'과 '途窮', '猶'와 '只'는 대장표현의 정석이다.

두보의 <曲江> 2수에서는 借對(차대)의 백미를 느낄 수 있다.

> 朝回日日典春衣, 조정에서 돌아오는 길 날마다 봄 옷 저당 잡힌 후,
> 每日江頭盡醉歸. 매일 강가 술집 들러 취해야만 돌아온다.
> 酒債尋常行處有, 외상 술값은 언제나 곳마다 있을 수 있으나,
> 人生七十古來稀. 인생 칠십은 예로부터 드물다.
> 穿花蛺蝶深深見, 꽃 사이 날아다니는 나비는 숨었다 나타나고,
> 点水蜻蜓款款飛. 꼬리 적시는 잠자리 느릿느릿 날아다닌다.
> 傳語風光共流轉, 풍광을 전하는 말에 함께 흘러 맴돌며,
> 暫時相賞莫相違. 잠시 서로 관상하니 서로 어긋남 없구나!

함련의 '酒債尋常行處有, 人生七十古來稀'는 뛰어난 借對(차대)의 표현이다. 100세 시대를 추구하는 오늘날의 수명 개념으로는 '칠십 인생'이 보통의 수명일 수 있으나, 두보 시대에 '칠십을 살 수 있다'는 말은 장수를 상징하는 말로 쓰였다. 그런데 두보가 이 표현을 사용한 까닭은, '장수'를 강조하기 위해서가 아니라, 대장을 나타내려는 의도가 더

욱 강하다. '酒債尋常行處有, 人生七十古來稀'에서 '尋常'은 '七十'과 대장되었다. '尋常'은 '보통', '언제나'의 뜻이지만, 길이의 단위로 사용할 때에는, 8尺이 1尋에 해당하며, 2尋을 1常으로 계산한다. 오늘날의 계산법으로는 1척이 33.3센티미터에 해당되지만, 시대에 따라 약 28, 29센티미터 전후를 1척으로 삼았다. '尋'과 '常'을 합치면 24尺이므로 24측×29는 696센티미터가 된다. 696센티미터는 700센티미터로 보아도 무방하다. 700을 술값으로 계산한다면, 오늘날 7천 원에 해당할 수도 있고, 7만 원에 해당할 수도 있다. 평소 술을 지나치게 좋아하는 두보를 주위 사람들이 염려하자, 외상 술값 7만 원쯤이야 들르는 술집마다 있을 수 있는 일이나, 인생 칠십은 살기 어려우니, 술 마시는 일을 상관하지 말라는 변명의 뜻이 강하게 느껴진다. '尋常'의 본래 의미를 숫자로 바꾸어, '七十'과 대장을 이룬 표현은 借對(차대) 표현의 백미라 할 수 있으니, 어찌 두보가 시성이란 명성을 얻지 않을 수 있었겠는가!

경련의 '穿花蛺蝶深深見, 点水蜻蜓款款飛'는 工對(공대) 대장의 모범이라 할 수 있다. '穿花(꽃을 가로지르다)' 대 '点水(물에 꼬리를 적시다)', '蛺蝶(나비)' 대 '蜻蜓(잠자리)', '深深(깊숙이)' 대 '款款(느긋이)', '見(보이다, 동사)' 대 '飛(날다, 동사)', 그야말로 그림 같은 대장 표현이다. 칠언율시 창작의 대장표현은, 이 수를 모범 삼을 수 있을 것이다.

때로 대장은 뜻이 아니라 음만 빌리기도 한다. '籃(바구니)'의 음을 빌려 '藍(푸르다)'의 뜻으로 나타내기도 하고, '皇(황제)'의 음을 빌려 '黃(누르다)'의 뜻으로 나타내기도 하며, '滄(검푸르다)'의 음을 빌려, '蒼(창백하다)'의 뜻으로 사용하기도 한다. '珠(구슬)'의 음을 빌려 '朱(붉다)'의 뜻으로 사용하거나, '淸(깨끗하다)'의 음을 빌려, '靑(푸르다)'의 뜻으로 사용하는 경우도 마찬가지다.

두보의 <恨別>을 감상하고 借對(차대)의 표현을 살펴보기로 한다.

洛城一別四千里, 락성일별사천리, 낙양 한 번 이별에 4천 리를 떠돌았고,
胡騎長驅五六年. 호기장구오륙년. 오랑캐 중원에서 설친 지 5, 6년이 흘렀다.
草木變衰行劍外, 초목변쇠행검외, 초목 시들 무렵 검문 밖으로 길 떠나려 했지만,
兵戈阻絶老江邊. 병과조절로강변. 전쟁으로 길 끊겨 강변에서 늙어간다.
思家步月淸宵立, 사가보월청소립, 집 그리며 달빛 따라 맑은 밤 지새웠고,
憶弟看云白日眠. 억제간운백일면. 아우 생각하며 구름 보다 한낮에 잠들었다.
聞道河陽近乘胜, 문도하양근승성, 들리는 소식에는 '하양 땅에서 승리에 가깝다' 하니,
司徒急爲破幽燕. 사도급위파유연. 사도께서는 하루빨리 유연 반란군 물리치시기 바랍니다.

頸聯의 '思家步月淸宵立, 憶弟看云白日眠' 구에서 '淸'은 靑(푸르다)의 뜻으로 쓰여 '白'과 대장을 이루었다. '淸'과 '白'은 대장될 수 없다. 경련의 '東郭滄江合, 西山白雪高' 구에서 '滄'은 '蒼(푸르다)'의 뜻으로 사용되어, '白'과 대장되었다. '滄'은 '白'과 대장될 수 없다. 借對(차대)는 매우 공교롭게 나타내지 않으면, 대장이 아닌 것처럼 생각될 수도 있으니, 상당한 자신감이 생길 때까지 피하는 것이 좋다.

평/측과 병음을 표기하고 구성형식을 살펴보면 다음과 같다.

洛城一別四千里, 측평평측측평측 luò chéng yì bié sìqiānlǐ
胡騎長驅五六年. 평측평평측측평 hú qí chángqū wǔliùnián
草木變衰行劍外, 측측측평평측측 cǎomù biànshuāi háng jiàn wài
兵戈阻絶老江邊. 평평측측측평평 bīnggē zǔ jué lǎo jiāng biān
思家步月淸宵立, 평평측측평평측 sī jiā bù yuè qīng xiāo lì
憶弟看云白日眠. 측측측평평측평 yì dì kàn yún báirì mián
聞道河陽近乘勝, 평측평평측평측 wéndào héyáng jìnchéng shèng
司徒急爲破幽燕. 평평측측측평평 sītú jí wèi pò yōu Yān

평기식 수구불압운, 평성 先운으로 압운했다. 1구의 '四千里'는 고평이며, 2구의 '胡騎長'을 고측으로 대응시켜 해결했다. 반드시 대응되지 않아도 고평을 해결하는 방법은 매우 드물게나마 나타난다. 7구의 '近乘勝' 역시 고평이 나타났지만, 가상으로 '近'과 '乘'을 바꾸면 구 자체에서 고평이 해결된다. '燕'은 '제비'의 뜻으로 쓰일 때는 측성이지만, 국명이나 지명에 사용될 때에는 평성으로 쓰인다.

3.4.4. 流水對(유수대)

流水對는 串對(관대) 또는 連對(련대)라고도 부른다. 일반적으로 두 구가 각각 독립성을 이루면서 평행으로 대장되는 경우를 가리킨다. 出句(출구)만으로는 뜻을 나타낼 수 없거나, 불완전하며, 對句(대구)로 보충해야 온전한 뜻을 이룬다. 두보의 <聞官軍收河南河北>을 감상하고, 流水對의 표현을 살펴보기로 한다.

劍外忽傳收薊北, 검외홀전수계북, 劍門關 밖에서 薊北지역 회복했다는 소식에,

初聞涕淚滿衣裳. 초문체루만의상. 듣는 순간 흐르는 눈물 내 옷을 적신다.
却看妻子愁何在, 각간처자수하재, 둘러보아도 처자식 근심 모습 알 수 없으나,
漫卷詩書喜欲狂. 만권시서희욕광. 황망히 수습한 시서 보며 기쁨 금치 못한다.
白日放歌須縱酒, 백일방가수종주, 대낮의 노래 소리에도 술은 반드시 따라야 하니,
靑春作伴好還鄉. 청춘작반호환향. 푸르른 봄은 고향으로 돌아가는 동반자 되리라.
卽從巴峽穿巫峽, 즉종파협천무협, 곧바로 巴峽으로부터 巫峽을 지나,
便下襄陽向洛陽. 편하양양향락양. 그런 다음 襄陽을 지나 洛陽으로 향하리라.

尾聯(미련)의 '卽從巴峽穿巫峽, 便下襄陽向洛陽' 구 전체의 뜻으로써 대장을 이루었다. '곧바로 巴峽으로부터 巫峽을 통과한 후, 이어서 襄陽으로 내려간 다음에 洛陽으로 향했다'와 같이 양 구가 평행을 이루면서도 구 전체가 이어지는 표현이다. 표현을 위해 억지로 지어낸 것이 아니라 자신의 일정을 자연스럽게 나타내면서 대장을 이루었다.

주로 사용되는 대장은 공대와 관대이며 차대는 가끔 나타나고, 유수대는 잘못 사용하면 대장인지를 알기 어렵다. 대장의 표현 기법은 필요에 의한 뚜렷한 대비를 중시하므로, 무원칙적으로 섬세한 대장을 추구한 작품은 평범한 작품으로 여겼다. 宋(송)대의 시는 唐(당)대의 시보다 표현에 뛰어난 작품이 많았으나, 대장에 섬세함을 추구한 기풍이 있었기 때문에 결과적으로 당대 시보다 작품성이 뒤떨어진다는 평가를 받았다. 자연스러움과 필연성만 갖춘다면 공대와 관대만으로도 훌륭한 대장 표현을 할 수 있다.

3.5. 杜甫(두보)의 律詩(율시)에 나타난 대장 표현

대장은 율시의 표현 기법에 있어서 반드시 구사해야 할 창작요소다. 대장 표현이 나타나지 않은 율시는 창작 가치가 현저히 떨어지게 마련이다. 그런데 구성형식에 있어서 평/측과 압운이 이미 정해져 있는 까닭에 실제 창작에 있어서는 매우 어려운 요소로 작용한다. 대장 표현은 많은 율시를 감상하여 체득하는 일이 중요하다. 율시의 창작에서 구성원칙에 따르는 일은 기본이므로, 율시의 풍격은 대장 표현에서 결정되는 경우가 많다. 두보의 율시에 나타난 대장 표현을 통해 대장 방법을 익히도록 한다.

<江亭(강정)>을 감상하고 대장 표현을 살펴보기로 한다.

坦腹江亭暖, 탄복강정난, 배 드러내고 강가 정자에 앉아,
長吟野望時. 장음야망시. 길게 읊조리며 들판 바라본다.
水流心不競, 수류심불경, 강물 흐르니 내 마음 세상과 다투지 않고,
云在意俱遲. 운재의구지. 구름 떠가니 내 뜻은 한가롭기만 하다.
寂寂春將晚, 적적춘장만, 쓸쓸한 봄은 이제 저물려 하지만,
欣欣物自私. 흔흔물자사. 무성한 만물은 이로부터 사랑스럽다.
故林歸未得, 고림귀미득, 고향 숲에 아직 돌아가지 못하여,
排悶强裁詩. 배민강재시. 답답함 물리치려 억지로 시를 짓는다.

'故林歸未得, 排悶强裁詩'는 "江東犹苦戰, 回首一顰眉"로 전사된 경우도 있다. '水流'는 '云在'와 '명사+동사'로 대장되었고, '心不競'과 '意俱遲'은 구의 뜻으로 대장되었다. '寂寂'과 '欣欣'처럼 동일한 운자를 겹쳐 표현하는 방법은 두보 시뿐만 아니라 율시 대장에서 흔히 볼 수 있는 표현이다.

평/측과 병음을 표시하고 구성형식을 분석하면 다음과 같다.

坦腹江亭暖, 측측평평측, tǎn fù jiāng tíng nuǎn
長吟野望時. 평평측측평. cháng yín yě wàng shí
水流心不競, 측평평측측, shuǐ liú xīn bú jìng
云在意俱遲. 평측측평평. yún zài yì jù chí
寂寂春將晚, 측측평평측, jìjì chūn jiāng wǎn
欣欣物自私. 평평측측평. xīnxīn wù zìsī
故林歸未得, 측평평측측, gù lín guī wèi dé
排悶强裁詩. 평측측평평. pái mèn qiǎng cái shī

측기식 수구불압운, 평성 支운으로 압운했다. 하삼련 금지, 고평 금지 원칙, 2, 4분명의 원칙에 당연히 어긋나지 않았으며, 요체도 나타나지 않는다. 점대 원칙에도 알맞다. '悶'은 현대한어에서는 1성과 4성으로 읽히지만 고대에는 측성으로 쓰였다. '强'은 평성또는 측성으로 쓸 수 있다.

<旅夜書懷(여야서회)>를 감상하고 대장 표현을 살펴보기로 한다.

細草微風岸, 세초미풍안, 부드러운 풀에 실바람 부는 언덕,
危檣獨夜舟. 위장독야주. 높은 돛 달고 외로이 홀로 있는 밤 배.
星垂平野闊, 성수평야활, 별빛은 평야의 광활함 속에 드리우고,

月涌大江流. 월용대강류. 달빛은 큰 강의 흐름 속에 용솟음친다.
名豈文章著, 명기문장저, 문장으로 어찌 명성 드러낼 수 있겠는가?
官應老病休. 관응로병휴. 늙고 병들면 응당 관직 그만두어야 하리니!
飄飄何所似, 표표하소사, 정처 없이 떠도는 신세 무엇과 같은가?
天地一沙鷗. 천지일사구. 천지간에 떠도는 한 마리 갈매기 신세라네.

  '星垂'와 '月涌'은 명사+동사로 대장되었고, '平野'와 '大江'은 명사 대 명사로써 대장
되었다. '星垂平野闊'은 '月涌大江流'와 구 전체로써 대장되었다. '名'과 '官', '文章'과
'老病'은 '명사 대 명사'로써 대장되었고, '豈'와 '應'은 부사 대 부사, '著'와 '休'는 '동
사 대 동사'로써 대장되었다. 대장의 전형이라 할 수 있다.

  평/측과 병음을 표시하고 구성형식을 살펴보면 다음과 같다.

    細草微風岸, 측측평평측, xì cǎo wēifēng àn
    危檣獨夜舟. 평평측측평. wēi qiáng dú yè zhōu
    星垂平野闊, 평평평측측, xīng chuí píng yě kuò
    月涌大江流. 측측측평평. yuè yǒng dà jiāng liú
    名豈文章著, 평측평평측, míng qǐ wénzhāng zhù
    官應老病休. 평평측측평. guān yīng lǎo bìngxiū
    飄飄何所似, 평평평측측, piāopiāo hé suǒ sì
    天地一沙鷗. 평측측평평. tiān dì yì shā ōu

  측기식 수구불압운, 평성 尤운으로 압운했다. 하삼련 금지, 고평 금지, 2, 4분명의 원
칙이 당연히 잘 지켜졌다. 점대 원칙에도 알맞다.

  <月(월)>을 감상하고 대장 표현을 살펴보기로 한다.

    万里瞿唐月, 만리구당월, (고향에서) 만 리 떨어진 구당지방의 달빛,
    春來六上弦. 춘래륙상현. 봄이 온 이래 여섯 번째 상현달이로다.
    時時開暗室, 시시개암실, 때로는 어두운 방을 밝히고,
    故故滿青天. 고고만청천. 때로는 푸른 하늘을 온통 밝힌다.
    爽合風襟靜, 상합풍금정, 상쾌함 가득 소매에 가만히 내려앉은 달빛,
    高當淚臉懸. 고당루검현. 높이 뜬 달은 눈물 흐르는 뺨에 걸렸다.
    南飛有烏鵲, 남비유오작, 남쪽으로 날아가려는 까마귀 있으나,
    夜久落江邊. 야구락강변. 밤 깊도록 선회하다 강변에 내려앉을 뿐이다.

'瞿唐'은 '瞿塘峽'으로 안사의 난 이후 두보가 힘들게 생활하던 곳이다. '風襟'은 '衣襟'과 같다. 소매를 가리킨다. '滿'은 '푸른 하늘을 달빛으로 가득 채웠다'는 뜻으로 쓰였다. '合'은 '에워싸다', '충만하다'는 뜻이다. 3, 4구의 대장에서 '時時'와 '故故'는 비슷한 뜻으로, 대장에서는 이러한 방법은 가능한 피해야 한다. 5, 6구는 얼핏 보아서는 대장을 구사했는지도 의심스럽다. 그러나 두보는 이 시에서 특별한 대장을 수사했으니, 다음과 같다.

3구: 時時開暗室, 때로는 어두운 방을 밝히고,
4구: 故故滿靑天. 때로는 푸른 하늘을 온통 밝힌다.
5구: 爽合風襟靜, 상쾌함 가득하게 소매에 가만히 내려앉은 달빛,
6구: 高당泪臉懸. 하늘 바라보면 달빛은 눈물 되어 얼굴에 걸린다.

3구와 5구, 4구와 6구를 짝지어 나타내면 다음과 같다.

3구: 時時開暗室, 때로 어두운 방을 밝히면,
5구: 爽合風襟靜, 달빛은 상쾌함 가득 소매에 가만히 내려앉는다.
4구: 故故滿靑天. 때로 푸른 하늘을 온통 밝히는데,
6구: 高당泪臉懸. 하늘 바라보면 달빛은 눈물 되어 얼굴에 흐른다.

3구와 5구를 짝지우면, 달빛을 통해 은근함과 다정함을 느낄 수 있고, 4구와 6구를 짝지우면, 달빛의 냉랭함을 통해 자신의 처량한 신세를 한탄하고 있음을 느낄 수 있다. 엄격하게 정해진 율시의 규칙 속에서도 다양한 대장 표현 방법을 추구한 두보의 창작정신을 엿볼 수 있는 작품이다.

평/측과 병음을 표기하고 구성형식을 살펴보기로 한다.

万里瞿唐月, 측측평평측 wànlǐ qú táng yuè
春來六上弦. 평평측측평 chūn lái liù shàngxián
時時開暗室, 평평평측측 shíshí kāi ànshì
故故滿靑天. 측측측평평 gùgù mǎn qīngtiān
爽合風襟靜, 측측평평측 shuǎng hé fēng jīn jìng
高당泪臉懸. 평평측측평 gāo dāng lèi liǎn xuán
南飛有烏鵲, 평평측측측 nán fēi yǒu wū què
夜久落江邊. 측측측평평 yè jiǔ luò jiāng biān

측기식 수구불압운, 평성 先운으로 압운했다. 점대의 원칙에도 알맞다. 7구의 '有烏鵲' 은 '측평측'으로 고평이 나타난 拗體 형식이다. 가상으로 '有'와 '烏'를 바꾸면, '평평평 측측'이 되어 고평에서 벗어난다.

<冬至(동지)>를 감상하고 대장 표현을 살펴보기로 한다.

> 年年至日長爲客, 년년지일장위객, 해마다 동지 돌아와도 여전히 나그네 신세,
> 忽忽窮愁泥殺人. 홀홀궁수니살인. 실의와 곤궁함과 근심은 사람을 죽일 듯 휘감는다.
> 江上形容吾獨老, 강상형용오독로, 강변 서성이는 내 모습은 외로운 늙은이,
> 天涯風俗自相親. 천변풍속자상친. 기주 백성들의 풍속은 각자 서로 친하도다.
> 杖藜雪后臨丹壑, 장려설후림단학, 명아주 지팡이 짚고 눈 내린 후의 단풍 골짜기에 임하니,
> 鳴玉朝來散紫宸. 명옥조래산자신. 조회 마친 관료들의 옥패소리 자신전에 흩어지는 듯,
> 心折此時无一寸, 심절차시무일촌, 궁궐 향한 내 마음 꺾여 조금도 남아 있지 않은 이때,
> 路迷何處見三秦. 로미하처견삼진. 길 잃으니 어느 곳에서 장안 볼 수 있겠는가?

'長'은 언제나, 여전히, '泥'는 '휘감다'는 뜻으로 쓰였다. '天涯'는 당시 두보가 머물 던 夔州를 가리킨다. 3구와 4구는 도치되었다. 기주사람들은 서로가 친하지만, 두보 자 신은 외로운 객으로 어울리지 못하고 강가에서 맴돈다는 뜻으로 쓰였다. '鳴玉'은 조회 가 끝난 백관들이 말을 타고 떠날 때 허리에 찬 패옥이 울리는 소리를 뜻한다. '紫宸'은 궁궐 명, '三秦'은 장안을 가리킨다.

함련에서 '江上'과 '天涯', '形容'과 '風俗', '吾'와 '自', '獨老'와 '相親'은 분명한 대장 을 이루었으며, 경련의 '臨丹壑'과 '散紫宸' 역시 대장이 분명하다. '杖藜雪后'와 '鳴玉朝 來'은 번역만으로는 대장이 분명치 않은 것처럼 보이지만, 杖藜와 鳴玉은 명사 대 명사, '后'와 '來'는 시간을 나타내는 말로 대장을 이루었다.

평/측과 병음을 표기하고 구성형식을 살펴보면 다음과 같다.

> 年年至日長爲客, 평평측측평평측 niánnián zhì rì cháng wéi kè
> 忽忽窮愁泥殺人. 측측평평측측평 hūhū qióng chóu ní shārén
> 江上形容吾獨老, 평측평평평측측 jiāng shàng xíngróng wúdú lǎo
> 天邊風俗自相親. 평평평측측평평 tiānbiān fēngsú zì xiāngqīn
> 杖藜雪后臨丹壑, 측평측측평평측 zhàng lí xuě hòu lín dān hè
> 鳴玉朝來散紫宸. 평측평평측측평 míng yù cháo lái sǎn zǐ chén

心折此時无一寸, 평측측평평측측 xīn zhé cǐ shí wú yì cùn
路迷何處見三秦. 측평평측측평평 lù mí héchù jiàn sān qín

평기식 수구불압운, 평성 眞운으로 압운했다. 수구압운이 정격이지만 이처럼 수구불압운으로 쓴 경우도 드물기는 하지만 나타난다. 하삼련 금지, 2, 4, 6분명의 원칙에 당연히 알맞으며, 점대 원칙에도 들어맞는다. 이 시에서는 현대성조와 다른 운자가 많이 나타나므로 평/측의 분석에 주의를 요한다. 忽, 泥, 殺, 折, 獨은 현대한어에서는 평성에 속하지만 고대에는 측성에 속한다. 5구의 '杖藜雪'은 '측평측'으로 고평으로, 6구의 '鳴玉朝'를 '평측평'으로 대응시켜, 요체에서 벗어났다.

<暮春(모춘)>을 감상하고 대장 표현을 살펴보면 다음과 같다.

臥病擁塞在峽中, 와병옹새재협중, 병들어 무협에 갇혀 있으니,
瀟湘洞庭虛映空. 소상동정허영공. 소상과 동정호에 부질없이 하늘 비친다.
楚天不斷四時雨, 초천불단사시우, 기주는 사계절 내내 비 그치지 않고,
巫峽常吹千里風. 무협상취천리풍. 무협엔 언제나 만 리에 걸친 바람 몰아친다.
沙上草閣柳新暗, 사상초각류신암, 모래 위 풀로 엮은 누각에는 버들잎 새롭게 짙어지고,
城邊野池蓮欲紅. 성변야지련욕홍. 성 주변 들판 연못엔 연꽃 붉어지려 한다.
暮春鴛鷺立洲渚, 모춘원로립주저, 원앙은 저무는 봄의 모래섬에 서 있다가,
挾子翻飛還一叢. 협자번비환일총. 새끼 데리고 훌쩍 날아 풀숲으로 돌아간다.

'楚天'은 '蜀天'과 같다. 夔州는 고대에 초나라 영토에 속했다. 楚天과 巫峽, '不斷'과 '常吹', '四時雨'와 '千里風'이 대장되고, '沙上'과 '城邊', '草閣'과 '野池', '柳新暗'과 '蓮欲紅'이 뚜렷하게 대장되었다.

평/측과 병음을 표시하고 구성형식을 분석하면 다음과 같다.

臥病擁塞在峽中, 측측평평측측평 wòbìng yōng sāi zài xiá zhōng
瀟湘洞庭虛映空. 평평측측평측평 xiāoxiāng dòngtíngxū yìngkōng
楚天不斷四時雨, 측평평측측평측 chǔ tiān bú duàn sì shí yǔ
巫峽常吹千里風. 평측평평평측평 wūxiá cháng chuī qiān lǐ fēng
沙上草閣柳新暗, 평측측측측평측 shā shàng cǎo gé liǔ xīn àn
城邊野池蓮欲紅. 평평측평평측평 chéng biān yě chí lián yù hóng
暮春鴛鷺立洲渚, 측평평측측평측 mùchūn yuān lù lì zhōu zhǔ

挾子翻飛還一叢. 측측평평평측평 xié zǐ fān fēi huán yì cóng

측기식 수구압운, 평성 東운으로 압운했다. '庭'은 평성과 측성 양쪽 다 쓸 수 있으며, 이 구에서는 측성으로 쓰였다. 점대의 원칙에도 알맞다. '庭虛映'은 '측평측'으로 고평이나, 가상으로 '虛'와 '映'을 바꾸면, 고평이 해결된다. 7구의 '立洲渚'도 '측평측'으로 고평이 나타났지만, 8구의 '還一叢'을 '평측평'으로 대응시켜 고평을 해결했다.

<夜(야)>를 감상하고 대장 표현을 살펴보기로 한다.

露下天高秋水清, 로하천고추수청, 이슬 내리고, 하늘 높고, 가을 물 맑아,
空山獨夜旅魂惊. 공산독야려혼량. 빈산에서 홀로 밤을 맞는 나그네의 혼을 깨운다.
疏灯自照孤帆宿, 소정자조고범숙, 성긴 등불 저절로 외로이 잠든 배 비추고,
新月犹懸双杵鳴. 신월유현쌍저명. 초승달 아직 걸려 있는 가운데 맞 다듬질 소리 난다.
南菊再逢人臥病, 남국재봉인와병, 남쪽 타향 국화 두 번 보면서도 병들어 누웠는데,
北書不至雁无情. 북서불지안무정. 북쪽 고향 소식 오지 않으니 기러기도 무정하구나!
步檐倚仗看牛斗, 보첨의장간우두, 처마 밑에서 지팡이 짚고 견우성과 북두성 바라보니,
銀漢遙應接鳳城. 은한요응접봉성. 아득한 은하수 응당 장안까지 이어져 있겠지!

이 시는 대력(大曆) 원년(766)에 썼다. 다듬이질을 할 때, 여인들이 마주보고 앉아 서로 다듬이로 두드리는 모습을, '双杵'로 표현했다. '南菊再逢'은 두보가 云安과 기주에서 머무른 기간을 말한다. 鳳城은 장안을 가리킨다. '疏灯'과 '新月', '自照'와 '犹懸', '孤帆宿', '双杵鳴'가 대장되었다. '南菊再逢'과 '北書不至' 역시 대장의 원칙에 알맞으며, '雁'은 소식을 전하는 전해주는 사람으로 의인화하여, '人'과 대장시켰다.

평/측과 병음을 표기하고 구성형식을 살펴보기로 한다.

露下天高秋水清, 측측평평평측평 lù xià tiān gāo qiūshuǐ qīng
空山獨夜旅魂惊. 평평측측평평평 kōng shān dú yè lǚ hún jīng
疏灯自照孤帆宿, 평평측측평평측 shū dēng zì zhào gū fān sù
新月犹懸双杵鳴. 평측평평평측평 xīnyuè yóu xuán shuāng chǔ míng
南菊再逢人臥病, 평측측평평측측 nán jú zài féng rén wò bìng
北書不至雁无情. 측평평측측평평 běi shū bú zhì yàn wúqíng
步檐倚仗看牛斗, 측평측측평평측 bù yán yǐ zhàng kān niú dòu
銀漢遙應接鳳城. 평측평평측측평 yínhàn yáo yīng jiē fēngchéng

측기식 수구압운, 평성 '庚'운으로 압운했다. 1구에서의 '秋水淸'은 '평측평'은 고측으로 '秋水'를 대체할 말이 없었기 때문에, 어쩔 수 없이 나타난 현상으로 보이며, 4구의 '新月猶'가 '평측평'으로 고측이 된 까닭은, 3구의 '疏灯'과 대장을 이루었기 때문이다. 고측은 금기사항은 아니지만, 나타나지 않으면 더욱 좋을 것이다. 나타나는 경우는 이처럼 대체할 말이 알맞지 않거나, 없는 경우, 또는 대장 표현을 위해 어쩔 수 없이 나타나기도 한다. 7구의 '步檐倚(측평측)'은 고평이며, 8구의 '銀漢遙(평측평)'을 고측으로 대응시켜 해결했다.

<九日(구일)>을 감상하고 대장 표현을 살펴보기로 한다.

重陽獨酌杯中酒, 중양독작배중주, 구월 구일 중양절에 홀로 술 마시다,
抱病起登江上台. 포병기등강상태. 병든 몸 일으켜 강가의 누각에 올랐다.
竹叶于人旣无分, 죽협우인기무분, 죽엽주도 병든 나에게는 이미 인연 없고,
菊花從此不須開. 국화종차불수개. 국화도 병든 후에 핀들 무슨 소용 있겠는가!
殊方日落玄猿哭, 수방일락현원곡, 타향에 해 지자 원숭이 울음소리,
旧國霜前白雁來. 구국상전백안래. 고향엔 서리 전에 흰 기러기 왔었는데!
弟妹蕭條各何往, 제매소조각하왕, 아우와 누이는 각각 헤어져 어디에 쓸쓸이 있는가?
干戈衰謝兩相催. 간과쇠사량상최. 전쟁과 노쇠함 모두 죽음을 재촉한다.

'竹叶'과 '菊花'는 명사 대 명사로 대장을 이루었다. '于人'과 '從此'는 뚜렷한 대장으로 보기 어려우나, 旣无分과 不須開는 대장이다. 3, 4구는 부분대장으로 보아도 무방하다. '殊方日落玄猿哭'과 '旧國霜前白雁來'는 뚜렷한 대장을 이루었다.

평/측과 병음을 표기하고 구성형식을 살펴보면 다음과 같다.

重陽獨酌杯中酒, 평평측측평평측 chóngyáng dúzhuó bēizhōng jiǔ
抱病起登江上台. 측측측평평상평 bàobìng qǐdēng jiāng shàng tái
竹叶于人旣无分, 측측평평측평측 zhúyè yú rén jì wú fēn
菊花從此不須開. 측평평측측평평 júhuā cóng cǐ bù xū kāi
殊方日落玄猿哭, 평평측측평평평 shū fāng rì luò xuán yuán kū
旧國霜前白雁來. 측측평평측측평 jiùguó shuāng qián báiyàn lái
弟妹蕭條各何往, 측측평평측평측 dìmèi xiāo tiáo gè hé wǎng
干戈衰謝兩相催. 평평평측측평평 gāngē shuāixiè liǎng xiāng cuī

평기식 수구불압운, 평성 灰운으로 압운했다. 獨, 竹, 菊은 현대한어에서는 평성에 해당되지만 고대에는 측성으로 쓰였다. 分은 평성 文운, 거성 問운으로 양쪽 다 쓸 수 있다. 3구의 '旣无分'과 7구의 '各何往'은 '측평측'으로 고평이지만, 가상으로 '旣无'와 '各何'의 평/측만 바꾸면 구 자체에서 고평이 해결된다.

<曲江對酒(곡강대주)>를 감상하고 대장 표현을 살펴보기로 한다.

苑外江頭坐不歸, 원외강두좌불귀, 부용원 강 머리에 앉아 시간 가는 줄 몰랐는데,
水精宮殿轉霏微. 수정궁전전비미. 수정궁 모습은 점차 흐릿하게 변해간다.
桃花細逐楊花落, 도화세축양화락, 복숭아 꽃 살며시 버들개지 따라 떨어지고,
黃鳥時兼白鳥飛. 황조시겸백조비. 꾀꼬리 때맞추어 갈매기와 함께 난다.
縱飮久判人共弃, 종음구판인공기, 술에 빠진 까닭은 오랫동안 사람들과 함께하길 바랐으나, 버림받았기 때문이며,
懶朝眞与世相違. 라조진여세상위. 조정 일에 게으른 까닭은 진실로 세상과 함께하려 했으나, 어긋났기 때문이다.
含情更覺滄洲遠, 리정경각창주원, 정 품어 다시 은거할 곳 멀다는 사실 깨달으니,
老大徒傷未拂衣. 로대도상미불의. 늙음 슬퍼하면서도 옷깃 털고 떠나지 못한다.

조정에 중용되어 나라를 위해 한 몸 바치고 싶지만, 중용되지 못해 실의한 심정을 드러내었다. '曲江'은 '曲江池'로 당대 장안 제일의 명승지로 알려져 있다. '苑'은 '芙蓉苑'으로 황제와 황후가 노니는 곳이며, '水精宮殿'은 부용원 내의 궁전을 가리킨다. '判'은 '기꺼이 원하다'는 뜻으로 쓰였다. '滄洲'는 '은사의 거처'를 뜻한다. 3, 4구의 '桃花'와 '黃鳥', '細逐'과 '時兼', '楊花'와 '白鳥', '落'과 '飛' 모두 뚜렷한 대장을 이루었다. 5, 6구의 '縱飮'과 '懶朝', '久判人共'과 '眞与世相', '弃'와 '違'는 직역으로는 번역이 잘 되지는 않지만, 분명한 대장이다.

평/측과 병음을 표기하고 구성형식을 살펴보기로 한다.

苑外江頭坐不歸, 측측평평측측평 yuàn wài jiāng tóu zuò bù guī
水精宮殿轉霏微. 측평평측측평평 shuǐjīng gōngdiàn zhuǎnfēi wēi
桃花細逐楊花落, 평평측측평평측 táohuā xì zhú yáng huā luò
黃鳥時兼白鳥飛. 평측평평측측평 huángniǎo shí jiān bái niǎo fēi
縱飮久判人共弃, 측측측평평측측 zòng yǐn jiǔ pàn rén gòng qì
懶朝眞与世相違. 측평평측측평평 lǎncháo zhēn yǔ shì xiāng wéi

含情更覺滄洲遠, 평평평측평평측 hánqínggèngjué cāngzhōu yuǎn
老大徒傷未拂衣. 측측평평측측평 lǎo dà tú shāng wèi fú yī

측기식 수구압운, 평성 '微'운으로 압운했다. 하삼련 고평 금지, 2, 6분명 원칙은 당연히 잘 지켜졌으며, 점대 원칙에도 알맞다. '判'과 '更'은 평성으로 쓰였다.

제4장

五言絶句(오언절구)
창작방법

오언절구는 자신의 감흥을 함축성 있게 잘 나타낼 수 있는 창작방법이다. 각 구 5자 4구로 구성된다. 측기식 수구불압운 또는 평기식 수구불압운 형식이며, 하삼련, 고평 금지의 원칙도 오언율시의 구성원칙과 같다. 대장하지 않아도 무방하다는 점만 다를 뿐이지만, 대장도 구사하면 더욱 좋은 작품이 될 것이다.

王之渙(왕지환, 688~742)의 <登鸛雀樓(등관작루)>를 감상하고 오언절구의 구성형식을 살펴보기로 한다.

白日依山盡, 백일의산진, 태양은 산을 의지해 지고,
黃河入海流. 황하입해류. 황하는 바다를 향해 흐른다.
欲窮千里目, 욕궁천리목, 천 리의 무궁함을 보고자 하여,
更上一層樓. 경상일층루. 다시 누각 한 층을 더 오른다.

평/측과 병음을 표기하고 구성형식을 살펴보기로 한다.

白日依山盡, 측측평평측 bái rì yī shān jìn
黃河入海流. 평평측측평 huánghé rù hǎi liú
欲窮千里目, 측평평측측 yù qióng qiān lǐ mù
更上一層樓. 측측측평평 gèng shàng yì céng lóu

측기식 수구불압운, 평성 '尤'운으로 압운했다. 오언절구는 일반적으로 2, 4구에만 압

운한다. '河(평)'와 '窮(평)'에서 알 수 있듯이, 2구와 3구의 2번째 운자에 점대의 원칙이 적용됨은, 오언율시의 창작방법과 같다. 표를 통해 구성형식을 완성해 보기로 한다. 오언율시의 측기식 수구불압운 형식과 같으므로 첫 구의 2번째 운자는 측성을 안배하고, 수구불압운이므로 첫 구에는 압운하지 않는다. 2구와 4구에 압운한다. 3구에는 당연히 측성이 안배된다. 또한 2번째 운자가 측성이므로, 4번째 운자는 평성을 안배한다.

	1	2	3	4	5	
1	白	日측		山평	盡측	불압운
2					流평	압운
3					目측	
4					樓평	압운

2구의 2번째 운자는 1구와 평/측이 상반되도록 안배하고, 2, 4분명 4번째 운자도 평/측이 상반되도록 안배한다.

	1	2	3	4	5
1		日측		山평	盡측
2		河평		海측	流평
3					目측
4					樓평

점대 원칙에 따라 3구의 2번째 운자는 2구의 2번째 운자와 동일한 평/측을 안배하고, 2, 4분명 원칙에 따라 4번째 운자의 평/측은 상반되도록 안배한다.

	1	2	3	4	5
1		日측		山평	盡측
2		河평		海측	流평
3		窮평		里측	目측
4					樓평

4구의 2번째 운자는 3구와 평/측이 상반되도록 안배하고, 2, 4분명 원칙에 따라 4번째 운자도 평/측이 상반되도록 안배한다.

	1	2	3	4	5
1		日측		山평	盡측
2		河평		海측	流평
3		窮평		里측	目측
4		上측		層평	樓평

하삼련과 고평이 나타나지 않도록 평/측을 고려하여 각 구 3번째 운자를 안배한다.

	1	2	3	4	5
1		日측	依평	山평	盡측
2		河평	入측	海측	流평
3		窮평	千평	里측	目측
4		上측	一측	層평	樓평

3구의 좌우로 살펴보면 하삼련이나 고평이 나타나지 않았다. 안배 후에 반드시 확인하는 습관을 들여야 한다. 고평이 나타나지 않도록 평/측을 고려하여 각 구 첫 번째 운자를 안배한다.

	1	2	3	4	5
1	白측	日측	依평	山평	盡측
2	黃평	河평	入측	海측	流평
3	欲측	窮평	千평	里측	目측
4	更측	上측	一측	層평	樓평

위의 과정에 따라 몇 수만 분석해 보면 오언절구의 구성형식을 쉽게 익힐 수 있을 것이다.

崔致遠(최치원)의 <秋夜雨中(추야우중)>을 감상하고 절구의 구성형식을 살펴보기로 한다.

秋風唯苦吟, 추풍유고음, 가을바람에 오직 괴롭게 읊조리나니,
擧世少知音. 거세소지음. 세상에는 나를 알아주는 사람 드물구나!
窓外三更雨, 창외삼경우, 창밖 깊은 밤에 비는 내리고,
燈前萬里心. 등전만리심. 등불 앞에서 만 리의 고향 그리는 마음.

평/측과 병음을 표기하고 구성형식을 살펴보면 다음과 같다.

秋風唯苦吟, 평평평측평 qiūfēng wéi kǔ yín
擧世少知音. 측측측평평 jǔ shì shǎo zhīyīn
窓外三更雨, 평측평평측 chuāngwài sāngēng yǔ
燈前萬里心. 평평측측평 dēng qián wànlǐ xīn

평기식, 수구압운, 평성 '侵'운을 사용했다. 오언절구는 측기식 수구불압운이 정격이
지만, 평기식으로 수구압운으로 쓴 작품도 적지 않다. 기식의 차이일 뿐이다. 2, 4분명의
원칙과 하삼련 금지, 고평 금지의 원칙 역시 당연히 잘 지켜졌다. 점대의 원칙 역시 마
찬가지다. 更은 '갱'으로 읽힐 때는 측성이지만, 이 구에서는 '경'으로 읽히며, 평성이다.

창작 구성과정을 나타내면 다음과 같다. 첫 구 2번째 운자가 평성이므로, 평기식이며,
첫 구 5번째 운자도 압운했으므로 수구압운이다. 2, 4분명원칙에 따라 4번째 운자의 평/
측은 2번째 운자의 평/측과 상반되도록 안배한다.

	1	2	3	4	5	
1		風평		苦측	吟평	압운
2					音평	압운
3					雨측	
4					心평	압운

2구의 2번째 운자는 1구와 평/측이 상반되도록 안배하고, 2, 4분명 4번째 운자도 평/
측이 상반되도록 안배한다.

	1	2	3	4	5
1		風평		苦측	吟평
2		世측		知평	音평
3					雨측
4					心평

점대 원칙에 따라 3구의 2번째 운자는 2구의 2번째 운자와 동일한 평/측을 안배하고,
2, 4분명의 원칙에 따라 3구의 4번째 운자는 2번째 운자와 평/측이 상반되도록 안배한다.

	1	2	3	4	5
1		風평		苦측	吟평
2		世측		知평	音평
3		外측		更평	雨측
4					心평

4구의 2번째 운자는 3구와 평/측이 상반되도록 안배하고, 2, 4분명의 원칙에 따라, 4번째 운자도 평/측이 상반되도록 안배한다.

	1	2	3	4	5
1		風평		苦측	吟평
2		世측		知평	音평
3		外측		更평	雨측
4		前평		里측	心평

하삼련과 고평 금지 원칙에 어긋나지 않도록 평/측을 고려하여 각 구 3번째 운자를 안배한다.

	1	2	3	4	5
1		風평	唯평	苦측	吟평
2		世측	少측	知평	音평
3		外측	三평	更평	雨측
4		前평	萬측	里측	心평

'唯苦吟'은 '평측평'으로 고측이지만 잘못은 아니다. 수구에도 압운했기 때문에 고측을 피할 수 없었을 것이다. 고평이 나타나지 않도록 제1구에 평/측을 안배하면 다음과 같다.

	1	2	3	4	5
1	秋평	風평	唯평	苦측	吟평
2	擧측	世측	少측	知평	音평
3	窓평	外측	三평	更평	雨측
4	燈평	前평	萬측	里측	心평

3구의 '窓外三'은 '평측평'으로 고측이지만 잘못은 아니다. '窓外'라는 표현을 하다 보니 어쩔 수 없이 고측이 나타났다. 고측도 나타나지 않으면 더욱 좋겠지만 표현 때문에 빈번하게 나타난다.

王維(왕유)의 ＜相思(상사)＞를 감상하고, 오언절구의 창작형식에 익숙해지도록 한다.

紅豆生南國, 홍두생남국, 붉은 콩은 원래 남쪽지방에서 자라는데,
春來發几枝. 춘래발궤지. 봄 오니 몇 줄기 뻗어났구나!
願君多采擷, 원군다채힐, 원컨대 임께서 많이 따시길,
此物最相思. 차물최상사. 이야말로 가장 임 생각나게 하는 물건이리니!

'紅豆'는 일명 '相思子'라고도 한다. 따뜻한 남쪽지방에서 자라는 콩 종류로 매우 붉다. 남녀 사이의 그리운 정을 상징하는 물건으로 알려져 있다. 이 시는 운율의 조화가 뛰어난 작품으로 평가받아 왔다.

평/측과 병음을 표기하고 구성형식을 살펴보면 다음과 같다.

紅豆生南國, 평측평평측 hóng dòu shēng nán guó
春來發几枝. 평평측측평 chūn lái fā jǐzhī
願君多采擷, 측평평측측 yuàn jūn duō cǎixié
此物最相思. 측측측평평 cǐ wù zuì xiāngsī

측기식 수구불압운, 평성 支운으로 압운했다. 하삼련과 고평 금지 원칙은 당연히 잘 지켜졌으며, 점대 원칙에도 알맞다. 1구의 '紅豆生'이 '평측평'으로 고측이 나타난 까닭은 '紅豆'라는 말은 반드시 써야 하며, '生' 역시 이 시에서는 대체할 운자가 마땅하지 않기 때문에 어쩔 수 없이 나타난 경우다. '發'은 측성으로도 쓰인다. '擷'은 고대에 측성으로 쓰였다. 반드시 운서를 통해 해당 운을 확인하는 습관을 들여야 한다. ＜登鶴雀樓(등관작루)＞의 구성형식과정에 따라 분석해 보기를 권한다.

王安石(왕안석)의 ＜梅花(매화)＞를 감상하고 오언절구의 형식을 살펴보기로 한다.

墙角數枝梅, 장각수지매, 담장 모퉁이의 몇 가지에 핀 매화,
凌寒獨自開. 릉한독자개. 매서운 추위에도 홀로 피어났구나!
遙知不是雪, 요지불시설, 멀리서 바라보아도 눈 아님을 알 수 있으니,
爲有暗香來. 위유암향래. 은은한 향기 풍겨오기 때문이로다.

평/측과 병음을 표기하고 구성형식을 살펴보면 다음과 같다.

墙角數枝梅, 평측측평평 qiáng jiǎo shù zhī méi
凌寒獨自開. 평평측측평 líng hán dúzì kāi
遙知不是雪, 평평평측측 yáo zhī bú shì xuě
爲有暗香來. 평측측평평 wéi yǒu àn xiāng lái

측기식 수구압운, 평성 灰운으로 압운했다. 오언절구는 측기식 수구불압운이 정격이지만 이 경우는 수구에도 압운했다. '정격'이란 의미는 일반적으로 많이 쓴다는 의미이지, '수구압운' 하더라도 정격과 다름없다는 점은 거듭 설명한 바와 같다. '獨'은 현대한어에서는 2성으로 평성에 속하지만, 고대에는 측성으로 쓰였다. '不'은 평성과 측성 양쪽 다 쓸 수 있다. 2, 4분명, 하삼련 금지, 고평 금지의 원칙 모두 당연히 잘 지켜졌다. 2, 3구 사이의 점대 원칙에도 알맞다.

오언절구의 창작형식을 구성하는 방법은 다음과 같다. 오언율시의 구성형식과 마찬가지로 측기식, 수구불압운으로 시작한다. 2, 4분명의 원칙에 따라, 4번째 운자는 2번째 운자와 평/측이 상반되도록 안배한다.

	1	2	3	4	5	
1		측		평	측	불압운
2					평	압운
3					측	
4					평	압운

2구의 2번째 운자는 1구와 평/측이 상반되도록 안배하고, 2, 4분명 원칙에 따라, 4번째 운자의 평/측도 상반되도록 안배한다.

	1	2	3	4	5
1		측		평	측
2		평		측	평
3					측
4					평

점대 원칙에 따라 3구의 2번째 운자는 2구와 동일한 평/측을 안배하고, 2, 4분명 원칙에 따라 4번째 운자는 평/측이 상반되도록 안배한다.

	1	2	3	4	5
1		측		평	측
2		평		측	평
3		평		측	측
4					평

4구의 2번째 운자는 3구와 평/측이 상반되도록 안배하고, 2, 4분명의 원칙에 따라 4번째 운자도 평/측이 상반되도록 안배한다.

	1	2	3	4	5
1		측		평	측
2		평		측	평
3		평		측	측
4		측		평	평

하삼련과 고평이 나타나지 않도록 각 구 3번째 운자의 평/측을 안배한다.

	1	2	3	4	5
1		측	평	평	측
2		평	측	측	평
3		평	평	측	측
4		측	측	평	평

고평이 나타나지 않도록 각 구 첫 번째 운자의 평/측을 안배한다.

	1	2	3	4	5
1	측	측	평	평	측
2	평	평	측	측	평
3	평	평	평	측	측
4	측	측	측	평	평

측기식 수구불압운, 오언율시의 모범형식이라 할 수 있다. 하삼련, 고평은 당연히 나타나지 않았다. 고측도 나타나지 않았으며, 점대 원칙에도 알맞다. 이 구성에서 변형을 나타내면 다음과 같다.

1	측	측	평	평	측
2	평	평	측	측	평
3	측	평	평	측	측
4	평	측	측	평	평

1구의 첫 번째 운자를 평성으로 바꾸면 '평측평'으로 고측이다. 가능한 고측도 나타나지 않는 것이 좋다. 2구의 첫 번째 운자를 측성으로 바꾸면, '측평측'으로 고평이 되니, 바꿀 수 없다. 3구와 4구의 첫 번째 운자는 평/측을 바꿀 수 있다. 이와 같이 평/측을 안배해 나가면, 바꾸어 쓸 수 있는 운자의 평/측은 몇 운자에 지나지 않는다. 다른 부분에도 2, 4분명, 하삼련 금지, 고평 금지, 점대 원칙 등을 고려해서 안배하여 달리 구성할 수는 있지만, 바꿀 수 있는 운자의 수는 몇 자 되지 않는다.

오언절구의 구성형식 역시 오언율시와 마찬가지로 平起平收(평기평수), 平起仄收(평기측수), 仄起平收(측기평수), 仄起仄收(측기측수)의 4가지 형식으로 쓸 수 있으나 실제 창작에서는 측기식 수구불압운 또는 평기식 수구불압운 형식으로 창작된다.

제5장
七言絶句(칠언절구)
창작방법

칠언절구의 창작방법 역시 칠언율시의 창작방법과 동일하여, 2, 4, 6분명의 원칙과 하삼련 금지, 고평 금지, 점대의 원칙 등을 지켜야 한다. 각 구 7자 4구로 이루어진다는 점만 다를 뿐이다. 대부분 평기식 수구압운 또는 측기식 수구압운으로 쓰는 점도 칠언율시 구성형식과 같다.

杜牧(두목, 803~852)의 <淸明(청명)>을 감상하고 구성형식을 분석해 보기로 한다.

淸明時節雨紛紛, 청명시절우분분, 청명시절에 비 부슬부슬 내리니,
路上行人欲斷魂. 로상행인욕단혼. 길 가는 행인은 혼이 끊어지는 듯하다.
借問酒家何處有, 차문주가하처유, 술집 어디에 있는지 물어보니,
牧童遙指杏花村. 목동요지행화촌. 목동은 저 멀리 살구꽃 핀 마을 가리킨다.

평/측으로 구분하고 구성형식을 살펴보면 다음과 같다.

淸明時節雨紛紛, 평평평측측평평 qīngmíng shíjié yǔ fēnfēn
路上行人欲斷魂. 측측평평측측평 lùshàng xíngrén yù duàn hún
借問酒家何處有, 측측측평평측측 jiè wèn jiǔ jiā hé chù yǒu
牧童遙指杏花村. 측평평측측평평 mùtóng yáo zhǐ xìnghuācūn

평기식, 수구압운, 평성 '元'운으로 압운했다. 창작형식 구성과정을 단계별로 나타내면 다음과 같다.

제1구의 2번째 운자가 평성이므로, 2, 4, 6분명의 원칙에 따라, 4, 6번째 운자의 평/측은 상반되도록 안배한다.

	1	2	3	4	5	6	7	
1		明평		節측		紛평	紛평	압운
2							魂평	압운
3							有측	
4							村평	압운

2구의 2번째 운자는 첫 구 운자와 평/측이 상반되도록 안배하고, 2, 4, 6분명의 원칙에 따라, 4, 6번째 운자의 평/측은 상반되도록 안배한다.

	1	2	3	4	5	6	7
1		明평		節측		紛평	紛평
2		上측		人평		斷측	魂평
3							有측
4							村평

점대 원칙에 따라 3구의 2번째 운자는 2구와 동일한 병측을 안배하고, 2, 4, 6분명의 원칙에 따라, 4, 6번째 운자의 평/측은 상반되도록 안배한다.

	1	2	3	4	5	6	7
1		明평		節측		紛평	紛평
2		上측		人평		斷측	魂평
3		問측		家평		處측	有측
4							村평

4구의 2번째 운자는 3구와 평/측이 상반되도록 안배하고 2, 4, 6분명의 원칙에 따라, 4, 6번째 운자의 평/측도 상반되도록 안배한다.

	1	2	3	4	5	6	7
1		明평		節측		紛평	紛평
2		上측		人평		斷측	魂평
3		問측		家평		處측	有측
4		童평		指측		花평	村평

하삼련과 고평 금지의 원칙에 어긋나지 않도록 각 구 5번째 운자의 평/측을 안배한다. 가능한 고측도 나타나지 않아야 한다.

	1	2	3	4	5	6	7
1		明평		節측	雨측	紛평	紛평
2		上측		人평	欲측	斷측	魂평
3		問측		家평	何평	處측	有측
4		童평		指측	杏측	花평	村평

각 구에 나열된 3, 4, 5, 6번째 운자를 연속으로 이어 살펴보면, 하삼련이나 고평이 나타나지 않았음을 알 수 있다. 고평이 나타나지 않도록 각 구 3번째 운자의 평/측을 안배한다. 가능한 고측도 나타나지 않아야 한다.

	1	2	3	4	5	6	7
1		明평	時평	節측	雨측	紛평	紛평
2		上측	行평	人평	欲측	斷측	魂평
3		問측	酒측	家평	何평	處측	有측
4		童평	遙평	指측	杏측	花평	村평

좌우로 살펴보면 고평이 나타나지 않았음을 확인할 수 있다. 각 구 첫 번째 운자의 평/측을 안배한다. 가능한 고측도 나타나지 않아야 한다.

	1	2	3	4	5	6	7
1	清평	明평	時평	節측	雨측	紛평	紛평
2	路측	上측	行평	人평	欲측	斷측	魂평
3	借측	問측	酒측	家평	何평	處측	有측
4	牧측	童평	遙평	指측	杏측	花평	村평

'清明時'는 '평평평', '借問酒'는 '측측측'으로 '삼련'이지만, 아랫부분이 아니므로 하삼련 금지 원칙과는 관계없다는 점은 여러 차례 설명한 바와 같다.

杜牧의 <山行(산행)>을 감상하고 칠언절구의 구성형식을 분석해 보기로 한다.

遠上寒山石徑斜, 원상한산석경사, 저 멀리 늦가을 산의 돌길 가파르고,
白云生處有人家. 백운생처유인가. 흰 구름 피어오르는 곳에 인가 있구나!
停車坐愛楓林晚, 정차좌애풍림만, 수레 멈추고 앉아 단풍 든 숲속 저녁 즐기니,
霜叶紅于二月花. 상협홍우이월화. 서리 맞은 낙엽은 2월의 봄꽃보다 붉구나!

평/측과 병음을 표기하고 구성형식을 살펴보면 다음과 같다.

遠上寒山石徑斜, 측측평평측측평 yuǎn shàng hán shān shíjìng xié
白云生處有人家. 측평평측측평평 báiyún shēng chù yǒu rénjia
停車坐愛楓林晚, 평평측측평평측 tíng chē zuò ài fēng lín wǎn
霜叶紅于二月花. 평측평평측측평 shuāngyè hóng yú èryuè huā

측기식, 수구압운, 평성 '麻'운으로 압운했다. 2번째 운자가 측성이므로, 2, 4, 6분명 원칙에 따라, 4, 6번째 운자는 평/측이 상반되도록 안배한다.

	1	2	3	4	5	6	7	
1		上측		山평		徑측	斜평	압운
2							家평	압운
3							晚측	
4							花평	압운

2구의 2번째 운자는 1구와 평/측이 상반되도록 안배하고, 2, 4, 6분명 원칙에 따라, 4, 6번째 운자도 평/측이 상반되도록 안배한다.

	1	2	3	4	5	6	7
1		上측		山평		徑측	斜평
2		云평		處측		人평	家평
3							晚측
4							花평

점대 원칙에 따라 3구의 2번째 운자는 2구와 동일한 평/측을 안배하고, 2, 4, 6분명 원칙에 따라, 4, 6번째 운자는 평/측이 상반되도록 안배한다.

	1	2	3	4	5	6	7
1		上측		山평		徑측	斜평
2		云평		處측		人평	家평
3		車평		愛측		林평	晚측
4							花평

4구의 2번째 운자는 3구와 평/측이 상반되도록 안배하고, 2, 4, 6분명 원칙에 따라, 4, 6번째 운자도 평/측이 상반되도록 안배한다.

	1	2	3	4	5	6	7
1		上측		山평		徑측	斜평
2		云평		處측		人평	家평
3		車평		愛측		林평	晚측
4		叶측		于평		月측	花평

하삼련과 고평이 나타나지 않도록 각 구 제5번째 운자의 평/측을 안배한다. 가능한 고측도 나타나지 않아야 한다.

	1	2	3	4	5	6	7
1		上측		山평	石측	徑측	斜평
2		云평		處측	有측	人평	家평
3		車평		愛측	楓평	林평	晚측
4		叶측		于평	二측	月측	花평

각 구의 4, 5, 6, 7번째 운자를 살펴보면 하삼련과 고평이 나타나지 않았음을 알 수 있다. 고평이 나타나지 않도록 각 구 3번째 운자에 평/측을 안배한다. 가능한 고측도 나타나지 않아야 한다.

	1	2	3	4	5	6	7
1		上측	寒평	山평	石측	徑측	斜평
2		云평	生평	處측	有측	人평	家평
3		車평	坐측	愛측	楓평	林평	晚측
4		叶측	紅평	于평	二측	月측	花평

고평이 나타나지 않도록 각 구 첫 번째 운자의 평/측을 안배한다. 가능한 고측도 나타나지 않아야 한다.

	1	2	3	4	5	6	7
1	遠측	上측	寒평	山평	石측	徑측	斜평
2	白측	云평	生평	處측	有측	人평	家평
3	停평	車평	坐측	愛측	楓평	林평	晚측
4	霜평	叶측	紅평	于평	二측	月측	花평

평/측을 다시 한 번 표기하여 구성형식을 살펴보면 다음과 같다.

제1구: 측측평평측측평,
제2구: 측평평측측평평.
제3구: 평평측측평평측,
제4구: 평측평평측측평.

제1구의 2번째 운자가 측성이므로 측기식이며, 제1구에도 압운했으므로, 수구압운 형식이다. 하삼평, 고평 금지 원칙은 당연히 잘 지켜졌으며, 2구와 3구의 2번째 운이 동일하므로 점대 원칙에도 알맞다. 그런데 4구의 첫 부분에 고측(평측평)이 나타났다. 알맞은 표현을 위해 고측이 나타나는 경우는 빈번하지만, 나타나지 않으면 더욱 좋을 것이다.

王昌齡(왕창령, 698~756)의 <閨怨(규원)>을 감상하고 칠언절구의 구성형식을 살펴보기로 한다.

閨中少婦不知愁, 규중소부불지수, 규중의 아낙네 근심 알지 못하고,
春日凝妝上翠樓. 춘일응장상취루. 봄날 단장하고 취루에 오른다.
忽見陌頭楊柳色, 홀견맥두양류색, 문득 들판 길의 버드나무에 물오른 모습 바라보자,
悔敎夫婿覓封侯. 회교부서멱봉후. 남편에게 봉후되도록 권유한 일 후회스러워진다.

평/측과 병음을 표기하고 구성형식을 살펴보면 다음과 같다.

閨中少婦不知愁, 평평측측측평평 guīzhōng shàofù bùzhī chóu
春日凝妝上翠樓. 평측평평측측평 chūnrì níngzhuāng shàngcuìlóu
忽見陌頭楊柳色, 평측측평평측측 hū jiàn mò tóu yángliǔ sè
悔教夫婿覓封侯. 측평평측측평평 huǐ jiāo fūxù mì fēng hóu

평기식 수구압운, 평성 尤운으로 압운했다. 하삼련과 고평 금지의 원칙에 알맞으며, 2구 2번째 운자인 '日(측)'과 3구 2번째 운자인 '見(측)'은 모두 측성으로 점대 원칙에도 알맞다.

위응물(韋應物, 735?~830?)의 <滁州西澗(저주서간)>을 감상하고 구성형식을 분석해 보기로 한다.

獨憐幽草澗邊生, 독련유초간변생, 홀로 개울가에 자라난 그윽한 풀 즐기니,
上有黃鸝深樹鳴. 상유황리심수명. 위에서는 꾀꼬리가 나무 깊숙한 곳에서 울고 있다.
春潮帶雨晚來急, 춘조대우만래급, 봄비에 불어난 물결은 저녁 되어 급히 흐르고,
野渡无人舟自橫. 야도무인주자횡. 나루터에는 건너는 사람 없이 배만 가로놓여 있다.

평/측과 병음을 표기하고 구성형식을 살펴보면 다음과 같다.

獨憐幽草澗邊生, 측평평측측평평 dú lián yōucǎo jiàn biān shēng
上有黃鸝深樹鳴. 측측평평평측평 shàngyǒuhuánglí shēnshùmíng
春潮帶雨晚來急, 평평측측측평평 chūncháo dài yǔ wǎn lái jí
野渡无人舟自橫. 측측평평평측평 yě dù wú rén zhōu zì héng

평기식, 수구압운 형식이다. 칠언절구에 수구압운하지 않은 경우는 거의 드물다. 평성 '庚'운을 사용했다. 창작과정을 단계별로 나누어 구성해 보기로 한다. 첫 구의 2번째 운자가 평성으로 결정되었으므로, 2, 4, 6분명 원칙에 따라 4, 6번째 운자는 평/측이 상반되도록 안배하고, 첫 구에도 압운한다.

	1	2	3	4	5	6	7	
1		憐평		草측		邊평	生평	압운
2							鳴평	압운
3							急측	
4							橫평	압운

2구의 2번째 운자는 1구와 평/측이 상반되도록 안배하고, 2, 4, 6분명의 원칙에 따라, 4, 6번째 운자의 평/측도 상반되도록 안배한다.

	1	2	3	4	5	6	7
1		憐평		草측		邊평	生평
2		有측		鸚평		樹측	鳴평
3							急측
4							橫평

점대 원칙에 따라 3구의 2번째 운자는 2구와 동일한 평/측을 안배하고, 2, 4, 6분명의 원칙에 따라, 4, 6번째 운자의 평/측은 상반되도록 안배한다.

	1	2	3	4	5	6	7
1		憐평		草측		邊평	生평
2		有측		鸚평		樹측	鳴평
3		潮평		雨측		來평	急측
4							橫평

표현에 따라 평/측을 안배하다 보니 점대 원칙에 어긋났다. 좋은 표현을 위해 점대 원칙에 어긋나는 경우다. 물론 점대 원칙을 지키면서 더욱 좋은 표현을 할 수 있다면 더욱 좋을 것이다. 4구의 2번째 운자는 3구와 평/측이 상반되도록 안배하고, 2, 4, 6분명의 원칙에 따라, 4, 6번째 운자의 평/측도 상반되도록 안배한다.

	1	2	3	4	5	6	7
1		憐평		草측		邊평	生평
2		有측		鸚평		樹측	鳴평
3		潮평		雨측		來평	急측
4		渡측		人평		自측	橫평

하삼련과 고평 금지 원칙에 어긋나지 않도록 각 구 5번째 운자의 평/측을 안배한다. 가능한 고측도 나타나지 않아야 한다.

	1	2	3	4	5	6	7
1		憐평		草측	澗측	邊평	生평
2		有측		鸝평	深평	樹측	鳴평
3		潮평		雨측	晚측	來평	急측
4		渡측		人평	舟평	自측	橫평

고평이 나타나지 않도록 각 구 3번째 운자의 평/측을 안배한다. 가능한 고측도 나타나지 않아야 한다.

	1	2	3	4	5	6	7
1		憐평	幽평	草측	澗측	邊평	生평
2		有측	黃평	鸝평	深평	樹측	鳴평
3		潮평	帶측	雨측	晚측	來평	急측
4		渡측	无평	人평	舟평	自측	橫평

고평이 나타나지 않도록 각 구 첫 번째 운자의 평/측을 안배한다. 가능한 고측도 나타나지 않아야 한다.

	1	2	3	4	5	6	7
1	獨측	憐평	幽평	草측	澗측	邊평	生평
2	上측	有측	黃평	鸝평	深평	樹측	鳴평
3	春평	潮평	帶측	雨측	晚측	來평	急측
4	野측	渡측	无평	人평	舟평	自측	橫평

구성형식은 이해에서 그쳐야 할 문제가 아니라, 익숙해질 필요가 있기 때문에 반복하여 설명했다.

당송 8대가의 한 사람으로 알려져 있는 王安石(왕안석, 1021~1086)의 <竹裏(죽리)>

를 감상하고 구성형식을 분석해 보기로 한다.

竹里編茅倚石根, 죽리편모의석근, 대숲 속에 얽은 초가집은 바위를 의지하고,
竹莖疏處見前村. 죽경소처견전촌. 대나무 성긴 사이로 앞마을 보인다.
閑眠盡日无人到, 한면진일무인도, 한가로이 잠들 수 있음은 하루 종일 찾아오는 사람 없
　　　　　　　　　　기 때문이지만,
自有春風爲掃門. 자유춘풍위소문. 저절로 봄바람 일어 문 앞 쓸어준다.

평/측과 병음을 표기하고 구성형식을 살펴보면 다음과 같다.

竹里編茅倚石根, 측측평평측측평 zhú lǐ biān máo yǐ shí gēn
竹莖疏處見前村. 측평평측측평평 zhú jīng shū chù jiàn qián cūn
閑眠盡日无人到, 평평측측평평측 xián mián jìn rì wú rén dào
自有春風爲掃門. 측측평평평측평 zì yǒu chūnfēng wéi sǎo mén

측기식, 수구압운, 평성 '元'운으로 압운했으며, 하삼련과 고평 금지의 원칙은 당연히 잘 지켜졌다. 점대 원칙에도 알맞다. 이 시는 위에서 소개한 <山行(산행)>과 3구까지는 똑같은 구성이다.

5.1. 많이 쓰이는 七言絕句(칠언절구) 구성형식

칠언절구 구성형식 역시 이론상으로는 앞부분에서 설명한 평기평수(平起平收), 평기측수(平起仄收). 측기평수(仄起平收), 측기측수(仄起仄收)의 구성방법을 적용할 수 있지만, 실제 창작에 있어서는 평기식 수구압운 또는 측기식 수구압운 형식만 사용하므로 위에서 분석한 몇 가지 칠언율시의 형식만 참고하면 간단하다. 일반적으로 사용되는 평기식 수구압운 형식을 구성해 보기로 한다. 칠언율시의 4구 구성까지 해당되므로, 칠언율시 구성형식에 익숙하다면, 칠언절구 형식은 쉽게 익숙해질 수 있다. 2번째 운자를 평성으로 결정했으므로, 2, 4, 6분명 원칙에 따라 4, 6번째 운자는 평/측이 상반되도록 안배한다. 1, 2, 4구에 압운한다.

	1	2	3	4	5	6	7	
1		평		측		평	평	압운
2							평	압운
3							측	
4							평	압운

2구의 2번째 운자는 1구와 평/측이 상반되도록 안배하고, 2, 4, 6분명 원칙에 따라 4, 6번째 운자도 평/측이 상반되도록 안배한다.

	1	2	3	4	5	6	7
1		평		측		평	평
2		측		평		측	평
3							측
4							평

점대 원칙에 따라 3구의 2번째 운자는 2구와 동일한 평/측을 안배하고, 2, 4, 6분명 원칙에 따라 4, 6번째 운자는 평/측이 상반되도록 안배한다.

	1	2	3	4	5	6	7
1		평		측		평	평
2		측		평		측	평
3		측		평		측	측
4							평

4구의 2번째 운자는 3구와 평/측이 상반되도록 안배하고, 2, 4, 6분명 원칙에 따라 4, 6번째 운자도 평/측이 상반되도록 안배한다.

	1	2	3	4	5	6	7
1		평		측		평	평
2		측		평		측	평
3		측		평		측	측
4		평		측		평	평

하삼련(평평평 또는 측측측)과 고평(측평측)이 나타나지 않도록 각 구 5번째 운자의 평/측을 안배한다. 가능한 고측(평측평)도 나타나지 않아야 한다.

	1	2	3	4	5	6	7
1		평		측	측	평	평
2		측		평	측	측	평
3		측		평	평	측	측
4		평		측	측	평	평

고평이 나타나지 않도록 각 구 3번째 운자의 평/측을 안배한다. 가능한 고측(평측평)도 나타나지 않아야 한다.

	1	2	3	4	5	6	7
1		평	측	측	측	평	평
2		측	평	평	측	측	평
3		측	측	평	평	측	측
4		평	평	측	측	평	평

고평이 나타나지 않도록 각 구 첫 번째 운자의 평/측을 안배한다. 가능한 고측도 나타나지 않아야 한다.

	1	2	3	4	5	6	7
1	평	평	측	측	측	평	평
2	측	측	평	평	측	측	평
3	평	측	측	평	평	측	측
4	측	평	평	측	측	평	평

평/측을 다시 한 번 나타내어 칠언절구 구성형식에 알맞은지 살펴보면 다음과 같다.

제1구: 평평측측측평평,
제2구: 측측평평측측평.
제3구: 평측측평평측측,
제4구: 측평평측측평평.

평기식 수구압운의 모범이 될 수 있는 칠언절구 구성형식이다. 칠언절구 창작형식은 대부분 이 형식과 비슷하므로, 잘 익혀 두어야 한다. 이 형식에서 고평이나 하삼련 원칙에 어긋나지 않도록 몇 운자를 바꾸어 쓸 수 있지만, 잘 살펴보면 바꿀 수 있는 운자는 몇 자에 불과하다.

측기식 수구압운 구성형식도 자주 나타나므로 구성해 보기로 한다. 제1구 2번째 운자가 측성으로 결정되었으므로, 3, 4번째 운자는 평/측이 상반되도록 안배한다. 수구압운이므로, 1, 2, 4구에 평성운자를 결정하여 안배한다.

	1	2	3	4	5	6	7	
1		측		평		측	평	압운
2							평	압운
3							측	
4							평	압운

2구의 2번째 운자는 1구와 평/측이 상반되도록 안배하고, 2, 4, 6분명 원칙에 따라 4, 6번째 운자도 평/측이 상반되도록 안배한다.

	1	2	3	4	5	6	7
1		측		평		측	평
2		평		측		평	평
3							측
4							평

점대 원칙에 따라 3구의 2번째 운자는 2구와 동일한 평/측을 안배하고, 2, 4, 6분명 원칙에 따라 4, 6번째 운자는 평/측이 상반되도록 안배한다.

	1	2	3	4	5	6	7
1		측		평		측	평
2		평		측		평	평
3		평		측		평	측
4							평

4구의 2번째 운자는 3구와 평/측이 상반되도록 안배하고, 2, 4, 6분명 원칙에 따라 4, 6번째 운자도 평/측이 상반되도록 안배한다.

	1	2	3	4	5	6	7
1		측		평		측	평
2		평		측		평	평
3		평		측		평	측
4		측		평		측	평

하삼련(평평평 또는 측측측)과 고평(측평측) 현상이 나타나지 않도록 각 구 5번째 운자의 평/측을 안배한다. 가능한 고측(평측평)도 나타나지 않아야 한다.

	1	2	3	4	5	6	7
1		측		평	측	측	평
2		평		측	측	평	평
3		평		측	평	평	측
4		측		평	측	측	평

고평이 나타나지 않도록 각 구 3번째 운자의 평/측을 안배한다. 가능한 고측도 나타나지 않아야 한다.

	1	2	3	4	5	6	7
1		측	평	평	측	측	평
2		평	평	측	측	평	평
3		평	측	측	평	평	측
4		측	평	평	측	측	평

고평이 나타나지 않도록 각 구 첫 번째 운자의 평/측을 안배한다. 가능한 고측도 나타나지 않아야 한다.

	1	2	3	4	5	6	7
1	측	측	평	평	측	측	평
2	평	평	평	측	측	평	평
3	평	평	측	측	평	평	측
4	측	측	평	평	측	측	평

평/측으로 표기하고 구성형식에 어긋남이 없는지 확인해 보면 다음과 같다.

제1구: 측측평평측측평,
제2구: 평평평측측평평.
제3구: 평평측측평평측,
제4구: 측측평평측측평.

측기식 수구압운 칠언절구 형식의 전형이라 할 수 있다. 이 형식에서 변형을 구성한다면, 2구 첫 번째 운자의 평/측을 바꿀 수 있는 정도에서 그친다. 한시 창작의 최종목표는 칠언율시 창작이며, 칠언율시의 구성은 칠언절구의 형식에서 출발해야 하지만, 본서에서는 칠언율시의 창작방법을 먼저 알고자 독자들의 마음을 헤아려 칠언율시 구성형식부터 설명했다. 칠언율시의 구성형식이 잘 이해되지 않는다면, 칠언절구의 구성형식부터 익혀나가면 쉽게 이해될 수 있을 것이다. 칠언절구 구성형식의 실제는 위에서 설명한 2가지 형식 이외는 거의 쓰이지 않는다. 평소에 빈번히 활용할 수 있는 시형이므로 다시 한번 정리해 둔다.

* 칠언절구 평기식 수구압운 구성형식의 예

제1구: 평평평측측평평, 압운
제2구: 측측평평측측평. 압운
제3구: 평측측평평측측,
제4구: 측평평측측평평. 압운

* 칠언절구 측기식 수구압운 구성형식의 예

제1구: 측평평측측평평, 압운
제2구: 평평평측측평평. 압운
제3구: 평평측측평평측,
제4구: 측측평평측측평. 압운

칠언절구는 이 두 가지 형식을 바탕으로 하삼련과 고평이 나타나지 않도록 운자를 조정할 수 있으며, 대장 표현은 하지 않아도 무방하다. 그러나 가장 좋은 방법은 위의 2가지 구성형식을 그대로 사용하면서, 해당운자를 찾아 창작하는 방법을 권한다.

제6장
古體絶句(고체절구)
창작방법

절구의 창작방법에서 율시의 창작형식으로 구성한 절구는 율시의 창작규정이 확정된 후 지은 근체시 형태의 절구에 속한다. 이보다 좀 더 자유로운 형식으로 지은 절구는 고체시 형태의 절구에 속한다. 고체시 형태의 절구 창작방법은 평/측을 맞추거나 하삼련 금지, 고평 금지, 점대의 원칙을 지키지 않아도 무방하다. 押韻의 규칙만 지키면 충분하며, 측성 운을 사용한 작품도 많다. 측성 운을 사용한 절구는 고시 형태의 절구라고 보아도 무방하다. 아래에 소개하는 오언절구는 모두 고체시 형태의 절구에 해당한다.

　白居易(백거이)의 <暮江吟(모강음)>을 감상하고 칠언절구의 구성형식을 살펴보기로 한다.

　　一道殘陽鋪水中, 일도잔양포수중, 한줄기 석양빛 물속에 퍼지니,
　　半江瑟瑟半江紅. 반강슬슬반강홍. 강의 반은 소슬하고 강의 반은 붉었도다.
　　可怜九月初三夜, 가령구월초삼야, 사랑스러운 9월 초삼일 밤,
　　露似眞珠月似弓. 로사진주월사궁. 이슬은 진주 같고 달은 활 같다.

평/측과 병음을 표기하고 구성형식을 살펴보면 다음과 같다.

　　一道殘陽鋪水中, 평측평평평측평 yí dào cán yáng pū shuǐ zhōng
　　半江瑟瑟半江紅. 측평측측측평평 bàn jiāng sèsè bàn jiāng hóng
　　可怜九月初三夜, 측평측측평평측 kělián jiǔ yuè chū sānyè
　　露似眞珠月似弓. 측측평평측측평 lù sì zhēnzhū yuè sì gōng

측기식 수구압운, 평성 東운으로 압운했다. 2, 3구 2번째 운자의 '江'과 '怜'은 평성으로, 점대 원칙에도 알맞다. 그런데 1구의 '一道殘'은 '평측평'으로 고측이며, 2구의 '半江瑟'은 '측평측'으로 拗體다. 3구의 '可怜九' 역시 '측평측'은 요체이며 4구에서 바로잡지도 않았다. 이 시는 그림 같은 표현은 훌륭하지만 칠언절구의 형식에는 어긋난다. 칠언절구와 형식은 비슷하지만, 분석하여 형식에 맞지 않을 경우, 이러한 시형은 '고체절구' 형식에 속한다. 결코 잘못된 구성형식이 아니므로, 오해하지 않아야 한다. 표현이 매우 뛰어나 훌륭한 작품으로 평가받을 수 있지만, 칠언절구 구성원칙에 따라 평가한다면, 고체절구는 근체절구에 비해 품격이 뒤떨어지므로, 단순히 표현만 살펴 작품의 우열을 정하는 잘못을 범하지 않도록 유의해야 한다.

王維(왕유, 701~761)의 작품인 <竹裏館(죽리관)>을 감상하고 구성형식을 분석해 보기로 한다.

獨坐幽篁裏, 독좌유황리, 홀로 그윽한 대숲 속에 앉아,
彈琴復長嘯. 탄금복장소. 거문고 타다가 다시 긴 휘파람 분다.
沈林人不知, 심림인부지, 깊은 숲 속이어서 사람들은 알지 못하고,
明月來相照. 명월래상조. 밝은 달 찾아와 서로를 비춘다.

고체절구는 굳이 평/측으로 구분하지 않아도 무방하지만 중국어 성조 학습을 위해 병음과 함께 표기해 둔다.

獨坐幽篁裏, 측측평평측 dú zuò yōu huáng lǐ
彈琴復長嘯. 평평측평측 tán qín fù cháng xiào
深林人不知, 평평평측평 shēn lín rén bù zhī
明月來相照. 평측평평측 míng yuè lái xiāng zhào

去聲 '嘯'운으로 압운했다. 측성 운으로 압운한 경우는 고체절구에 속한다.

孟浩然(맹호연, 689~740)의 <春曉(춘효)>를 감상하고 고체절구의 구성형식을 이해하도록 한다.

春眠不覺曉, 춘면불각효, 봄 밤 깊어 새벽 깨닫지 못했는데,
處處聞啼鳥. 처처문제조. 곳곳에서 들리는 새 울음소리.
夜來風雨聲, 야래풍우성, 밤새 비바람 소리에,
花落知多少. 화락지다소. 꽃잎 그 얼마나 떨어졌을까?

평/측과 병음을 표시하면 다음과 같다. 측성인 上聲(상성) 篠(소)운으로 압운했다. 1구에는 압운할 수도 있고, 압운하지 않을 수도 있다.

春眠不覺曉, 평평측측평 chūn mián bù jué xiǎo
處處聞啼鳥. 측측평평측 chùchù wén tí niǎo
夜來風雨聲, 측평평측평 yè lái fēngyǔ shēng
花落知多少. 평측평평측 huā luò zhī duōshǎo

賈島(가도, 779~843)의 <尋隱者不遇(심은자불우)>를 감상하고 고시절구의 형식을 분석해 보기로 한다.

松下問童子, 송하문동자, 소나무 아래에서 동자에게 물어보니,
言師采藥去. 언사채약거. '스승께서는 약초 캐러 가셨다'고 말한다.
只在此山中, 지재차산중, 다만 이 산중에는 계시기는 하지만,
云深不知處. 운심불지처. 구름 깊어 계신 곳 알 수 없다네.

평/측과 병음을 표기하면 다음과 같다.

松下問童子, 평측측평측 sōng xià wèn tóngzǐ
言師采藥去. 평평측측측 yán shī cǎi yào qù
只在此山中, 측측측평평 zhǐ zài cǐ shān zhōng
云深不知處. 평평측평측 yún shēn bù zhī chù

측성운인 上聲(상성) 語(어)운으로 압운했다. 고평이 나타나거나 하삼측(측측측)이 나타나도 상관없음을 알 수 있다.

李白(이백)의 <靜夜思(정야사)>를 감상하고 고시절구 구성형식을 분석해 보기로 한다.

床前明月光, 상전명월광, 창문 앞 밝은 달빛,
疑是地上霜. 의시지상상. 땅 위의 서리인가 의심했다네.
舉頭望明月, 거두망명월, 고개 들어 밝은 달 쳐다보고,
低頭思故鄕. 저두사고향. 고개 숙여 고향을 생각한다.

평/측과 병음을 표기하면 다음과 같다.

床前明月光, 평평평측평 chuáng qián míngyuè guāng
疑是地上霜. 측측측측평 yí shì dì shàng shuāng
舉頭望明月, 측평측평측 jǔ tóu wàng míng yuè
低頭思故鄕. 평평평측평 dī tóu sī gùxiāng

평성 '陽'운을 사용했으며, 首句(수구, 1, 2구)에도 압운했다. 이처럼 고평(측평측)이 나타나거나, '측측측측'과 같이 평/측의 안배를 고려하지 않더라도 상관없다. 그러나 반드시 押韻(압운)의 규칙만은 지켜야 한다. 고체절구는 압운만 고려하면 가장 쉽게 쓸 수 있는 창작형식이다.

제7장
고체(古體)시
창작방법

고체시는 율시나 절구에 비해 창작 규칙이 자유롭고 제약이 적어서 자신의 뜻을 마음껏 펼칠 수 있는 장점이 있다. 오언 또는 칠언으로 쓰지만, 한시를 감상하다 보면, 4자로 구성되었거나 때로는 운자 수가 맞지 않는 경우는 ≪詩經(시경)≫ 시의 형식을 모방했거나 楚辭(초사), 賦(부), 악부시(樂府詩), 민가 등의 형식을 본떠 지은 시이므로 본서에서는 논하지 않기로 한다. 오늘날 고체시를 창작할 경우 각 구는 5자 또는 7자로 구성해야 하며, 한 수의 고체시는 10구 이상의 창작이 일반적이다. 또한 짝수 구로 끝나야 한다. 압운의 경우 '一韻到底格(일운도저격)'으로 할 수도 있고 '換韻(환운)'할 수도 있다. '換韻'은 말 그대로 '운을 바꾸어 준다'는 뜻이다. 환운하는 방법은 연마다 환운할 수도 있고, 후반부에 환운할 수도 있다. 12구의 고체시를 창작할 경우, 절반씩 나누어 8구부터 환운할 수도 있고 10구부터 환운할 수도 있다. 평/측을 굳이 맞출 필요도 없으며, 대장도 반드시 구사하지 않아도 무방하다. 짝수 구에 압운만 하면 그만이다. 대체로 10구 또는 12구로 쓴 경우가 많으며, 14, 16, 18, 20구 이상도 쓸 수 있다. 몇 종류의 고체시를 감상하고 압운을 중심으로 구성형식을 살펴보기로 한다. 고시를 창작할 경우, 아래에서 예를 든 시의 압운 방법 중에서 한 가지를 선택하면 무방하다.

儲光羲(저광희, 약 706~763)의 <田家雜興(전가잡흥)> 8수 가운데 제1수를 감상하고 압운을 살펴보기로 한다.

衆人耻貧賤, 중인치빈천, 뭇사람들은 가난을 부끄러워하고,
相与尙膏腴. 상여상고유. 서로 더불어 재물을 숭상한다.
我情旣浩蕩, 아정기호탕, 나의 마음은 이미 호탕하여,
所樂在畋漁. 소악재전어. 즐거움은 낚시와 수렵에 있다.
山澤時晦暝, 산택시회명, 산과 연못 어둑해질 때에는,
歸家暫閑居. 귀가잠한거. 집으로 돌아와 잠시 쉰다.
滿園植葵藿, 만원식규곽, 정원 가득히 해바라기를 심고,
繞屋樹桑楡. 요옥수상유. 집둘레에는 뽕나무와 느릅나무를 심었다.
禽雀知我閑, 금작지아한, 참새들도 내가 한가한 것을 알고는,
翔集依我廬. 상집의아려. 날아들어 나의 집에 둥지를 튼다.
所愿在优游, 소원재우유, 바라는 바 유유자적함이니,
州縣莫相呼. 주현막상호. 주현의 관청에서는 나를 부르지 말기를!
日与南山老, 일여남산로, 매일 앞산과 더불어 늙어가며,
兀然傾一壺. 올연경일호. 곧게 앉아 한잔 술 기울인다.

먼저 2구에서 평성 虞운(腴)으로 압운한 다음, 4구부터는 짝수 구마다 평성 漁운(腴·漁·居·楡·廬)으로 압운했으며, 다시 평성 虞운(呼·壺)으로 압운했다. 그런데 이러한 경우는 '換韻'이 아니라, '一韻到底格'으로 볼 수 있다. 고체시의 창작에서 虞운과 漁운은 通韻(통운)할 수 있기 때문이다. '通韻'이란 서로 비슷한 운을 섞어 쓸 수 있다는 말과 같으며, 평성과 평성은 물론이고 평성과 측성 간에도 통운할 수 있다. 통운되는 경우는 다음과 같다.

① 평성 東·冬운, 상성 董·腫운, 거성 送·宋운

② 평성 江·陽운, 상성 講·養운, 거성 絳·漾운

③ 평성 支·微·齊운, 상성 紙·尾·薺운, 거성 寘·未·霽운

④ 평성 漁·虞운, 상성 語·麌운, 거성 御·遇운

⑤ 평성 佳·灰운, 상성 蟹·賄운, 거성 泰·卦·隊운

⑥ 평성 眞·文과 元운 일부, 상성 軫·吻과 阮운 일부

　거성 震·問운과 願운 일부

⑦ 평성 寒刪先과 元운 일부, 상성 旱·潸·銑과 阮운 일부·거성 翰·諫·霰운 일부.
　⑥과 ⑦ 또한 통용할 수 있다.

⑧ 평성 蕭·肴·豪운, 상성 篠·巧·晧운, 거성 嘯·效·號운

⑨ 평성 歌운, 상성 哿운, 거성 箇운

⑩ 평성 麻운, 상성 馬운, 거성 禡운

⑪ 평성 庚·靑운, 상성 梗·逈운, 거성 敬·徑운

⑫ 평성 蒸운, 상성 梗·逈운, 거성 敬·徑운

⑬ 평성 尤운, 상성 有운, 거성 宥운

⑭ 평성 侵운, 상성 寢운, 거성 沁운

⑮ 평성 覃·鹽·咸운, 상성 感·儉·豏운, 거성 勘·艶·陷운

入聲으로만 압운할 경우는 다음과 같다.

① 屋·沃운

② 覺·藥운

③ 質·物·及·月·半운

④ 曷·黠·屑·及·月·半운, 또한 ③과 ④는 通韻할 수 있다.

⑤ 陌·錫운

⑥ 職운

⑦ 緝운

⑧ 合·葉·洽운

그러나 실제로 歌·麻·蒸·尤·侵·職·緝운의 경우 통용되어 쓰이는 경우는 별로 없다. 고체시의 통운은 형식상으로는 위의 분류와 같지만, 실제 창작에 있어서는 '一韻到底格'으로 쓰거나, 평성운으로만 압운해도 충분하다. 표현은 기승전결로 적절하게 나눈다.

李白의 <月下獨酌(월하독작)>을 감상하고 압운의 방법을 살펴보기로 한다.

天若不愛酒, 천약불애주, 하늘이 만약 술을 사랑하지 않았다면,
酒星不在天. 주성부재천. 술 별은 하늘에 없었을 것이다.
地若不愛酒, 지약불애주, 땅이 만약 술을 사랑하지 않았다면,
地應無酒泉. 지응무주천. 땅에는 응당 술 샘이 없었을 것이다.
天地旣愛酒, 천지기애주, 하늘과 땅이 이미 술을 사랑했으니,
愛酒不愧天. 애주불괴천. 술을 좋아하는 일은 하늘에 부끄럽지 않도다.
已聞淸比聖, 이문청비성, 이미 청주는 성인에 비교된다고 들었고,

復道濁如賢. 부도탁여현. 또다시 탁주는 현인과 같다고 말한다.
聖賢旣已飮, 성현기이음, 성현이 이미 술을 마셨으니,
何必求神仙. 하필구신선. 무슨 까닭에 신선을 구하겠는가?
三杯通大道, 삼배통대도, 세 잔은 대도로 통하고,
一斗合自然. 일두합자연. 한 말에는 자연과 합치된다.
但得醉中趣, 단득취중취, 다만 취한 가운데서만 정취 있으니,
勿謂醒者傳. 물위성자전. 깨어 있는 자에게는 말하지 말라!

<月下獨酌>은 모두 4수로 이루어진 고체시로, 위의 시는 제2수에 해당한다. 평성 先운을 사용했으며 '일운도저격'이다. '일운도저격'으로 쓰더라도 동일한 운자를 반복하지 않는 것이 원칙이지만 표현상 어쩔 수 없이 '天'을 두 번 사용했다. 고체시에서도 동일한 운자를 반복한 경우는 이 시 외에서는 찾아보기 어려우며, 율시나 절구에서는 절대 허용될 수 없다. 낭송을 위해 평/측과 병음을 표기하면 다음과 같다.

天若不愛酒, 평측측측측 tiān ruò bú ài jiǔ
酒星不在天. 측평측측평 jiǔ xīng bú zài tiān
地若不愛酒, 측측측측측 dì ruò bú ài jiǔ
地應無酒泉. 측평평측평 dì yīng wú jiǔquán
天地旣愛酒, 평측측측측 tiāndì jì ài jiǔ
愛酒不愧天. 측측측측평 ài jiǔ bú kuì tiān
已聞淸比聖, 측평평측측 yǐ wén qīng bǐ shèng
復道濁如賢. 측측측평평 fù dào zhuó rú xián
聖賢旣已飮, 측평측측측 shèngxián jì yǐ yǐn
何必求神仙. 평측평평평 hébì qiú shénxiān
三杯通大道, 평평평측측 sānbēi tōng dàdào
一斗合自然. 측측평측평 yìdòu hé zìrán
但得醉中趣, 측측측평측 dàn děi zuì zhōng qù
勿謂醒者傳. 측측측측평 wù wèi xǐng zhě chuán

짝수 구에 반드시 압운하고, 홀수 구에는 상반되는 평/측을 안배하면 구성형식에 제약이 없다.

병음과 평/측의 구분이 맞지 않는 경우는 여러 번 설명한 바와 같이 시대에 따라 성조가 변했기 때문이다. 낭송할 때에는 현대한어의 성조대로 낭송해도 리듬의 조화를 느낄 수 있다. 운자의 특성은 4성이 갖추어져 있는바, 율시처럼 평/측을 엄격하게 안배하지 않더라도, 낭송하면 리듬의 아름다움을 느낄 수 있는 장점이 있다.

이백의 <春日醉起言志(춘일취기언지)>를 감상하고 압운을 살펴보기로 한다.

處世若大夢, 처세약대몽, 세상살이 꿈과 같으니,
胡爲勞其生. 호위로기생. 어찌 그 생을 수고롭게 하겠는가!
所以終日醉, 소이종일취, 그러기에 이 몸은 종일 취하여,
頹然臥前楹. 퇴연와전영. 쓰러져 기둥 앞에 누웠네.
覺來盼庭前, 각래반정전, 깨어나 뜰 앞을 바라보니,
一鳥花間鳴. 일조화간명. 새 한 마리 꽃 사이에서 울고 있구나!
借問此何時, 차문차하시, 지금이 어느 때인가 물어보노니,
春風語流鶯. 춘풍어류앵. 봄바람이 꾀꼬리 우는 때라고 말하네.
感之欲嘆息, 감지욕탄식, 시절에 탄식하며,
對酒還自傾. 대주환자경. 마시고 또다시 잔 기울인다.
浩歌待明月, 호가대명월, 노래하며 달맞이 하고,
曲盡已忘情. 곡진이망정. 노래 끝나니 모든 정 잊었도다.

生·楹·鳴·鶯·傾·情 모두 평성 '庚'운에 속한다. 12구인데도 '일운도저격'으로 압운한바, 환운이나 '일운도저격'에 큰 제한이 없음을 알 수 있다. 지금 고체시를 창작한다면 측성 운으로 압운할 수 있으나, 이론상 그러할 뿐이다. 가능한 평성 운이 좋을 것이며, 환운할 경우에도 중간 부분은 측성으로 압운할지라도 마지막 부분은 평성 운으로 압운하는 것이 좋다. 해당 운자의 평/측을 익히고 성조학습을 위해 평/측과 병음을 표기하면 다음과 같다.

處世若大夢, 측측측측측 chǔshì ruò dà mèng
胡爲勞其生. 평평평평평 húwéi láo qí shēng
所以終日醉, 측측평측측 suǒyǐ zhōngrì zuì
頹然臥前楹. 평평측평평 tuírán wò qián yíng
覺來盼庭前, 측평측평평 jué lái pàn tíng qián
一鳥花間鳴. 측측평평평 yì niǎo huā jiān míng
借問此何時, 측측측평평 jiè wèn cǐ héshí
春風語流鶯. 평평측평평 chūnfēng yǔ liúyīng
感之欲嘆息, 측평측측평 gǎn zhī yù tànxī
對酒還自傾. 측측평측평 duì jiǔ hái zì qīng
浩歌待明月, 측평측평측 hàogē dài míngyuè
曲盡已忘情. 측측측측평 qǔ jìn yǐ wàngqíng

이백의 <把酒問月(파주문월)>을 감상하고 고체시의 또 다른 換韻(환운) 방법에 대해 살펴보기로 한다.

青天有月來几時, 청천유월래궤시, 푸른 하늘의 달은 언제부터 있어 왔던가?
我今停杯一問之. 아금정배일문지. 나는 잠시 술잔 멈추고 달에게 물어보노라!
人攀明月不可得, 인반명월불가득, 사람들은 달에 오르려 해도 오를 수 없지만,
月行却与人相隨. 월행각여인상수. 달은 오히려 사람을 뒤따른다.

皎如飛鏡臨丹闕, 교여비경림단궐, 마치 밝은 거울이 날아 붉은 궁전에 이른 듯,
綠烟滅盡清輝發. 록연멸진청휘발. 푸른 안개 사라지니 맑고도 밝게 빛난다.
但見宵從海上來, 단견소종해상래, 다만 저녁바다에 떠오르는 모습만 볼 뿐,
宁知曉向云間沒. 저지효향운간몰. 새벽 되면 구름 사이로 사라지는 일 어찌 알겠는가?

白兔搗藥秋夏春, 백토도약추복춘, 흰 토끼는 가을부터 봄까지 약을 찧고,
嫦娥孤栖与誰鄰. 항아고서여수린. 항아의 외로운 삶에는 누구와 이웃할 수 있겠는가?
今人不見古時月, 금인불견고시월, 지금 사람은 옛 달 볼 수 없으나,
今月曾經照古人. 금월증경조고인. 지금 달은 옛사람도 비추었다네.

古人今人若流水, 고인금인약류수, 옛사람 지금사람 흐르는 물과 같지만,
共看明月皆如此. 공간명월개여차. 달 보는 심정은 모두 같으리라!
唯愿当歌對酒時, 유원당가대주시, 오직 바라건대 술 마시고 노래할 때에는,
月光長照金樽里. 월광장조금준리. 달빛 오랫동안 나의 술잔 비추어 주기를!

평/측과 병음을 표기하고, 압운의 방법을 살펴보면 다음과 같다.

青天有月來几時, 평평측측평측평 qīngtiān yǒu yuè lái jǐshí
我今停杯一問之. 측평평평측측평 wǒ jīn tíng bēi yí wèn zhī
人攀明月不可得, 평평평측측측측 rén pān míngyuè bùkě dé
月行却与人相隨. 측평측측평평평 yuè xíng què yǔ rén xiāng suí

皎如飛鏡臨丹闕, 측평평측평평측 jiǎo rú fēi jìng lín dān què
綠烟滅盡清輝發. 측평측측평평측 lǜ yān miè jìn qīnghuī fā
但見宵從海上來, 측측평평측측평 dàn jiàn xiāo cóng hǎi shànglái
宁知曉向云間沒. 측평측측평평측 nìng zhī xiǎo xiàng yún jiān mò

白兔搗藥秋夏春, 측측측측평측평 báitù dǎoyào qiū fù chūn
嫦娥孤栖与誰鄰. 평평평평측평평 cháng'é gū qī yǔ shuí lín
今人不見古時月, 평평평측측평측 jīnrén bújiàn gǔshí yuè
今月曾經照古人. 평측평평측측평 jīn yuè céngjīng zhào gǔrén

古人今人若流水, 측평평평측평측 gǔrén jīnrén ruò liúshuǐ
共看明月皆如此. 측측평측평평측 gòng kàn míngyuè jiē rúcǐ
唯愿当歌對酒時, 평측평평측측평 wéi yuàn dānggē duì jiǔ shí
月光長照金樽里. 측평평측평평측 yuèguāng chángzhào jīn zūn lǐ

이 시에서는 전체를 네 부분으로 나누고, 각 부분에 칠언절구 형식으로 압운했다. 짝수 구에 일방적으로 압운한 것이 아니라 칠언절구 형식으로 구성하면서 換韻으로 압운했다. 장편 고체시의 압운을 살필 때는 이러한 환운 구성인지를 잘 살펴보아야 한다. 時·之·隨는 평성 支운, 闕·發·沒은 입성 月운, 春·鄰·人은 평성 眞운, 水·此·里는 상성 紙운에 속한다. 운자의 평/측은 절구형식으로 안배했으나, 표현은 평/측 안배에 따라 나눌 필요 없이 자유롭게 이어 쓸 수 있다.

두보의 <石壕吏(석호리)> 역시 장편 고체시에 속하지만, 오언절구 수구압운 형식으로 압운하면서 환운했다. 감상 후 구성형식을 살펴보기로 한다.

暮投石壕村, 모투석호촌, 날 저물어 석호 촌에 투숙했더니,
有吏夜捉人. 유리야착인. 관리들 한밤에 찾아와 사람 잡는다.
老翁逾墻走, 로옹유장주, 할아범은 담 너머로 도망치고,
老婦出門看. 로부출문간. 할멈이 문밖으로 나가서 만난다.

吏呼一何怒, 리호일하노, 관리의 호통소리 어찌 그리 강경한가?
婦啼一何苦. 부제일하고. 할멈의 울음소리 어찌 그리 괴로운가?
听婦前致詞, 은부전치사, 할멈이 나가서 사정하는 말 들어보니 다음과 같다.
三男鄴城戍. 삼남업성수. 세 아들이 업성으로 출정했는데,

一男附書至, 일남부서지, 한 아들이 부쳐온 편지 받아보니,
二男新戰死. 이남신전사. 두 아들 최근에 전사했다오.
存者且偸生, 존자차투생, 산 사람은 구차하게 목숨 잇고,
死者長已矣. 사자장이의. 죽은 자는 이제야 끝났을 뿐입니다.

室中更无人, 실중경무인, 집안에 더 이상 남자는 없고,
惟有乳下孫. 유유유하손. 다만 젖먹이 손자뿐입니다.
有孫母未去, 유손모미거, 손자 두고 제 어미는 갈 수 없고,
出入无完裙. 출입무완군. 입고 나갈 성한 치마 하나 없습니다.

老嫗力雖衰, 로구력수쇠, 늙은 이 몸 기력 비록 쇠잔하지만,
請從吏夜歸. 청종리야귀. 나리 따라 이 밤에 대신 가기를 청합니다.
急應河陽役, 급응하양역, 급히 하양 전쟁 노역에 충당된다면,
犹得備晨炊. 유득비신취. 새벽밥 뒷바라지는 할 수 있습니다.

夜久語聲絶, 야구어성절, 밤 깊어서야 이야기 소리 그치고,
如聞泣幽咽. 여문읍유인. 흐느끼는 울음소리만 들은 듯하다.
天明登前途, 천명등전도, 날 새자 길을 나설 때,

獨与老翁別. 독여로옹별. 단지 할아범과 작별할 수 있었다.

평/측과 병음을 표시하고 구성형식을 살펴보면 다음과 같다.

暮投石壕村, 측평측평평 mù tóu shí háo cūn
有吏夜捉人. 측측측측평 yǒu lì yè zhuō rén
老翁逾墻走, 측평평평측 lǎowēng yú qiáng zǒu
老婦出門看. 측측평평평 lǎofù chūmén kān

吏呼一何怒, 측평측평측 lì hū yì hé nù
婦啼一何苦. 측평측평측 fù tí yì hékǔ
听婦前致詞, 평측평측평 tīng fù qián zhìcí
三男邺城戌. 평평측평측 sānnán yèchéng shù

一男附書至, 측평측평측 yìnán fù shū zhì
二男新戰死. 측평평측측 èrnán xīn zhànsǐ
存者且偸生, 평측측평평 cúnzhě qiě tōu shēng
死者長已矣. 측측평측측 sǐzhě chángyǐyǐ

室中更无人, 측평측평평 shì zhōng gèng wú rén
惟有乳下孫. 평측측측평 wéi yǒu rǔ xià sūn
有孫母未去, 측평측측측 yǒu sūn mǔ wèi qù
出入无完裙. 평측평평평 chūrù wú wán qún

老嫗力雖衰, 측측측평평 lǎoyù lì suī shuāi
請從吏夜歸. 측평측측평 qǐng cóng lì yè guī
急應河陽役, 측평평평측 jí yīng hé yáng yì
犹得備晨炊. 평측측평평 yóu děi bèi chén chuī

夜久語聲絶, 측측측평측 yè jiǔ yǔshēng jué
如聞泣幽咽. 평평측평측 rú wén qì yōu yàn
天明登前途, 평평평평평 tiānmíng dēng qiántú
獨与老翁別. 측측측평측 dú yǔ lǎowēng bié

첫 부분의 村·人·看에서 村은 元운, 人은 眞운, 看은 寒운에 속한다. 眞·看·寒운
은 고체시에서 통운할 수 있다. 통운할 수 있는 운자는 앞부분에서 설명한 바와 같다.
둘째 부분의 怒·苦·戌에서 怒와 戌는 遇운, 苦는 虞운에 속한다. 遇운과 虞운은 통
운할 수 있다.
셋째 부분의 至·死·矣에서 至는 眞운, 死와 矣는 紙운에 속한다. 眞운과 紙운은 통

운할 수 있다.

넷째 부분의 人・孫・裙에서 人은 眞운, 孫은 元운, 裙은 文운에 속한다. 眞운, 元운, 文운은 통운할 수 있다.

다섯째 부분의 衰・歸・炊에서 衰와 炊는 支운, 歸는 微운에 속한다. 支운과 微운은 통운할 수 있다.

여섯째 부분의 絶・咽・別은 屑운에 속한다.

고체시는 율시나 절구에 비해 매우 자유롭게 쓸 수는 있지만, 압운의 원칙은 반드시 지켜야 한다. 표현은 나누어진 압운과 관계없이 이어 쓸 수 있다. 위의 시에서도 압운은 여러 단으로 나누어졌으나, 표현은 나누어진 부분과 상관없이 이어져 있음을 알 수 있다.

두보의 <飲中八仙歌(음중팔선가)>는 天宝 5년(746)에 창작되었다. 두보 시대의 애주가에 대해 품평한 내용으로 술 취한 사람의 초상화를 보는 듯하다. 구마다 압운한 독특한 형식의 고체시다. 부끄러운 고백이지만 직역으로는 묘미를 느끼게 할 만한 번역 능력을 갖추지 못해, 주석을 참고하여 의역해 둔다. 감상 후 압운을 분석해 보기로 한다.

知章騎馬似乘船, 지장기마사승선,
眼花落井水底眠. 안화락정수저면.

汝陽三斗始朝天, 여양삼두시조천,
道逢麴車口流涎, 도봉국차구류연,
恨不移封向酒泉. 한불이봉향주천.

左相日興費万錢, 좌상일흥비만전,
飲如長鯨吸百川, 음여장경흡백천,
銜杯樂圣称避賢. 함배악골칭피현.

宗之瀟洒美少年, 종지소쇄미소년,
擧觴白眼望靑天, 거상백안망청천,
皎如玉樹臨風前. 교여옥수림풍전.

蘇晋長齋繡佛前, 소진장재수불전,
醉中往往愛逃禪. 취중왕왕애도선.

李白一斗詩百篇, 리백일두시백편,

長安市上酒家眠, 장안시상주가면,
天子呼來不上船, 천자호래불상선,
自稱臣是酒中仙. 자칭신시주중선.

張旭三杯草圣傳, 장욱삼배초골전,
脫帽露頂王公前, 탈모로정왕공전,
揮毫落紙如云烟. 휘호락지여운연.

焦遂五斗方卓然, 초수오두방탁연,
高談雄辯惊四筵. 고담웅변량사연.

비서감 賀知章(하지장)은 술 취한 후 말을 타면 비틀거리는 모습이 배를 타고 있는 듯한데,
눈동자는 점차 흐릿해져 우물 속에 떨어져도, 끝내 우물바닥에서 잠들어버린다.

여양왕 李璡(이진)은 세 말 술 마신 다음에야 천자 알현하러 가는데,
길에서 누룩 실은 수레 보자 침을 질질 흘리면서,
술 샘 있는 酒泉郡(주천군)에 보내지 않았다고 투덜거린다.

좌상 李适之(이적지)는 흥이 나면 만금을 아까워하지 않고,
큰 고래가 온갖 지류의 강물을 빨아들이듯 술 마시면서,
"청주는 좋아하지만 탁주는 좋아하지 않는다"고 말한다.

이백 친구 崔宗之(최종지)는 세련된 미소년 모습인데,
술잔 들고 오만하게 푸른 하늘 바라보는 모습은,
옥 나무가 바람 맞는 듯 빛난다.

개원진사 蘇晉(소진)은 부처 앞에 재계한 지 오래되었지만,
술만 취하면 불가의 계율은 깡그리 잊어버린다.

이백은 한 말 술에 백 편의 시를 지은 다음,
언제나 장안의 술집에서 그대로 잠들어 버린다.
천자가 백련 연못에 배 띄워 놓고 초청해도,
취한 핑계 대며 배에 오르지 않고 자칭 취한 신선이라 말한다.

오 지방 출신 張旭(장욱)은 세잔 술에 초서의 성인으로 불리는데,
왕공 귀족 앞에서 갓 벗어 던져 버리며 무례 범해도,
종이에 붓이 내달리면 구름과 안개가 이는 듯하다.

포의지사 焦遂(초수)는 다섯 말 술 마신 후 호기로워지면,
술자리의 고담준론으로 주위를 경탄시킨다.

평/측과 병음을 표기하고 구성형식을 살펴보기로 한다.

知章騎馬似乘船, 평평평측평평 zhīzhāng qímǎ sì chéngchuán
眼花落井水底眠. 측평측측측측평 yǎnhuā luò jǐngshuǐ dǐ mián

汝陽三斗始朝天, 측평평측측평평 rǔyáng sān dòu shǐ cháo tiān
道逢麴車口流涎, 측평평평측평평 dào féng qūchē kǒu liúxián
恨不移封向酒泉. 측측평평측측평 hènbùyífēngxiàng jiǔquán

左相日興費万錢, 측측측평측측평 zuǒxiàng rì xīng fèi wàn qián
飮如長鯨吸百川, 측평평평측측평 yǐn rú chángjīng xī bǎichuān
銜杯樂圣稱避賢. 평평측측평측평 xiánbēi lè shèng chēng bì xián

宗之瀟洒美少年, 평평평측측측평 zōngzhī xiāosǎ měi shàonián
擧觴白眼望青天, 측평평측측평평 jǔ shāng báiyǎn wàng qīngtiān
皎如玉樹臨風前. 측측측측평평평 jiǎo rú yùshù lín fēng qián

蘇晋長齋繡佛前, 평측평평측측평 sū jìn chángzhāi xiù fó qián
醉中往往愛逃禪. 측평측측측평평 zuìzhōng wǎngwǎn gàitáo chán

李白一斗詩百篇, 측측측측평측평 lǐbái yìdòu shī bǎipiān
長安市上酒家眠, 평평측측측평평 cháng'ān shì shàng jiǔjiā mián
天子呼來不上船, 평측평평측측평 tiānzǐ hū lái bú shàng chuán
自稱臣是酒中仙. 측평평측측평평 zìchēngchén shì jiǔ zhōng xiān

張旭三杯草圣傳, 평측평평측측평 zhāngxùsānbēi cǎoshèng chuán
脫帽露頂王公前, 평측측측평평평 tuōmào lù dǐng wánggōng qián
揮毫落紙如云烟. 평평측측평평평 huī háo luò zhǐ rú yúnyān

焦逐五斗方卓然, 평측측측평평평 jiāosuì wǔ dǒu fāng zhuórán
高談雄辯惊四筵. 평평평측평측평 gāotán xióngbiàn jīng sì yán

구마다 압운한 고시체를 柏梁体(백량체) 고시라고 한다. 한나라 무제가 柏梁台(백량대)를 완성한 후, 군신들이 함께 칠언시를 지었는데, 구마다 압운했기 때문에, 후인들이 '백량체'라고 불렀다고 한다. 그러나 실제로 남북조 이전의 칠언시는 모두 구마다 압운하는 경우가 일반적이었다. 최초의 칠언고시로 알려져 있는 曹조(조비)의 <燕歌行(연가행)>도 구마다 압운하고 있음을 알 수 있다. 매 구의 압운은 당대 이후에 격구의 압운으로 변했다. <飮中八仙歌> 역시 백량체의 고시 형식으로 창작했다. 이러한 압운 형식은 오늘날에는 쓰이지 않지만, 특수한 경우의 압운에 해당되므로 소개해 둔다.

제8장
韻書(운서)에
대하여

8.1. 詩韻(시운)

詩韻이란, 시의 押韻(압운)에 사용되는 운과 한시를 지을 때 근거가 되는 운서라는 두 가지 의미로 사용된다. 한시 창작에서 사용되는 모든 한자를 韻이라고 부르며, 이러한 운을 각 구의 마지막에 일정한 규칙에 따라 배열하는 경우를 '押韻'이라 한다. 한시의 구성형식을 이해하지 못한다면, 한자의 단순한 배열만으로 표현해 놓았을지라도 작품의 우열을 가릴 방법이 없다. 그러나 일정한 규칙에 따른 운의 배열이 없는 한시는 있을 수 없으니, 운에 대한 이해가 필요하다.

시운은 반드시 韻書에 근거해야 하며, 운서라고 말할 때는 일반적으로 ≪平水韻(평수운)≫을 가리킨다. 平水(평수)는 산시성 장저우 지방의 별칭인데, 금(金)나라 정대(正大) 6년(1229)에, 이 지방 사람인 왕문욱(王文郁)이 서로 비슷한 운을 합쳐, 전해 내려오던 206운을 107운으로 고쳤다가, 후에 上聲(상성)의 '極(극)'운을 없애, 平・上・去・入의 四聲(사성)으로 모두 106운으로 정한 韻書를 말한다. 한시 창작에서는 반드시 압운해야 하며, 압운의 제한이 넓거나 좁음의 차이만 있을 뿐이다. 압운의 규칙은 시가가 다른 문학체재와 구별되는 가장 큰 특징이다.

최초의 시가집인 ≪詩經(시경)・關雎(관저)≫에서부터 완정한 운을 사용했으니, 앞부분의 4구를 통해 살펴보기로 한다.

關關雎鳩, 관관저구, '관관' 우는 저구새,

在河之洲. 재하지주. 황하의 물가에 있네.
窈窕淑女, 요조숙녀, 요조숙녀는,
君子好逑. 군자호구. 군자의 좋은 배필이로다.

≪詩經≫ 시는 대부분 백성들의 노래가사이므로, 넓은 의미에서는 노래의 운을 모두 포함하며, 좁은 의미로는 한시 창작에 사용되는 모든 운자를 가리킨다.

압운하지 않은 시를 쓸 수는 있지만, 시라고 말하기 어려울 정도로 가치가 현격히 떨어진다. 시의 운은 오늘날 한어병음에서 설명하는 韻母(운모)와 같다. 예를 들어 '東'을 한어병음으로 표시하면 dōng으로 표시된다. 한자를 읽는 국제적인 통용방법이다. 이 중에서 d를 聲母 ōng을 韻母라고 한다. 성모는 소리를 결정하고, 운모는 리듬을 결정한다. 東과 비슷한 운자를 소개하면, 同tóng, 隆lóng, 宗zōng, 聰cōng 등을 들 수 있는데, 성모는 다를지라도 운모부분은 óng으로 같다. 이러한 경우를 '同韻(동운)'이라 한다. 시에서의 압운은 바로 이 동일한 운자를 안배하는 일이다. 조정에서 이러한 운자들을 분류하여 편찬한 책을 '韻書'라고 하며, 조정에서 배포했으므로 '官韻'이라 부르기도 한다. 운서가 없다면 한시 창작은 불가능하다. 이러한 운서는 唐(당)대에 비교적 합리적으로 정해졌다. 宋(송)대 이후에는 소리에 변화가 많아 당대에 정해진 운만으로는 불합리한 면이 많았지만, 당대에 사용된 운서에 바탕을 두어 압운할 수밖에 없었다. 시대에 따라 약간의 변화는 있었지만, 오늘날에도 여전히 이 당대에 정해진 운서에 바탕을 두어 시를 창작해야 하는바, 때로는 현대한어의 성조와 리듬에 맞지 않는 운자가 빈번히 나타날 수밖에 없다. 그렇더라도 현대의 성조와 일치하는 운자가 대부분이어서 중국어 학습에서 중요시 여기는 성조를 익히는 지름길이 될 수 있다.

8.2. 韻書(운서)의 역사

중국 고대의 최초의 운서는 삼국시대, 魏(위)나라 사람인 李登(리등)이 편찬한 ≪聲類(성류)≫로 알려져 있는데, 지금은 전하지 않는다. 이후 隋(수)나라 때, 陸法言(륙법언)이 운을 집대성하여, 601년에 ≪切韻(절운)≫을 편찬했으나, 이 역시 지금은 전해지지 않는다. 北宋(북송) 眞宗(진종) 원년(1008)에, 陳彭年(진팽년)과 丘雍(구옹)이 조정의 명을 받아, 전대의 여러 운서를 참조하여 운을 집대성한 ≪廣韻(광운)≫을 편찬했으니, 지금 사용되는 운서는 모두 이 운서를 바탕으로 이루어졌으며, 청대 이후에는 ≪平水韻(평수운)

≫의 106운을 상용했다.

押韻은 시가의 음악성을 더해 주는 중요수단으로, 율시에서는 소리와 리듬의 완벽한 조화를 위해 압운의 방법을 더욱 정교하게 고려하게 되었다. 지금까지 전해 내려오는 운서로는 ≪唐韻(당운)≫・≪广韻(광운)≫・≪礼部韻略(례부운략)≫・≪佩文詩韻(패문시운)≫・≪詩韻集成(시운집성)≫・≪詩韻合璧(시운합벽)≫ 등이 있으나, 청대 이후에는 ≪平水新刊韻略(평수신간운략)≫이 가장 널리 쓰이고 있으며, 이를 줄여서 ≪平水韻(평수운)≫이라 부른다. 그러나 당(唐)대에 사용된 운자와 비교해도 거의 차이가 없으니, 당송시가를 감상할 때, 이 운서에 의거해도 아무런 문제가 없다. 오늘날 한시 창작에 사용되는 운은 모두 이 운서에 의한다.

8.3. 押韻(압운)의 금기사항

압운은 율시의 창작에 一韻到底格(일운도저격)으로 사용되는데, 아래의 두 가지 규칙은 반드시 지켜야 한다.

① 반드시 평성 운을 사용하고 一韻到底格(일운도저격)으로 압운해야 하며, '일운도저격'일지라도 같은 운자를 중복해서 사용할 수 없다. 평기식 수구압운, 칠언율시 창작을 예를 들면, 東(동)・同(동)・銅(동)・桐(동)・筒(통)으로는 압운할 수 있으나, 東(동)・東(동)・銅(동)・桐(동)・筒(통)이나 東(동)・同(동)・銅(동)・銅(동)・筒(통) 등과 같이, 같은 운자를 반복해서 사용할 수 없다.

② 一韻到底格(일운도저격)으로 사용하더라도 동일한 뜻을 나타내는 운자를 중복하여 사용해서는 안 된다. 예를 들면, '芳(방)'과 '香(향)'은 두 자 모두 평성 陽운에 속하지만, '향기롭다'는 동일한 뜻이므로, 같이 쓸 수 없다. '花'와 '葩'는 둘 다 평성 麻운에 속하지만, '꽃'이라는 동일한 뜻이므로, 함께 쓸 수 없다.

8.4. 唱和(창화)

다른 사람이 창작한 시에 사용한 압운 자를 그대로 사용하는 방법으로 '和韻' 또는 '步韻'이라고도 하는데 3가지 방법이 있다.

① 次韻(차운): 步韻(보운)이라고도 하며, 다른 사람의 시에 사용한 운자를 순서를 바꾸지 않고 그대로 사용하는 방법으로 가장 많이 사용된다.

② 用韻(용운): 다른 시에서 사용한 운자를 순서에 관계없이 사용하는 경우를 말한다.

③ 依韻(의운): 다른 사람의 시에 사용된 동일한 운에 속한 운을 사용하여 압운하는 경우에 해당한다. 唱和(창화)라고 보기도 어렵다.

오늘날 한시 창작에서 이러한 구분은 그다지 의미가 없으니, 반드시 次韻을 밝히지 않더라도 상관없다. 선인이 창작한 뛰어난 작품의 제목과 압운 자를 사용하여 다른 내용의 율시를 창작해 보는 연습은 율시 창작 방법을 익히는 지름길일 수 있다.

8.5. 현대한어 四聲(사성)과 平/仄(평/측)의 관계

四聲은 한자 한 운자마다 정해져 있는 4종류의 성조를 가리킨다. 오늘날 중국어 학습에 성조를 익히는 일은 매우 중요한바, 특히 한시의 창작에서는 말할 필요도 없다. 東을 다시 예로 들면, 東dōng은 성모·운모·성조로 구성되어 있다. 성모는 소리를 결정하고, 운모는 리듬을 결정하며, 성조는 소리의 높낮이를 결정한다. 이러한 성조는 현대한어에서는 1, 2, 3, 4성으로 구분하며, 고대에는 平聲(평성)·上聲(상성)·去聲(거성)·入聲(입성)으로 구분했다. 이 중에서 平聲은 현대의 성조 중 1성과 2성에 해당하고, 上聲·去聲·入聲은 3성과 4성에 해당한다.

평성은 평평한 소리, 상성·거성·입성은 뭉뚱그려 측성(기운소리)으로 표시하지만, 실제로는 4가지 소리의 높낮이가 발생한다. 평성과 측성을 알맞게 안배시켜 소리를 조화시키면, 실제로는 4가지 소리의 높낮이로 화음을 이루니, 율시와 절구에서는 소리의 오묘한 조화를 이루게 된다. 조화의 오묘함이 뒤떨어지기는 하지만 고체시도 마찬가지다. 한 수의 시를 창작한 다음, 한 운자마다 각각의 성조에 따라 올바르게 낭송할 수 있어야 한시의 참맛을 느낄 수 있다. 한시의 창작과 올바른 낭송은 중국어 학습의 지름길이기도 하다. 특히 성조를 익히는 데는 더할 나위 없는 수단이다. 고대에는 평성을 陰平(음평)과 陽平(양평), 또는 上平聲(상평성)과 下平聲(하평성)으로 나누었지만, 오늘날에는 이러한 구분이 별로 의미가 없어, 단순히 평성으로 부른다. 東dōng, 同tóng, 隆lóng, 宗zōng, 聰cōng은 운모가 같고, 모두 평성으로 같은 운으로 분류된다. 즉, 운모뿐만 아니라 성조 또한 1성 아니면 2성이어야 한다. 그런데 筒tǒng의 경우 운모는 같으나, 성조는 3성으로 측성에 해당하므로 현대한어에서는 東dōng과 동일한 운으로 분류될 수 없는데도, 고대운서에서는 동일한 운으로 분류되었다. 시대에 따라 소리의 높낮이가 변했는데도 고대에 정해진 운서에 따라 시를 지을 수밖에 없으므로 이처럼 불합리한 현상도 보인다. 國guó의 경우에도 지금은 평성으로 읽히지만, 고대에는 측성으로 분류된다. 爲는 '~하다', '만들다'는 뜻일 때에는 평성으로 읽히지만, '위하여'란 뜻으로 쓰일 때에는 측성으로 읽힌다. 이러한 운자는 상당부분을 차지하지만, 지금으로서는 운서를 다시 정하지 않는 이상 어찌할 도리가 없다. 그렇더라도 상당부분은 일치하므로 익숙해지면 구분하는 데는 그다지 문제가 없다. 몇 가지 예를 더 들어보면 다음과 같다.

① 騎(기): 騎馬(말을 타다, 동사, 평성)
　　　　　騎兵(기병, 명사, 측성)
② 思(사): 思念(생각하다, 동사, 평성)
　　　　　思想(사상, 명사, 측성), 情懷(명사, 측성)
③ 譽(예): 칭찬하다(동사, 평성)
　　　　　명예(名譽, 명사, 측성)
④ 汚(오): 汚穢(더럽다, 형용사, 평성)
　　　　　弄臟(더럽히다, 동사, 측성)
⑤ 敎(교): 敎化, 敎育(명사, 측성)
　　　　　使, 讓(시키다, 동사, 평성)
⑥ 令(령): 命令(명령, 명사, 측성)
　　　　　使, 讓(시키다, 동사, 평성)
⑦ 禁(금): 禁令(금령, 명사, 측성)
　　　　　堪(감당하다, 동사, 평성)

이 외에 '看'이나 '過'의 경우는 뜻은 변하지 않고, 평성과 측성에 모두 쓰인다. 이러한 예는 드물지 않게 나타난다. 평/측과 사성의 구분은 운을 분류하는 기초가 된다.

운은 평성 30운, 상성 29운, 거성 30운, 입성 17운으로 모두 106운으로 분류된다. 입성은 우리말로 발음해 보면 ㄱ, ㅂ 받침이 들어가는 말은 거의가 입성이어서 구분하기 쉽다. 물론 ㄱ이나 ㅂ 받침이 들어갔다고 해서 반드시 입성 자는 아니며, 때로 평성으로 쓰이는 경우도 있지만 극히 제한적이다. 받침이 들어가는 말은 측성 운인 경우가 많다. 아래 운서는 청대 과거에 사용하던 官韻(관운)이다. 그러나 고대로 사용하던 운과 거의 차이가 없다. 운서는 언제나 곁에 두고 평/측을 구분하는 연습을 해야 한다. 나아가 평/측의 개념으로 익히기보다는 사성을 모두 구분하는 일이 최선의 방법이다. 중국어 공부와 더불어 한시 창작이나 감상에 힘을 기울인다면, 낭송을 통해 음률의 오묘한 조화를 더욱 잘 이해할 수 있을 것이어서 한어병음과 함께 수록한다. '峒(동dòng)'의 경우 4성이어서 현대한어의 개념으로는 동일한 운으로 취급될 수 없으나, 고대에는 평성으로 분류되었음에 유념하길 바란다. 이와 비슷한 예는 빈번히 나타난다. 또한 전혀 어울릴 것 같지 않은 운자가 동일한 운으로 분류된 경우가 빈번한 까닭은, 광대한 지방에서 발음되는 운자를 모아 하나의 표준으로 정하다 보니 생긴 결과로 이해하면 무방할 것이다.

8.6. 韻書(운서)

운서는 언제나 지니고 다니면서 참조하는 습관을 들여야 한다. 좋은 시상이 언제 떠오를지 모르기 때문이다. 평성 30운의 대표 운자를 외어 두면 운서의 사용에 매우 편리하다.

① 上平聲(상평성): 1東(동)・2冬(동)・3江(강)・4支(지)・5微(미)・6漁(어)・7虞(우)・8齊(제)・9佳(가)・10灰(회)・11眞(진)・12文(문)・13元(원)・14寒(한)・15刪(산)
② 下平聲(하평성): 1先(선)・2蕭(소)・3肴(효)・4豪(호)・5歌(가)・6麻(마)・7陽(양)・8庚(경)・9靑(청)・10蒸(증)・11尤(우)・12侵(침)・13覃(담)・14鹽(염)・15咸(함)

대표 운자는 편의상 앞세웠을 뿐이며 특별히 중요성을 지닌 운자는 아니다. 한시를 창작하거나 감상할 경우 반드시 필요하다. 운자 수가 많은 경우를 '寬韻(관운)'이라 하며, 운자 수가 적은 경우를 '窄韻(착운)'이라 한다. 支・眞・先・陽・庚・尤운은 운자 수가 많은 운으로 寬韻에 속한다. 江・佳・肴・覃・鹽・咸운은 운자 수가 많지 않고, 율시에서 압운한 경우가 드물다. 微・刪・侵운의 경우 운자 수는 적지만 율시에 비교적 많이 사용되고 있다. 압운할 때 참고할 만하다. ≪平水韻(평수운)≫의 106운은 상평성 15운, 하평성 15운, 상성 29운, 거성 30운, 입성 17운으로 분류된다. 오늘날에는 상평성과 하평성의 구분이 그다지 의미가 없어서, 평성 30운으로 통칭된다.

8.6.1. 上平聲(상평성) 15운

・ 1東(동): 東(동 dōng) 涷(동 dōng) 同(동 tòng) 銅(동 tóng) 桐(동 tóng) 峒(동 dòng) 筒(통 tǒng) 箐(통 tǒng) 童(동 tóng) 僮(동 tóng) 瞳(동 tóng) 瞳(동 tóng) 幢(동 chōng) 潼(동 tóng) 中(중 zhōng) 忠(충 zhōng) 衷(충 zhōng) 沖(충 chōng) 种(충 zhǒng) 忡(충 chōng) 盅(충 zhōng) 蟲(충 chóng) 終(종 zhōng) 螽(종 zhōng) 崇(숭 chóng) 漴(충 chóng) 嵩(숭 sōng) 崧(숭 sōng) 菘(숭 sōng) 戎(융 róng) 弓(궁 gōng) 躬(궁 gōng) 宮(궁 gōng) 融(융 róng) 雄(응 xióng) 熊(응 xióng) 穹(궁 qióng) 窮(궁 qióng) 馮(풍 píng) 風(풍 fēng) 楓(풍 fēng) 豐(풍 fēng) 灃(풍 fēng) 酆(풍 fēng) 充(충 chōng) 隆(륭 lóng) 癃(륭 lóng) 窿(륭 lóng) 空(공 kōng) 倥(공 kǒng) 公(공 gōng) 工(공 gōng) 釭(공 káng) 攻(공 gōng) 蒙(몽 méng) 濛(몽 méng) 朦(몽 méng) 艨(몽 méng) 瞢(몽 méng) 懞(몽 měng) 龍(용 lóng) 聾(롱 lóng) 瓏(롱 lóng) 礱(롱 lóng) 龐(방 páng) 櫳(롱 lóng) 洪(홍 hóng) 烘(홍 hōng) 紅(홍 hóng) 虹(홍 hóng) 訌(홍 hóng) 鴻(홍 hóng) 叢(총 cóng) 潨(총 cōng) 翁(옹 wēng) 螉(옹 wěng) 恩(총 cōng) 聰(총 cōng) 驄(총 cōng) 總(총 zǒng) 從(종 cóng) 駿(준 jùn) 椶(종 zōng) 通(통 tōng) 侗(동 tóng/dòng) 逢(봉 féng) 蓬(봉 péng) 篷(봉 péng)

・ 2冬(동): 冬(동 dōng) 鼕(동 dōng) 宗(종 zōng) 琮(종 cóng) 淙(종 cóng) 農(농 nóng) 濃(농 nóng) 儂(농 nóng) 憹(농 náng) 穠(농 nóng) 醲(농 nóng) 松(송 sōng) 淞(송 sōng) 鬆(송 sōng) 重(중 zhòng) 鍾(종 zhōng) 鐘(종 zhōng) 幢(동 chōng) 容(용 róng) 蓉(용 róng) 溶(용 róng) 鎔(용 róng) 榕(용 róng) 庸(용 yōng) 墉(용 yōng) 鏞(용 yōng) 傭(용 yōng) 封(봉 fēng) 葑(봉 fēng) 豐(풍 fēng) 匈(흉 xiōng) 胸(흉 xiōng) 凶(흉 xiōng) 兇(흉 xiōng) 逢(봉 féng) 縫(봉 fèng) 肜(동 tóng) 禺(옹 yú) 喁(옹 yóng) 顒(옹 yóng) 雍(옹 yōng) 邕(옹 yōng) 灉(옹 yōng) 廱(옹 yōng) 壅(옹 yōng) 從(종 cóng) 縱(종 zòng) 蹤(종 zōng) 縱(총 cōng) 茸(용 róng) 蛩(공 qióng) 邛(공 qióng) 共(공 gòng) 供(공 gòng) 龔(공 gōng)

• 3江(강): 江(강 jiāng) 杠(강 gàng) 扛(강 káng) 矼(강 gāng) 釭(강 gāng) 舡(강 chuán) 豇(강 jiāng) 尨(방 máng) 哤(방 máng) 窗(창 chuāng) 邦(방 bāng) 降(강 jiàng) 洚(강 jiàng) 瀧(랑 lóng) 雙(쌍 shuāng) 艭(쌍 shuāng) 腔(강 qiāng) 撞(당 zhuàng) 幢(당 zhuàng) 鬃(종 zōng)

• 4支(지): 支(지 zhī) 枝(지 zhī) 移(이 yí) 爲(위 wéi) 垂(수 chuí) 吹(취 chuī, 허풍 떨다) 陂(피 bēi) 碑(비 bēi) 奇(기 qí) 宜(의 yí) 儀(의 yí) 皮(피 pí) 儿(인 ér) 离(리 lí) 施(시 shī) 知(지 zhī) 馳(치 chí) 池(지 chí) 規(규 guī) 危(위 wēi) 夷(이 yí) 師(사 shī) 姿(자 zī) 遲(지 chí) 龜(귀 guī) 眉(미 méi) 悲(비 bēi) 之(지 zhī) 芝(지 zhī) 時(시 shí) 詩(시 shī) 棋(기 qí) 旗(기 qí) 辭(사 cí) 詞(사 cí) 期(기 qī) 祠(사 cí) 基(기 jī) 疑(의 yí) 姬(희 jī) 絲(사 sī) 司(사 sī) 葵(규 kuí) 醫(의 yī) 帷(유 wéi) 思(사 sī, 동사) 滋(자 zī) 持(지 chí) 隨(수 suí) 痴(치 chī) 維(유 wéi) 厄(치 zhī) 螭(리 chī) 麾(휘 huī) 墀(지 chí) 彌(미 mí) 慈(자 cí) 遺(유 yí 遺, 유실하다) 肌(기 jī) 脂(지 zhī) 雌(자 cí) 披(피 pī) 嬉(희 xī) 尸(시 shī) 狸(리 lí) 炊(취 chuī) 湄(미 méi) 籬(리 lí) 茲(자 zī) 差(치 cī, 들쭉날쭉) 疲(피 pí) 茨(자 cí) 卑(비 bēi) 亏(휴 kuī) 蕤(유 ruí) 騎(기 qí, 말을 타다) 歧(기 qí) 岐(기 qí) 誰(수 shéi) 斯(사 sī) 私(사 sī) 窺(규 kuī) 熙(희 xī) 欺(기 qī) 疵(자 cī) 貲(자 zī) 羈(기 jī) 彝(이 yí) 髭(자 zī) 頤(이 yí) 資(자 zī) 糜(미 mí) 飢(기 jī) 衰(쇠 cuī) 錐(추 zhuī) 姨(이 yí) 夔(기 kuí) 祇(지 zhī) 漄(애 yá, 佳, 麻운과 같다) 伊(이 yī) 追(추 zhuī) 緇(치 zī) 箕(기 jī) 治(치 zhì, 다스리다) 尼(니 ní) 而(이 ér) 推(추 tuī, 灰운과 같다) 麋(미 mí) 綏(수 suí) 羲(희 xī) 羸(리 léi) 其(기 qí) 淇(기 qí) 麒(기 qí) 祁(기 qí) 崎(기 qí) 騏(기 qí) 鎚(추 chuí) 羅(라 luó) 羆(리 lí) 灕(리 lí) 鸝(리 lí) 璃(리 lí) 驪(려 lí) 狝(선 xiǎn) 羆(비 pí) 貔(비 pí) 仳(비 pǐ) 琵(비 pí) 枇(비 pí) 屍(시 shī) 鵄(지 zhī) 梔(치 zhī) 匙(시 chí) 蚩(치 chī) 篪(지 chí) 絺(치 chī) 鴟(치 chī) 踟(지 chí) 嗤(치 chī) 隋(수 suí) 雖(수 suī) 睢(수 suī) 咨(자 zī) 淄(치 zī) 鷀(자 cí) 瓷(자 cí) 萎(위 wěi) 惟(유 wéi) 唯(유 wéi) 厮(시 sī) 澌(시 sī) 緦(시 sī) 逶(위 wēi) 迤(이 yí) 貽(이 yí) 裨(비 pí) 庳(비 pí) 丕(비 pī) 嵋(미 méi) 郿(미 méi) 劘(마 má) 蠡(리 lí, 표주박, 齊운과 같다) 氂(모 máo) 痍(이 yí) 猗(의 yī) 椅(의 yǐ, 의나무)

• 5微(미): 微(미 wēi)　薇(미 wēi)　暉(휘 huī)　輝(휘 huī)　徽(휘 huī)　揮(휘 huī)
韋(위 wéi)　圍(위 wéi)　幃(위 wéi)　諱(휘 huì)　闈(위 wéi)　霖(림 lín)　菲(비 fēi, 향기)
妃(비 fēi)　飛(비 fēi)　非(비 fēi)　扉(비 fēi)　肥(비 féi)　威(위 wēi)　祈(기 qí)　旂(기 qí)
畿(기 jī)　機(기 jī)　几(기 jī, 거의)　稀(희 xī)　希(희 xī)　衣(의 yī)　依(의 yī)　旧(구 jiù)
葦(위 wěi)　饑(기 jī)　磯(기 jī)　欷(희 xī)

• 6어(漁): 魚(어 yú)　漁(어 yú)　初(초 chū)　書(서 shū)　舒(서 shū)　居(거 jū)　裾(거
jū)　車(거 jū, 麻운과 같다)　渠(거 qú)　余(여 yú)　予(여 yú, 我와 같다)　譽(예 yù, 칭찬
하다)　輿(여 yú)　餘(여 yú)　胥(서 xū)　狙(저 jū)　鋤(서 chú, 鉏, 鉏와 같다)　疏(소 shū)
疎(소 shū)　蔬(소 shū)　梳(소 shū)　盧(허 xū)　噓(허 xū)　徐(서 xú)　豬(저 zhū)　閭(려
lú)　廬(려 lú)　驢(려 lú)　諸(제 zhū)　除(제 chú)　如(여 rú)　墟(허 xū)　於(어 wū)　畬(여
yú)　洳(여 rù)　好(호 hǎo)　妤(여 yú)　璵(여 yú)　蜍(서 chú)　儲(저 chǔ)　苴(저 jū)
菹(저 zū)　沮(저 jǔ)　齟(저 jǔ)　齬(어 yǔ)　据(거 jū, 옹색하다)　鶋(거 jū)　藁(거 qú)
茹(여 rú)　洳(여 rù)　攄(터 shū)　櫚(려 lú)

• 7虞(우): 虞(우 yú)　娛(오 yú)　麌(우 yú)　禺(우 yú)　嵎(우 yú)　隅(우 yú)　喁(우
yóng)　愚(우 yú)　俞(유 yú)　逾(유 yú)　渝(유 yú)　覦(유 yú)　窬(유 yú)　瑜(유 yú)
楡(유 yú)　揄(유 yú)　踰(유 yú)　毹(유 shū)　愉(유 yú)　臾(유 yú)　歈(유 yú)　萸(유
yú)　腴(유 yú)　瘐(유 yǔ)　諛(유 yú)　儒(유 rú)　孺(유 rú)　濡(유 rú)　醹(유 rú)　襦(유
rú)　于(우 yú)　迂(우 yū)　盂(우 yú)　竽(우 yú)　吁(우 xū)　盰(우 xū)　紆(우 yū)　煦(후
xù)　姁(후 xǔ)　輸(수 shū)　需(수 xū)　繻(수 xù)　須(수 xū)　鬚(수 xū)　區(구 qū)　嶇(구
qū)　軀(구 qū)　驅(구 qū)　樞(추 shū)　趨(추 qū)　朱(주 zhū)　珠(주 zhū)　侏(주 zhū)
硃(주 zhū)　邾(주 zhū)　銖(수 zhū)　洙(수 zhū)　茱(수 zhū)　株(주 zhū)　誅(주 zhū)
蛛(주 zhū)　姝(주 shū)　殊(수 shū)　除(제 chú)　瞿(구 jù)　氍(구 qú)　衢(구 qú)　鸜(구
qú)　戵(구 qú)　夫(부 fū)　扶(부 fú)　蚨(부 fú)　芙(부 fú)　苻(부 fú)　符(부 fú)　鳧(부
fú)　孚(부 fú)　俘(부 fú)　桴(부 fú)　稃(부 fú)　敷(부 fú)　膚(부 fū)　鈇(부 fū)　無(무
wú)　蕪(무 wú)　巫(무 wū)　毋(무 wú)　誣(무 wū)　憮(무 wǔ)　壺(호 hú)　吾(오 wú)
梧(오 wú)　齬(어 yǔ)　吳(오 wú)　蜈(오 wú)　胡(호 hú)　瑚(호 hú)　葫(호 hú)　餬(호
hú)　狐(호 hú)　孤(고 gū)　菰(고 gū)　瓠(호 hù)　觚(고 gū)　弧(호 hú)　呱(고 guā)

姑(고 gū)　沽(고 gū)　酤(고 gū)　蛄(고 gū)　鴣(고 gū)　枯(고 kū)　烏(오 wū)　嗚(오
wū)　鄔(오 Wū)　乎(호 hū)　貙(추 chú)　麤(추 cū)　粗(조 cū)　徂(조 cú)　租(조 zū)
菹(조 zū)　刳(고 kū)　呼(호 hū)　蒲(포 pú)　逋(포 bū)　葡(포 pú)　晡(포 bū)　鋪(포
pū)　舖(포 pù)　都(도 dōu)　闍(도 dū)　圖(도 tú)　途(도 tú)　塗(도 tú)　徒(도 tú)　鍍(도
dù)　屠(도 tú)　瘏(도 tú)　菟(토 tú)　盧(로 lú 廬)　鑪(로 lú)　爐(로 lú)　鑑(로 lú)　顱(로
lú)　濾(려 lǜ)　蔍(려 lú)　鱸(로 lǔ)　艫(로 lǔ)　奴(노 nú)　駑(노 nú)　拏(나 ná)　鴑(노
nú)　弩(노 nǔ)　模(모 mó)　謨(모 mó)　膜(막 mó)　嫫(모 mó)　婁(루 lóu)　鏤(루 lòu)

・8齊(제): 齊(제 qí)　臍(제 qí)　躋(제 jī)　黎(려 lí)　藜(려 lí)　梨(리 lí)　犁(리 lí)
瓈(려 lí)　鸝(려 lí)　蟸(려 lí)　驪(려 lí)　鸝(리 lí)　妻(처 qī)　萋(처 qī)　淒(처 qī)　悽(처
qī)　谿(계 xī)　隄(제 dī)　提(제 tí)　題(제 tí)　蹄(제 tí)　啼(제 tí)　低(저 dī)　詆(저 dǐ)
瓶(저 dī)　睇(제 tí)　鵜(제 tí)　綈(제 tí)　騠(제 tí)　禔(제 tí)　梯(제 tī)　雞(계 jī)　稽(계
jī)　稭(혜 jī)　笄(계 jī)　乩(계 jī)　齏(제 jī)　齋(제 jī)　兮(혜 xī)　蹊(혜 qī)　奚(해 xī)
翳(예 yì)　倪(예 ní)　蜺(예 ní)　黌(제 tí)　霓(예 ní)　輗(예 ní)　西(서 xī)　栖(서 qī)　棲(서
qī)　犀(서 xī)　嘶(시 sī)　梯(제 tī)　龘(비 pí)　迷(미 mí)　泥(니 ní)　圭(규 guī)　奎(규
kuí)　閨(규 guī)　絓(규 guà)　睽(규 kuí)　畦(휴 qí)　攜(휴 xié)　鑴(휴 xī)

・9佳(가): 佳(가 jiā)　街(가 jiē)　鞋(혜 xié)　牌(패 pái)　柴(시 chái)　釵(차 chāi)　差
(차 chāi, 차사)　崖(애 yá)　涯(애 yá, 支・麻운과 같다)　偕(해 xié)　階(계 jiē)　皆(개 jiē)
諧(해 xié)　骸(해 hái)　排(배 pái)　乖(괴 guāi)　懷(회 huái)　淮(회 Huái)　槐(괴 Huái,
灰운과 같다)　豺(시 chái)　儕(제 chái)　埋(매 mái)　霾(매 mái)　齋(재 zhāi)　媧(와 wā)
蝸(와 wō)　蛙(와 wā)　鼃(와 wā)　娃(와 wá)　哇(와 wā)

・10灰(회): 恢(회 huī)　詼(회 huī)　豗(회 huī)　朏(휘 huī)　魁(괴 kuí)　悝(회 kuī)
隈(외 wēi)　煨(외 wēi)　偎(외 wēi)　回(회 huí)　徊(회 huái)　洄(회 huí)　枚(매 méi)
梅(매 méi)　莓(매 méi)　每(매 měi)　媒(매 méi)　煤(매 méi)　瑰(괴 guī)　傀(괴 guī)
雷(뢰 léi)　罍(뢰 lěi)　隤(퇴 tuí)　頹(퇴 tuí)　嵬(외 wéi)　隗(외 Wěi)　槐(괴 huái)　桅(외 wéi)
崔(최 cuī)　催(최 cuī)　摧(최 cuī)　漼(최 cuǐ)　縗(최 cuī)　堆(퇴 duī)　鎚(퇴 chuí)　推(추 tuī)
陪(배 péi)　培(배 péi)　裴(배 Péi)　杯(배 bēi)　醅(배 pēi)　坏(괴 huài)　咍(해 hāi)　開(개

kāi) 哀(애 āi) 埃(애 āi) 款(관 kuǎn) 臺(대 tái) 擡(대 tái) 儓(대 tái) 薹(대 tái)
苔(태 tāi) 駘(태 dài) 該(해 gāi) 垓(해 gāi) 賅(해 gāi) 荄(해 gāi) 才(재 cái) 材(재 cái)
財(재 cái) 裁(재 cái) 栽(재 zāi) 纔(재 cái) 來(래 lái) 萊(래 lái) 峽(래 lái) 徠(래 lái)
哉(재 zāi) 災(재 zāi) 猜(시 cāi) 胎(태 tāi) 台(태 tái) 邰(태 tái) 顋(시 sāi)
罳(시 sī) 孩(해 hái) 皚(애 ái) 獃(애 dāi)

- 11眞(진): 禛(진 zhēn) 稹(진 zhěn) 瞋(진 chēn) 瞚(진 zhèn) 振(진 zhèn) 甄(진 zhēn) 珍(진 zhēn) 遵(준 zūn) 身(신 shēn) 娠(신 shēn) 申(신 shēn) 伸(신 shēn) 呻(신 shēn) 紳(신 shēn) 人(인 rén) 仁(인 rén) 神(신 shén) 辰(신 chén) 晨(신 chén) 宸(신 chén) 脣(순 chún) 漘(순 chún) 純(순 chún) 蓴(순 chún) 醇(순 chún) 鶉(순 chún) 錞(순 chún) 犉(순 chún) 臣(신 chén) 陳(진 chén) 塵(진 chén) 塡(전 tián) 辛(신 xīn) 莘(신 shēn) 新(신 xīn) 薪(신 xīn) 親(친 qīn) 荀(순 xún) 洵(순 xún) 詢(순 xún) 郇(순 xún) 恂(순 xún) 峋(순 xún) 鄰(린 lín) 麟(린 lín) 鱗(린 lín) 粼(린 lín) 瞵(린 lín) 磷(린 lín) 燐(린 lín) 轔(린 lín) 頻(빈 pín) 蘋(빈 pín) 顰(빈 pín) 嚬(빈 pín) 蘋(빈 píng) 貧(빈 pín) 賓(빈 bīn) 儐(빈 bīn) 濱(빈 bīn) 嬪(빈 pín) 彬(빈 bīn) 檳(빈 bīn) 寅(인 yín) 夤(인 yín) 因(인 yīn) 茵(인 yīn) 酒(인 yān) 垔(인 yīn) 闉(인 yīn) 駰(인 yīn) 銀(은 yín) 垠(은 yín) 誾(은 yín) 断(은 yīn) 狺(은 yín) 鄞(은 yín) 巾(건 jīn) 津(진 jīn) 臻(진 zhēn) 榛(진 zhēn) 溱(진 zhēn) 臻(진 zhēn) 墐(근 jìn) 殣(근 jìn) 逡(준 qūn) 皴(준 cūn) 竣(준 jùn) 悛(전 quān) 民(민 mín) 泯(민 mǐn) 珉(민 mín) 岷(민 mín) 緡(민 mín) 旻(민 mín) 閔(민 mǐn) 春(춘 chūn) 椿(춘 chūn) 淪(륜 lún) 倫(륜 lún) 綸(륜 lún) 輪(륜 lún) 掄(륜 lún) 論(론 lùn) 屯(둔 tún) 迍(둔 zhūn) 窀(둔 zhūn) 勻(균 yún) 旬(순 xún) 巡(순 xún) 徇(순 xùn) 循(순 xún) 馴(순 xùn) 紃(순 xún) 秦(진 qín) 螓(진 qín) 諄(순 zhūn) 肫(순 zhūn) 均(균 jūn) 鈞(균 jūn)

- 12文(문): 紋(문 wén) 雯(문 wén) 汶(문 wèn) 蚊(문 wén) 聞(문 wén) 枌(분 fén) 棼(분 fén) 汾(분 fén) 氛(분 fén) 焚(분 fén) 賁(분 bēn) 墳(분 fén) 濆(분 fén) 分(분 fēn) 紛(분 fēn) 雰(분 fēn) 芬(분 fēn) 棻(분 fēn) 云(운 yún) 雲(운 yún) 沄(운 yún) 妘(운 yún) 耘(운 yún) 紜(운 yún) 芸(운 yún) 員(원 yuán) 鄖(운 yún) 氳(온 yūn) 熅(온 yūn) 蘊(온 yùn) 縕(온 yūn) 君(군 jūn) 群(군 qún) 裙(군 qún) 窘(군 jiǒng)

麋(미 mí) 軍(군 jūn) 皸(군 jūn) 熏(훈 xūn) 薰(훈 xūn) 焄(훈 xūn) 曛(훈 xūn) 醺(훈 xūn) 纁(훈 xūn) 葷(훈 hūn) 殷(은 yīn) 慇(은 yīn) 勤(근 qín) 懃(근 qín) 慬(근 qín) 斤(근 jīn) 芹(근 qín) 筋(근 jīn) 欣(흔 xīn) 昕(흔 xīn)

· 13元(원): 元(원 yuán) 沅(원 yuán) 猿(원 yuán) 言(언 yán) 邧(원 yuán) 芫(원 yuán) 垣(원 yuán) 爰(원 yuán) 冤(원 yuān) 原(원 yuán) 袁(원 yuán) 軒(헌 xuān) 眢(완 yuān) 蚖(원 yuán) 掀(흔 xiān) 袢(번 pàn) 喧(훤 xuān) 媛(원 yuán) 援(원 yuán) 番(번 fān) 園(원 yuán) 源(원 yuán) 煩(번 fán) 萱(훤 xuān) 塤(훈 xūn) 嫄(원 yuán) 犍(건 jiān) 墦(번 fán) 幡(번 fān) 樊(번 fán) 蕃(번 fán) 諼(훤 xuān) 鴛(원 yuān) 燔(번 fán) 璠(번 fán) 膰(번 fán) 繁(번 fán) 轅(원 yuán 轅) 蘩(반 fán) 黿(원 yuán) 繙(번 fān) 翻(번 fān) 旛(번 fān) 鞬(건 jiàn) 藩(번 fān) 蹯(번 fán) 轓(번 fān) 鵷(원 yuān) 礬(반 fán) 甗(언 yǎn) 蘩(번 fán) 屯(둔 tún) 存(존 cún) 村(촌 cūn) 坤(곤 kūn) 奔(분 bēn) 昆(곤 kūn) 昏(혼 hūn) 門(문 mén) 盆(분 pén) 孫(손 sūn) 婚(혼 hūn) 崑(곤 kūn) 惇(돈 dūn) 捫(문 mén) 掄(론 lūn) 豚(돈 tún) 啍(톤 zhūn) 惛(혼 hūn) 尊(존 zūn) 敦(돈 dūn) 渾(혼 hún) 琨(곤 kūn) 賁(분 bēn) 飧(손 sūn) 飩(돈 tún) 湓(분 pén) 溫(온 wēn) 髡(곤 kūn) 蓀(손 sūn) 魂(혼 hún) 噴(분 pēn) 墩(돈 dūn) 論(론 lún, 倫과 같다) 璊(문 mén) 裈(곤 kūn) 燉(돈 dùn) 暾(돈 tūn) 緼(온 yūn) 閽(혼 hūn) 臀(둔 tún) 轀(온 wēn) 罇(준 zūn) 蹲(준 dūn) 鯤(곤 kūn) 亹(문 mén) 鼲(혼 hún) 虋(문 mén) 吞(탄 tūn) 垠(은 yín) 恩(은 ēn) 根(근 gēn) 痕(흔 hén) 跟(근 gēn) 艱(흔 hén) 騵(원 yuán) 湲(원 yuán) 反(반 fǎn) 貆(훤 huán) 宛(완 yuān) 暖(난 nuǎn) 杬(원 yuán) 羱(완 yuán) 純(순 chún) 棔(혼 hūn) 榬(원 yuán) 櫞(원 yuán) 芚(둔 chūn) 崙(륜 lún) 噂(준 zūn) 庉(돈 tún) 鷷(준 zūn) 蜳(윤 dūn) 飱(손 sūn) 驐(돈 dūn) 靬(간 jiān) 阮(완 ruǎn) 蘊(온 yùn) 笲(번 fán) 沄(윤 yún) 緷(혼 yùn) 溷(혼 hùn) 樠(만 mán) 蜿(원 wān) 騫(건 xiān) 怨(원 yuàn) 洹(환 huán) 暅(훤 xuān) 咺(훤 xuān) 圈(권 quān) 狟(훤 huán) 鰀(환 huàn) 煩(번 fán) 潘(번 pān) 翻(번 fān)

· 14寒(한): 干(간 gān) 丹(단 dān) 刊(간 kān) 奸(간 jiān) 安(안 ān) 汗(한 hán) 肝(간 gān) 玕(간 gān) 姍(산 shān) 珊(산 shān) 看(간 kān) 竿(간 gān) 乾(건 qián)

單(단 dān)　寒(한 hán)　殘(잔 cán)　彈(탄 tán)　鞍(안 ān)　嘽(탄 tān)　撣(탄 dǎn)　鄲(단 dān)　壇(단 tán)　餐(찬 cān)　殫(탄 dān)　檀(단 tán)　闌(란 lán)　韓(한 hán)　鄆(단 dān, dàn)　簞(단 dān)　禪(단 dān)　難(난 nán, nàn, nuó)　攔(란 lán)　瀾(란 lán)　欄(란 lán)　蘭(란 lán)　攤(난 tān)　灘(탄 tān)　馱(탄 tuó)　籣(란 lán)　讕(란 lán)　丸(환 wán)　刓(완 wán)　完(완 wán)　芄(환 wán)　官(관 guān)　冠(관 guān, guàn)　洹(환 huán)　紈(환 wán)　倌(관 guān)　剜(완 wān)　桓(환 huán)　般(반 bān)　狻(산 suān)　曼(만 màn)　莞(완 guān)　剬(단, duān, zhì)　湣(관 guān)　敦(돈 dūn, duì)　棺(관 guān)　湍(단 tuān)　萑(환 huán)　團(tuán)　端(단 duān)　酸(산 suān)　摶(단 tuán)　漙(단 tuán, zhuān)　寬(관 kuān)　潘(pān)　癍(반 bān)　盤(반 pán)　磐(반 pán)　瞞(만 mán)　樠(단 mén)　繁(번 fán, pó)　磻(반 pán, bō)　蟠(반 pán)　謾(만 mán)　饅(만 mán)　鰠(반 pán)　戀(란 luán)　歡(환 huān)　鰻(만 mán)　欑(찬 cuán)　瓛(환 huán)　讙(환 huān)　灤(란 luán)　鑽(찬 zuān)　鸞(란 luán)　幹(간 gān)

漫(만 màn)　歎(탄 tàn, 翰운과 같다)　源(완 yuán)　跚(산 shān)　慱(단 tuán)　鏝(만 màn)　胖(반 pán, pàn, pàng)　弁(변 biàn)　拌(반 pàn, bàn)　汍(환 wán)　樠(만 mán)　羉(란 luán)　翰(한 hàn)　攢(찬 cuán, zǎn)　岏(완 wán)

・ 15删(산): 删(산 shan)　扳(반 ban)　姦(간)　狦(산)　版(판)　班(반 ban)　斑(반 ban)　菅(관 jian)　頑(완 wan 頑)　頒(반 ban 頒)　潺(산 shan)　寰(환 haun)　圜(원 yuan)　環(환 haun 环)　還(환 haun 還)　鐶(환 haun 鐶)　顏(안)　攀(반 pan)　關(관 guan 關)　鰥(환)　鐶(환)　闤(환 haun 闤)　彎(만 wan 彎)　鬟(환 haun)　灣(만 wan 湾)　蠻(만 man 蛮)　殷(은 yin)　孱(잔 can)　閑(한 xian 閑)　閒(한 xian 閑)　綸(관 guan 綸)　慳(간 qian 慳)　潺(잔 chan)　嫻(한 xian 嫻)　艱(간 jian 艱)　瞯(간)　爛(난 lan 爛)　鰥(환 guan 鰥)　鷳(한)　湲(원 yuan)　編(반 ban)　訕(산 shan 訕)　澴(환 haun)　患(환 haun)　擐(환 haun)　跧(전)　獌(만)　黰(안)　靬(간 qian)　豻(한)

8.6.2. 下平聲(하평성) 15운

・ 1先(선): 先(선 xiān)　前(전 qián)　千(천 qiān)　阡(천 qiān)　箋(전 jiān)　天(천 tiān)　堅(견 jiān)　肩(견 jiān)　賢(현 xián)　絃(현 xián)　弦(xián)　煙(yān)　燕(연 Yān, 나라

명) 蓮(련 lián) 憐(련 lián) 田(전 tián) 塡(전 tián) 年(년 nián) 顚(전 diān) 巓(전 diān) 牽(견 qiān) 姸(연 yán) 眠(면 mián) 淵(연 yuān) 涓(연 juān) 邊(변 biān) 編(편 biān) 懸(현 xuán) 泉(천 quán) 遷(천 qiān) 仙(선 xiān) 鮮(선 xiān, 신선하다) 錢(전 qián) 煎(전 jiān) 然(연 rán) 延(연 yán) 筵(연 yán) 氈(전 zhān) 羶(전 shān) 蟬(선 chán) 纏(전 chán) 連(련 lián) 聯(련 lián) 篇(편 piān) 偏(편 piān) 扁(편 biǎn, 조각배) 綿(면 mián) 全(전 quán) 宣(선 xuān) 鐫(전 juān) 穿(천 chuān) 川(천 chuān) 緣(연 yuán) 鳶(연 yuān) 捐(연 juān) 旋(선 xuán, 선회) 娟(연 juān) 船(선 chuán) 涎(연 xián) 鞭(편 biān) 銓(전 quán) 專(전 zhuān) 圓(원 yuán) 員(원 yuán) 乾(건 qián, 건곤) 虔(건 qián) 譽(건 qiān) 權(권 quán) 拳(권 quán) 椽(연 chuán) 傳(전 chuán, 전수) 焉(언 yān) 韉(천 jiān) 褰(건 qiān) 搴(건 qiān) 汧(천 qiān) 千(천 qiān) 鉛(연 qiān) 舷(현 xián) 躚(선 xiān) 鵑(견 juān) 鐫(견 juān) 筌(전 quán) 痊(전 quán) 詮(전 quán) 悛(전 quān) 邅(전 zhān) 鸇(전 zhān) 旃(전 zhān) 鱣(전 zhān) 禪(선 chán, 참선) 嬋(선 chán) 單(단 dān) 躔(전 chán) 顓(전 zhuān) 燃(연 rán) 漣(련 lián) 璉(련 liǎn) 便(편 biàn, 편안) 翩(편 piān) 楩(편 pián) 駢(변 pián) 癲(전 diān) 闐(전 tián) 畋(전 tián) 鈿(전 diàn) 沿(연 yán) 蜒(연 yán) 胭(연 yān)

• 2蕭(소): 橋(교 qiáo) 遙(요 yáo) 朝(조 cháo) 條(조 tiáo) 邀(요 yāo) 蕭(소 xiāo) 簫(소 xiāo) 挑(도 dān, 메다) 貂(초 diāo) 刁(조 diāo) 凋(조 diāo) 雕(조 diāo) 彫(조 diāo) 迢(초 tiáo) 髫(초 tiáo) 跳(도 tiào) 苕(초 sháo) 調(조 tiáo, 조화) 梟(효 xiāo) 澆(요 jiāo) 聊(료 liáo) 邃(료 liáo) 寥(요 liáo) 撩(료 liāo) 寮(료 liáo) 僚(료 liáo) 堯(요 Yáo, 요임금) 宵(소 xiāo) 消(소 xiāo) 霄(소 xiāo) 綃(초 xiāo) 銷(소 xiāo) 超(초 chāo) 潮(조 cháo) 囂(효 áo) 驕(교 jiāo) 嬌(교 jiāo) 焦(초 jiāo) 憔(초 jiāo) 椒(초 jiāo) 饒(요 ráo) 撓(뇨 náo) 燒(소 shāo) 徭(요 yáo) 搖(요 yáo) 謠(요 yáo) 瑤(요 yáo) 韶(소 sháo) 昭(소 zhāo) 招(초 zhāo) 鑣(표 biāo) 瓢(표 piáo) 苗(묘 miáo) 貓(묘 māo) 腰(요 yāo) 喬(교 qiáo) 妖(요 yāo) 飄(표 piāo) 逍(소 xiāo) 瀟(소 xiāo) 鴞(효 xiāo) 驍(효 xiāo) 儵(소 xiāo) 桃(조 tiāo) 鷦(초 jiāo) 鷯(료 liáo) 繚(료 liáo) 獠(료 liáo) 嘹(료 liáo) 夭(요 yāo, 무성하다) 幺(요 yāo) 要(요 yāo, 요구하다) 颻(요 yáo) 姚(요 Yáo) 樵(초 qiáo) 僑(교 qiáo) 顦(초 qiáo) 標(표 biāo) 飆(표 biāo) 嫖(표 piáo) 漂(표 piāo) 剽(표 piāo) 徼(요 jiǎo)

• 3肴(효): 肴(효 yáo)　巢(소 cháo)　交(교 jiāo)　郊(교 jiāo)　茅(모 máo)　嘲(조 cháo)
鈔(초 chāo)　包(포 bāo)　膠(교 jiāo)　爻(효 yáo)　苞(포 bāo)　梢(초 shāo)　蛟(교 jiāo)
敎(교 jiāo, 시키다)　庖(포 páo)　匏(포 páo)　坳(요 ào)　敲(고 qiāo)　胞(포 bāo)　抛(포
pāo)　鮫(포 jiāo)　崤(효 Xiáo)　嘲(조 zhāo)　抄(조 chāo)　蝥(모 máo)　咆(포 páo)　哮(효 xiào)

• 4豪(호): 絛(조 tāo)　豪(호 háo)　毫(호 háo)　操(조 cāo)　髦(모 máo)　刀(도 dāo)
萄(도 táo)　猱(노 náo)　褒(포 bāo)　桃(도 táo)　糟(조 zāo)　旄(모 máo)　袍(포 páo)
撓(요 náo)　蒿(호 hāo)　濤(도 tāo)　桌(탁 zhuō)　号(호 háo)　陶(도 táo)　螯(오 áo)　曹
(조 cáo)　遭(조 zāo)　羔(고 gāo)　高(고 gāo)　嘈(조 cáo)　搔(소 sāo)　毛(모 máo)　滔(도
tāo)　騷(소 sāo)　韜(도 tāo)　繅(소 sāo)　膏(고 gāo)　牢(뢰 láo)　醪(료 láo)　逃(도 táo)
勞(로 láo)　濠(호 háo)　壕(호 háo)　舠(도 dāo)　饕(도 tāo)　洮(도 Táo)　淘(도 táo)　叨(도
dáo, dāo, tāo)　嗷(도 táo)　篙(고 gāo)　熬(오 áo, āo)　邀(요 yāo)　翱(고 áo)　嗷(오 áo)
臊(조 sāo)

• 5歌(가): 歌(가 gē)　多(다 duō)　羅(라 luó)　河(하 hé)　戈(과 gē)　阿(아 ā)　和(화
hé)　波(파 bō)　科(과 kē)　柯(가 kē)　陀(타 tuó)　娥(아 é)　蛾(아 é)　鵝(아 é)　蘿(라
luó)　荷(하 hé, 연꽃)　何(하 hé)　過(과 guò, 경과하다)　磨(마 mó)　螺(라 luó)　禾(화
hé)　珂(가 kē)　蓑(사 suō)　婆(파 pó)　坡(파 pō)　呵(가 hē)　哥(가 gē)　軻(가 kē, 맹가)
沱(타 tuó)　鼉(타 tuó)　拖(타 tuō)　駝(타 tuó)　跎(타 tuó)　柁(타 duò)　倫(륜 lún)　頗(파
pō, 편파)　峨(아 é)　俄(아 é)　摩(마 mó)　么(마 me)　姿(사 suō)　莎(사 shā)　迦(가 jiā)
靴(화 xuē)　痾(아 ē)

• 6麻(마): 麻(마 má)　花(화 huā)　霞(하 xiá)　家(가 jiā)　茶(차 chá)　華(화 huá)
沙(사 shā)　車(차 chē)　牙(아 yá)　蛇(사 shé)　瓜(과 guā)　斜(사 xié)　邪(사 xié)　芽(아
yá)　嘉(가 jiā)　瑕(하 xiá)　紗(사 shā)　鴉(아 yā)　遮(차 zhē)　叉(차 chā)　奢(사 shē)
涯(애 yá, 支, 佳운과 같다)　誇(과 kuā)　巴(바 bā)　耶(야 yé)　嗟(차 jiē)　遐(하 xiá)
加(가 jiā)　笳(가 jiā)　賒(사 shē)　槎(사 chá)　差(차 chā)　楂(사 zhā)　杈(차 chā)　蟆(마
má)　驊(화 huá)　蝦(하 há)　蕸(하 xiá)　袈(가 jiā)　姿(사 shā)　砂(사 shā)
衙(아 yá)　枒(아 yā)　呀(아 yā)　琶(파 pá)　杷(파 pá)

• 7陽(양): 陽(양 yáng) 揚(양 yáng) 楊(양 yáng) 暘(양 yáng) 颺(양 yáng) 鍚(당 xíng) 煬(양 yáng) 瘍(양 yáng) 羊(양 yáng) 佯(양 yáng) 詳(상 xiáng) 祥(상 xiáng) 庠(상 xiáng) 翔(상 xiáng) 强(강 qiáng) 牂(장 qiāng) 檣(장 qiáng) 牆(장 qiáng) 嬙(장 qiáng) 梁(량 liáng) 樑(량 liáng) 糧(량 liáng) 涼(량 liáng) 良(량 liáng) 量(량 liàng) 香(향 xiāng) 鄉(향 xiāng) 薌(향 xiāng) 相(상 xiāng) 湘(상 xiāng) 廂(상 xiāng) 箱(상 xiāng) 緗(상 xiāng) 緗(상 xiāng) 襄(양 xiāng) 鑲(양 xiāng) 驤(양 xiāng) 將(장 jiāng) 漿(장 jiāng) 螿(장 jiāng) 姜(강 jiāng) 薑(강 jiāng) 僵(강 jiāng) 疆(강 jiāng) 韁(강 jiāng) 槍(창 qiāng) 蹌(창 qiāng) 鏘(장 qiāng) 羌(강 qiāng) 蜣(강 qiāng) 央(앙 yāng) 秧(앙 yāng) 怏(앙 yàng) 泱(앙 yāng) 殃(앙 yāng) 鞅(앙 yāng) 鴦(앙 yāng) 方(방 fāng) 芳(방 fāng) 妨(방 fáng) 枋(방 fāng) 坊(방 fāng) 祊(팽 bēng) 光(광 guāng) 洸(광 guāng) 桄(광 guàng) 王(왕 wáng) 皇(황 huáng) 徨(황 huáng) 篁(황, huáng, 篁) 遑(황, huáng, 遑) 鳳(봉, fèng, 鳳) 煌(황 huáng) 艎(황 huáng) 徨(황 huáng) 隍(황 huáng) 惶(황 huáng) 黃(황 huáng) 簧(황 huáng) 潢(황 huáng) 璜(황 huáng) 狂(광 kuáng) 亡(망 wáng) 忘(망 wàng) 望(망 wàng) 房(방 fáng) 牀(상 chuáng) 常(상 cháng) 嘗(상 cháng) 償(상 cháng) 裳(상 cháng) 當(당 dāng) 簹(당 dāng) 璫(당 dāng) 襠(당 dāng) 鐺(당 dāng) 霜(상 shuāng) 孀(상 shuāng) 驦(상 shuāng) 桑(상 sāng) 喪(상 sāng) 康(강 kāng) 糠(강 kāng) 慷(강 kāng) 章(장 zhāng) 彰(창 zhāng) 樟(장 zhāng) 漳(장 zhāng) 鄣(장 zhāng) 張(장 zhāng) 昌(창 chāng) 倡(창 chāng) 猖(창 chāng) 菖(창 chāng) 閶(창 chāng) 長(장 cháng) 腸(장 cháng) 唐(당 táng) 塘(당 táng) 螗(táng) 糖(탕 táng) 堂(당 táng) 棠(당 táng) 郎(랑 láng) 廊(랑 láng) 浪(랑 làng) 踉(랑 liáng) 琅(랑 láng) 狼(랑 láng) 榔(랑 láng) 襄(양 xiāng) 倉(창 cāng)

• 8庚(경): 庚(경 gēng) 更(경 gēng) 羹(갱 gēng) 盲(맹 máng) 橫(횡 héng) 觥(굉 gōng) 彭(팽 péng) 亨(형 hēng) 英(영 yīng) 烹(팽 pēng) 平(평 píng) 評(평 píng) 京(경 jīng) 驚(경 jīng) 荊(형 jīng) 明(명 míng) 盟(맹 méng) 鳴(명 míng) 榮(영 róng) 瑩(영 yíng) 兵(병 bīng) 兄(형 xiōng) 卿(경 qīng) 生(생 shēng) 甥(생 shēng) 笙(생 shēng) 牲(생 shēng) 擎(경 qíng) 鯨(경 jīng) 迎(영 yíng) 行(행 xíng) 衡(형 héng) 耕(경 gēng) 萌(맹 méng) 氓(맹 méng) 甍(맹 méng) 宏(굉 hóng) 莖(경 jīng) 罌(앵

yīng) 鸎(앵 yīng) 櫻(앵 yīng) 泓(홍 hóng) 橙(등 chéng) 爭(쟁 zhēng) 箏(쟁 zhēng)

淸(청 qīng) 情(정 qíng) 晴(청 qíng) 精(정 jīng) 睛(정 jīng) 菁(청 jīng) 晶(정 jīng)

盈(영 yíng) 楹(영 yíng) 瀛(영 yíng) 赢(영 yíng) 贏(영 yíng) 營(영 yíng) 嬰(영 yīng)

纓(영 yīng) 貞(정 zhēn) 成(성 chéng) 盛(성 chéng) 城(성 chéng) 誠(성 chéng) 呈(정 chéng)

程(정 chéng) 聲(성 shēng) 徵(징 zhēng) 正(정 zhēng) 輕(경 qīng) 名(명 míng)

令(령 lìng) 幷(병 bīng) 傾(경 qīng) 縈(영 yíng) 琼(경 qióng) 崝(쟁 zhēng)

張(장 zhāng) 嶸(영 róng) 鶊(경 gēng) 秔(갱 jīng) 坑(갱 kēng) 鏗(갱 kēng) 癭(영 yǐng)

鸚(앵 yīng) 敊(경 qíng)

• 9青(청): 靑(청 qīng) 經(경 jīng) 逕(경 jìng) 刑(형 xíng) 型(형 xíng) 陘(형 xíng)

亨(형 héng) 庭(정 tíng) 廷(정 tíng) 霆(정 tíng) 蜓(전 tíng) 停(정 tíng) 丁(정 dīng)

仃(정 dīng) 馨(형 xīn) 星(성 xīng) 腥(성 xīng) 醒(성 xǐng) 俜(빙 pīng) 灵(영 líng)

齡(령 líng) 玲(령 líng) 伶(령 líng) 零(령 líng) 听(청 tīng) 汀(정 tīng) 冥(명 míng)

溟(명 míng) 銘(명 míng) 瓶(병 píng) 屛(병 píng) 萍(평 píng) 焚(형 yíng) 螢(형 yíng)

滎(형 xíng) 扃(경 jiōng) 坰(경 jiōng) 蜻(청 qīng) 硎(형 xíng) 苓(영 líng) 舲(영 líng) 聆(영 líng) 鴒(영 líng 鶄(영 líng) 翎(령 líng) 娉(빙 pīng) 婷(정 tíng)

宁(녕 nìng) 暝(명 míng) 瞑(명 míng)

• 10蒸(증): 蒸(증 zhēng) 烝(증 zhēng) 承(승 chéng) 函(함 hán) 懲(징 chéng) 澄(징 chéng) 陵(릉 líng) 淩(릉 líng) 菱(릉 líng) 冰(빙 bīng) 膺(응 yīng) 應(응 yīng)

蠅(승 yíng) 繩(승 shéng) 澠(승 shéng) 乘(승 shèng) 升(승 shēng) 胜(승 shēng) 興(흥 xīng) 繒(증 zēng) 馮(빙 píng) 凭(빙 píng) 仍(잉 réng) 兢(긍 jīng) 矜(긍 lín) 徵(징 zhēng 征) 称(칭 chèn) 登(등 dēng) 灯(등 dīng) 僧(승 sēng) 增(증 zēng) 曾(증 zēng)

憎(증 zēng) 熷(증 zēng) 層(층 céng) 能(능 néng) 朋(붕 péng) 鵬(붕 péng) 肱(굉 gōng) 薨(흥 hōng) 滕(승 shèng) 藤(승 shèng) 恒(항 héng) 膡(등 téng 騰) 棱(능 léng) 薈(회 huì) 崩(붕 bēng) 滕(등 téng) 崚(릉 léng) 嶒(증 céng) 姮(항 héng)

• 11尤(우): 尤(우 yóu) 郵(우 yóu) 优(우 yōu) 憂(우 yōu) 流(류 liú) 旒(류 liú) 留(유 liú) 騮(류 liú) 劉(류 liú) 由(유 yóu) 淤(어 yū) 猷(류 yóu) 悠(유 yōu) 攸(유

yōu) 牛(우 niú) 修(수 xiū) 脩(수 xiū) 羞(수 xiū) 秋(추 qiū) 周(주 zhōu) 州(주 zhōu)

洲(주 zhōu) 舟(주 zhōu) 酬(주 chóu) 讐(수 chóu) 柔(유 róu) 儔(주 chóu) 疇(주 chóu

疇) 籌(주 chóu) 稠(조 chóu) 邱(구 qiū) 抽(추 chōu) 瘳(추 chōu) 遒(주 qiú) 收(수

shōu) 鳩(구 jiū) 搜(수 sōu) 驺(추 zōu) 愁(수 chóu) 休(휴 xiū) 囚(수 qiú) 求(구

qiú) 裘(구 qiú) 仇(구 chóu) 浮(부 fú) 謀(모 móu) 眸(모 mào) 侔(모 móu) 矛(모

máo) 侯(후 hóu) 喉(후 hóu) 猴(후 hóu) 謳(구 ōu) 鷗(구 ōu) 樓(루 lóu) 陬(추 zōu)

偸(투 tōu) 頭(두 tóu) 投(투 tóu) 鈎(구 gōu) 溝(구 gōu) 幽(유 yōu) 虯(규 qiú) 樛

(규 jiū) 啾(추 jiū) 鶖(추 qiū) 秋(추 qiū) 楸(추 qiū) 蚯(구 qiū) 賙(주 zhōu) 躊(주

chóu) 裯(주 chóu) 懤(추 chóu) 餱(후 hóu) 揉(유 róu) 勾(구 gōu) 冓(구 gōu) 婁(루

lóu 婁) 琉(류 liú) 尤(우 yóu) 鄒(추 zōu 鄒) 兜(두 dōu) 呦(유 yōu) 售(수 shòu)

· 12侵(침): 侵(침 qīn) 尋(심 xún) 潯(심 xún) 臨(임 lín) 林(림 lín) 霖(림 lín)

針(침 zhēn) 箴(잠 zhēn) 斟(짐 zhēn) 沈(침 chén) 砧(침 zhēn) 深(심 shēn) 淫(음

yín) 心(심 xīn) 琴(금 qín) 禽(금 qín) 擒(금 qín) 欽(잘못 qīn) 衾(금 qīn) 吟(음 yín)

今(금 jīn) 襟(금 jīn) 金(금 jīn) 音(음 yīn) 陰(음 yīn) 岑(잠 cén) 簪(잠 zān) 壬(임

rén) 任(임 rèn) 歆(잘못 xīn) 森(삼 sēn) 禁(금 jìn) 棽(침 jìn) 駸(침 qīn) 嶔(금 qīn)

參(참 cān) 琛(침 chēn) 涔(잠 cén)

· 13覃(담): 覃(담 qín) 潭(담 tán) 參(참 cān) 驂(참 cān) 南(남 nán) 枏(남 nán)

男(남 nán) 諳(암 ān) 庵(암 ān) 含(함 hán) 涵(함 hán) 函(함 hán) 嵐(람 lán) 蠶(잠

cán) 探(탐 tàn) 貪(탐 tān) 耽(탐 dān) 龕(감 kān) 堪(감 kān) 談(담 tán) 甘(감

gān) 三(삼 sān) 酣(감 hān) 柑(감 gān) 慚(참 cán) 藍(람 lán) 擔(단 dàn) 簪(잠 zān)

· 14鹽(염): 鹽(염 yán) 檐(첨 yán) 廉(렴 lián) 簾(렴 lián) 嫌(혐 xián) 嚴(엄 yán)

占(점 zhān) 髯(염 rán) 謙(겸 qiān) 奩(렴 lián) 纖(섬 xiān) 簽(첨 qiān) 瞻(첨 zhān)

蟾(섬 chán) 炎(염 yán) 添(첨 tiān) 兼(겸 jiān) 縑(겸 jiān) 尖(첨 jiān) 潛(잠 qián)

閻(염 yán) 鐮(렴 lián) 粘(점 zhān) 淹(엄 yān) 箝(겸 qián) 甜(첨 tián) 恬(념 tián)

拈(념 niān) 暹(섬 xiān) 詹(첨 Zhān) 漸(점 jiān) 殲(섬 jiān) 黔(검 qián) 沾(첨 zhān)

苫(점 shān) 占(점 zhān) 崦(엄 yān) 閹(엄 yān) 砭(폄 biān)

- 15咸(함): 咸(함 xián) 緘(함 jiān) 讒(참 chán) 銜(함 xián) 岩(암 yán) 帆(범 fān) 衫(삼 shān) 杉(삼 shān) 監(감 jiān) 凡(범 fán) 巉(참 chán) 芟(삼 shān) 喃(남 nán) 嵌(감 qiàn) 摻(섬 chān) 攙(참 chān) 嚴(엄 yán)

8.6.3. 上聲(상성) 29운

- 1董(동): 董(동 dǒng) 動(동 dòng) 孔(공 kǒng) 總(총 zǒng) 籠(롱 lóng) 汞(홍 gǒng) 桶(통 tǒng) 空(공 kōng) 攏(롱 lǒng) 洞(동 dòng) 懂(동 dǒng) 侗(동 dòng)

- 2腫(종): 腫(종 zhǒng) 种(충 zhǒng) 踵(종 zhǒng) 寵(총 chǒng) 隴(롱 lǒng) 壟(롱 lǒng) 擁(옹 yōng) 雝(옹 yōng) 冗(용 rǒng) 茸(용 róng) 重(중 zhòng) 冢(총 zhǒng) 奉(봉 fèng) 捧(봉 pěng) 勇(용 yǒng) 涌(용 yǒng) 踊(용 yǒng) 俑(용 yǒng) 蛹(용 yǒng) 恐(공 kǒng) 拱(공 gǒng) 鞏(공 gǒng) 竦(송 sǒng) 悚(송 sǒng) 聳(용 sǒng) 溶(용 róng)

- 3講(강): 講(강 jiǎng) 港(항 gǎng) 棒(봉 bàng) 蚌(방 bàng) 項(항 xiàng) 耩(강 jiǎng)

- 4紙(지): 紙(지 zhǐ) 只(지 zhǐ) 咫(지 zhǐ) 是(시 shì) 枳(지 zhǐ) 砥(지 dǐ) 抵(저 dǐ) 氏(씨 shì) 靡(미 mǐ) 彼(피 bǐ) 毀(훼 huǐ) 委(위 wěi) 詭(궤 guǐ) 傀(괴 kuǐ) 髓(수 suǐ) 妓(기 jì) 綺(기 qǐ) 此(차 cǐ) 褫(치 chǐ) 徙(사 xǐ) 髀(비 bì) 爾(이 ěr) 邇(이 ěr) 弭(미 mǐ) 弥(미 mí) 婢(비 bì) 侈(치 chǐ) 弛(이 chí) 豕(시 shǐ) 紫(자 zǐ) 捶(추 chuí) 揣(췌 chuāi) 企(기 qǐ) 旨(지 zhǐ) 指(지 zhǐ) 視(시 shì) 美(미 měi) 訾(자 zǐ) 否(부 fǒu) 兕(시 sì) 几(궤 jǐ) 姊(자 zǐ) 匕(비 bǐ) 比(비 bǐ) 妣(비 bǐ) 軌(궤 guǐ) 水(수 shuǐ) 唯(유 wéi) 止(지 zhǐ) 市(시 shì) 徵(징 zhēng) 喜(희 xǐ) 已(이 yǐ) 紀(기 jì) 跪(궤 guì) 技(기 jì) 迤(이 yí) 鄙(비 bǐ) 晷(귀 guǐ) 宄(귀 guǐ) 子(자 zǐ) 梓(재 zǐ) 矢(시 shǐ) 雉(치 zhì) 死(사 sǐ) 履(리 lǚ) 壘(루 lěi) 誄(뢰 lěi) 揆(규 kuí) 癸(계 guǐ) 趾(지 zhǐ) 芷(지 zhǐ) 以(이 yǐ) 已(이 yǐ) 似(사 sì) 姒(사 sì) 巳(사 sì) 祀(사 sì) 史(사 shǐ) 使(사 shǐ) 駛(사 shǐ) 耳(이 ěr) 里(리 lǐ) 理(리 lǐ) 李(리 lǐ)

俚(리 lǐ) 鯉(리 lǐ) 起(기 qǐ) 杞(기 qǐ) 士(사 shì) 仕(사 shì) 俟(사 sì) 始(시 shǐ)
峙(치 zhì) 痔(치 zhì) 齒(치 chǐ) 矣(의 yǐ) 擬(의 nǐ) 耻(치 chǐ) 滓(재 zǐ) 璽(새 xǐ)
跬(규 kuǐ) 圯(비 pǐ) 痞(비 pǐ) 址(지 zhǐ) 悝(리 lǐ) 娌(리 lǐ) 秭(자 zǐ) 倚(의 yǐ)
被(피 bèi) 你(니 nǐ) 仔(자 zǎi)

· 5尾(미): 尾(미 wěi) 鬼(귀 guǐ) 偉(위 wěi) 葦(위 wěi) 趲(위 wěi) 煒(위 wěi)
瑋(위 wěi) 螘(의 yǐ) 卉(훼 huì) 虺(훼 huǐ) 幾(기 jǐ) 亹(미 wěi) 豨(희 xī) 斐(비 fěi)
誹(비 fěi) 悱(비 fěi) 菲(비 fěi) 榧(비 fěi) 蟣(기 jǐ) 豈(기 qǐ) 唏(희 xī)

· 6語(어): 莒(거 jǔ) 筥(거 jǔ) 敍(서 xù) 漵(서 xù) 序(서 xù) 緒(서 xù) 墅(서
shù) 汝(여 rǔ) 茹(여 rú) 署(서 shǔ) 黍(서 shǔ) 杵(저 chǔ) 處(처 chǔ) 醑(서 xǔ)
女(녀 nǚ) 許(허 xǔ) 巨(거 jù) 距(거 jù) 炬(거 jù) 鉅(거 jù) 秬(거 jù) 詎(거 jù)
所(소 suǒ) 楚(초 chǔ) 礎(초 chǔ) 阻(조 zǔ) 沮(저 jǔ, jù) 俎(조 zǔ) 擧(거 jǔ) 語(어
yǔ) 圄(어 yǔ) 圉(어 yǔ) 齬(어 yǔ) 禦(어 yù) 呂(려 lǚ) 侶(려 lǚ) 旅(려 lǚ) 膂(려
lǚ) 紵(저 zhù) 苧(저 zhù) 貯(저 zhù) 佇(저 zhù) 予(여 yǔ) 抒(서 shū) 杼(저 zhù)
與(여 yǔ) 嶼(서 yǔ) 渚(저 zhǔ) 楮(저 chǔ) 褚(저 zhǔ) 煮(자 zhǔ)

· 7雨(우): 雨(우 yǔ) 狳(우 yǔ) 禹(우 yǔ) 宇(우 yǔ) 舞(무 wǔ) 父(부 fù) 府(부
fǔ) 鼓(고 gǔ) 虎(호 hǔ) 古(고 gǔ) 股(고 gǔ) 賈(가 jiǎ) 土(토 tǔ) 吐(토 tǔ) 圃(포
pǔ) 譜(보 pǔ) 庾(유 yǔ) 戶(호 hù) 樹(수 shù) 煦(후 xù) 琥(호 hǔ) 怙(호 hù)
嶁(루 lǒu) 簍(루 lǒu) 鹵(로 lǔ) 弩(노 nǔ) 肚(두 dù) 滬(호 hù) 枸(구 gǒu) 輔(보
fǔ) 組(조 zǔ) 乳(유 rǔ) 努(노 nǔ) 補(보 bǔ) 魯(로 lǔ) 櫓(로 lǔ) 賭(도 dǔ) 竪(수
shù) 腐(부 fǔ) 數(수 shù) 簿(부 bù) 姥(모 mǔ) 普(보 pǔ) 拊(부 fǔ) 侮(모 wǔ)
五(오 wǔ) 斧(부 fǔ) 聚(취 jù) 午(오 wǔ) 伍(오 wǔ) 縷(루 lǚ) 部(부 bù) 柱(주 zhù)
矩(구 jǔ) 武(무 wǔ) 脯(포 fǔ) 苦(고 kǔ) 取(취 qǔ) 撫(무 fǔ) 浦(포 pǔ) 主(주 zhǔ)
杜(두 dù) 祖(조 zǔ) 堵(도 dǔ) 愈(유 yù) 祜(호 hù) 扈(호 hù) 雇(고 gù) 虜(로 lǔ)
甫(보 fǔ) 腑(부 fǔ) 俯(부 fǔ) 估(고 gū) 詁(고 gǔ) 牯(고 gǔ) 瞽(고 gǔ) 酤(고 gū)
怒(노 nù) 滸(호 hǔ) 詡(후 xǔ) 栩(허 xǔ) 拄(주 zhǔ) 剖(부 pōu) 鵡(무 wǔ) 溥(부
pǔ) 睹(도 dǔ) 偊(구 yǔ) 傴(루 lǚ) 莽(망 mǎng) 滏(부 fǔ)

- 8薺(제): 薺(제 jì)　禮(예 lǐ)　體(체 tǐ)　米(미 mǐ)　啓(계 qǐ)　陛(폐 bì)　洗(세 xǐ)
邸(저 dǐ)　底(저 dǐ)　抵(저 dǐ)　弟(제 dì)　壇(단 tán)　柢(저 dǐ)　涕(체 tì)　悌(제 tì)
濟(제 jǐ)　澧(례 lǐ)　醴(례 lǐ)　鱧(려 lǐ)　禰(네 Mí)　榤(걸 jié)　詆(저 dǐ)　觝(저 dǐ)　眯(미
mī)

- 9蟹(해): 蟹(해 xiè)　解(해 jiě)　灑(쇄 sǎ)　楷(해 kǎi)　獬(해 xiè)　澥(해 xiè)　枴(괘
guǎi)　矮(왜 ǎi)

- 10賄(회): 賄(회 huì)　悔(회 huǐ)　改(개 gǎi)　采(채 cǎi)　彩(채 cǎi)　海(해 hǎi)
在(재 zài)　宰(재 zǎi)　醢(해 hǎi)　載(재 zài)　鎧(개 kǎi)　愷(개 kǎi)　待(대 dài)　怠(태
dài)　殆(태 dài)　倍(배 bèi)　猥(외 wěi)　蕾(뢰 lěi)　詒(이 yí)　蓓(배 bèi)　鼐(내 nài)
頦(해 kē)　浼(매 měi)　匯(회 huì)　璀(최 cuǐ)　每(매 měi)　亥(해 hài)　乃(내 nǎi)

- 11軫(진): 軫(진 zhěn)　敏(민 mǐn)　允(윤 yǔn)　引(인 yǐn)　尹(윤 yǐn)　盡(진 jìn)
忍(인 rěn)　准(준 zhǔn)　隼(준 sǔn)　笋(순 sǔn)　盾(순 dùn)　閔(민 mǐn)　憫(민 mǐn)
泯(민 mǐn)　菌(균 jūn)　蚓(인 yǐn)　診(진 zhěn)　畛(진 zhěn)　腎(신 shèn)　牝(빈 pìn)
賑(진 zhèn)　窘(군 jiǒng)　蜃(신 shèn)　隕(운 yǔn)　殞(운 yǔn)　蠢(준 chǔn)　緊(긴 jǐn)
縝(진 zhěn)　純(순 chún)　吮(연 shǔn)　朕(짐 zhèn)　稹(진 zhěn)　嶙(린 lín)

- 12吻(문): 吻(문 wěn)　粉(분 fěn)　蘊(온 yùn)　憤(분 fèn)　隱(은 yǐn)　謹(근 jǐn)
近(근 jìn)　惲(운 yùn)　忿(분 fèn)　墳(분 fén)　刎(문 wěn)　殷(은 yīn)

- 13阮(완): 阮(완 ruǎn)　遠(원 yuǎn)　本(본 běn)　晚(만 wǎn)　苑(원 yuàn)　返(반
fǎn)　反(반 fǎn)　阪(판 bǎn)　損(손 sǔn)　飯(반 fàn)　偃(언 yǎn)　堰(언 yàn)　穩(온 wěn)
蹇(건 jiǎn)　犍(건 jiān)　婉(완 wǎn)　蜿(완 wān)　宛(완 wǎn)　梱(곤 kǔn)　緄(곤 gǔn)
捆(곤 kǔn)　很(흔 hěn)　懇(간 kěn)　墾(간 kěn)　圈(권 quān)　盾(순 dùn)　綣(권 quǎn)
混(혼 hùn)　沌(돈 dùn)　娩(만 miǎn)　棍(곤 gùn)

- 14旱(한): 旱(한 hàn)　暖(난 nuǎn)　管(관 guǎn)　琯(관 guǎn)　滿(만 mǎn)　短(단

duǎn) 館(관 guǎn) 緩(완 huǎn) 盥(관 guàn) 碗(완 wǎn) 懶(라 lǎn) 傘(산 sǎn) 卵
(란 luǎn) 散(산 sǎn) 伴(반 bàn) 誕(탄 dàn) 罕(한 hǎn) 灘(유 wéi) 斷(단 duàn)
侃(간 kǎn) 算(산 suàn) 欸(애 ǎi) 但(단 dàn) 坦(탄 tǎn) 袒(단 tǎn) 纂(찬 zuǎn)

- 15澘(산): 澘(산 shān) 眼(안 yǎn) 簡(간 jiǎn) 版(판 bǎn) 盞(잔 zhǎn) 産(산
chǎn) 限(한 xiàn) 棧(잔 zhàn) 縮(관 wǎn) 柬(간 jiǎn) 揀(간 jiǎn) 板(판 bǎn) 莞
(guǎn)

- 16銑(선): 銑(선 xiǎn) 善(선 shàn) 遣(견 qiǎn) 淺(천 qiǎn) 典(전 diǎn) 轉(전
zhuàn) 衍(연 yǎn) 犬(견 quǎn) 選(선 xuǎn) 冕(면 miǎn) 輦(련 niǎn) 免(면 miǎn)
展(전 zhǎn) 繭(견 jiǎn) 辯(변 biàn) 辨(변 biàn) 篆(전 zhuàn) 勉(면 miǎn) 翦(전
jiǎn) 捲(권 juǎn) 顯(현 xiǎn) 餞(전 jiàn) 眄(면 miàn) 喘(천 chuǎn) 蘚(선 xiǎn)
軟(연 ruǎn) 蹇(건 jiǎn) 演(연 yǎn) 兗(연 yǎn) 件(건 jiàn) 腆(전 tiǎn) 鮮(선 xiān)
跣(선 xiǎn) 緬(면 miǎn) 淝(비 féi) 沔(면 miǎn) 繾(견 qiǎn) 綣(권 quǎn) 靦(전 tiǎn)
殄(진 tiǎn) 扁(편 biǎn) 璉(련 liǎn) 泫(현 xuàn) 單(단 dān) 畎(견 quǎn) 褊(편 biǎn)

- 17篠(소): 小(소 xiǎo) 表(표 biǎo) 鳥(조 niǎo) 了(료 liǎo) 曉(효 xiǎo) 少(소 shǎo)
扰(요 rǎo) 繞(요 rào) 遶(요 rào) 紹(소 shào) 杪(초 miǎo) 沼(소 zhǎo) 眇(묘 miǎo)
矯(교 jiǎo) 皎(교 jiǎo) 皦(교 jiǎo) 杳(묘 yǎo) 窈(요 yǎo) 窕(조 tiǎo) 裊(요 niǎo)
挑(도 tiǎo) 掉(도 diào) 肇(조 zhào) 縹(표 piǎo) 緲(묘 miǎo) 渺(묘 miǎo) 淼(묘 miǎo)
蔦(조 niǎo) 嫋(뇨 niǎo) 趙(조 zhào) 兆(조 zhào) 旐(조 zhào) 繳(격 jiǎo) 繚(료 liáo)
朓(조 tiǎo) 窅(요 yǎo) 夭(요 wò) 悄(초 qiǎo) 嬈(요 ráo) 蓼(료 liǎo) 藐(막 miǎo)
嬌(교 jiāo) 標(표 biāo) 僚(료 liáo) 昭(소 zhāo) 燎(료 liǎo)

- 18巧(교): 巧(교 qiǎo) 飽(포 bǎo) 卯(묘 mǎo) 狡(교 jiǎo) 爪(조 zhǎo) 鮑(포 bào)
撓(요 náo) 攪(교 jiǎo) 絞(교 jiǎo) 拗(요 ǎo) 咬(요 yǎo) 炒(초 chǎo)

- 19皓(호): 皓(호 hào) 宝(보 bǎo) 藻(조 zǎo) 早(조 zǎo) 棗(조 zǎo 棗) 老(로 lǎo)
好(호 hǎo) 道(도 dào) 稻(도 dào) 造(조 zào) 腦(뇌 nǎo) 惱(뇌 nǎo) 島(도 dǎo)

倒(도 dǎo)　禱(도 dǎo)　擣(도 dǎo)　抱(포 bào)　討(토 tǎo)　考(고 kǎo)　燥(조 zào)　掃(소 sǎo)　嫂(수 sǎo)　保(보 bǎo)　鴇(보 bǎo)　稿(고 gǎo)　草(초 cǎo)　昊(오 wú)　浩(호 hào)　鎬(호 gǎo)　顥(호 hào)　杲(고 gǎo)　縞(고 gǎo)　槁(고 gǎo)　堡(보 bǎo)　阜(부 fù)　寊(치 zhì)

• 20哿(가): 哿(가 gě)　火(화 huǒ)　舸(가 gě)　柂(타 tuó)　沱(타 tuó)　我(아 wǒ)　娜(나 nà)　荷(하 hè)　可(가 kě)　坷(가 kě)　軻(가 kē)　左(좌 zuǒ)　果(과 guǒ)　裹(과 guǒ)　朵(타 duǒ)　鎖(쇄 suǒ)　瑣(쇄 suǒ)　墮(타 duò)　垛(타 duò)　惰(타 duò)　妥(타 tuǒ)　坐(좌 zuò)　裸(라 luǒ)　跛(파 bǒ)　簸(파 bò)　頗(파 pō)　回(파 pǒ)　禍(화 huò)　卵(란 luǎn)　娑(사 suō)　爹(다 diē)　揣(췌 chuāi)　隋(수 suí)

• 21馬(마): 馬(마 mǎ)　下(하 xià)　者(자 zhě)　野(야 yě)　雅(야 yǎ)　瓦(와 wǎ)　寡(과 guǎ)　社(사 shè)　寫(사 xiě)　瀉(사 xiè)　夏(하 xià)　也(예 yě)　把(파 bǎ)　賈(고 gǔ)　假(가 jiǎ)　捨(사 shè)　厦(하 shà)　惹(야 rě)　冶(야 yě)　且(차 qiě)　若(약 ruò)　啞(아 yǎ)　灺(사 xiè)　洒(쇄 sǎ)

• 22養(양): 養(양 yǎng)　像(상 xiàng)　象(상 xiàng)　仰(앙 yǎng)　朗(랑 lǎng)　槳(장 jiǎng)　獎(장 jiǎng)　敞(창 chǎng)　氅(창 chǎng)　枉(왕 wǎng)　顙(상 sǎng)　彊(강 qiáng)　蕩(탕 dàng)　惘(망 wǎng)　兩(량 liǎng)　曩(낭 nǎng)　杖(장 zhàng)　響(향 xiǎng)　掌(장 zhǎng)　黨(당 dǎng)　想(상 xiǎng)　榜(방 bǎng)　爽(상 shuǎng)　廣(광 guǎng)　享(향 xiǎng)　丈(장 zhàng)　仗(장 zhàng)　幌(황 huǎng)　莽(망 mǎng)　紡(방 fǎng)　長(장 zhǎng)　上(상 shàng)　網(망 wǎng)　瀁(탕 dàng)　壤(양 rǎng)　賞(상 shǎng)　仿(방 fǎng)　罔(망 wǎng)　蔣(장 jiǎng)　橡(상 xiàng)　慷(강 kāng)　漭(망 mǎng)　恭(공 gōng)　讜(당 dǎng)　往(왕 wǎng)　魍(망 wǎng)　魎(량 liǎng)　鞅(앙 yāng)　瘍(양 yǎng)　鞅(앙 yāng)　怏(앙 yàng)　泱(앙 yāng)　沆(항 hàng)　放(방 fàng)　儻(당 tǎng)　襁(강 qiǎng)　蔣(장 jiǎng)　攘(양 rǎng)　盎(앙 àng)　臟(장 zāng)　蒼(창 cāng)　罔(망 wǎng)　蟒(망 mǎng)　搶(창 qiǎng)　慌(황 huāng)　厂(창 chǎng)

• 23梗(경): 梗(경 gěng)　影(영 yǐng)　景(경 jǐng)　井(정 jǐng)　嶺(령 lǐng)　領(령 lǐng)

境(경 jìng)　警(경 jǐng)　請(청 qǐng)　屛(병 píng)　餠(병 bǐng)　永(영 yǒng)　聘(빙 pìn)　逞(령 chěng)　穎(영 yǐng)　頃(경 qǐng)　整(정 zhěng)　靜(정 jìng)　省(생 shěng)　幸(행 xìng)　頸(경 jǐng)　郢(영 yǐng)　猛(맹 měng)　丙(병 bǐng)　炳(병 bǐng)　杏(행 xìng)　秉(병 bǐng)　耿(경 gěng)　礦(광 kuàng)　潁(영 yǐng)　鯁(경 gěng)　領(령 lǐng)　冷(랭 lěng)　靖(정 jìng)　睛(정 jīng)

· 24迥(형): 迥(형 jiǒng)　炯(형 jiǒng)　挺(정 tǐng)　艇(정 tǐng)　梃(정 tǐng)　醒(성 xǐng)　酩(명 mǐng)　酊(정 dīng)　幷(병 bìng)　等(등 děng)　鼎(정 dǐng)　頂(정 dǐng)　泂(형 jiǒng)　肯(긍 kěn)　拯(증 zhěng)　鋌(정 dìng)

· 25有(유): 有(유 yǒu)　酒(주 jiǔ)　首(수 shǒu)　口(구 kǒu)　母(모 mǔ)　後(후 hòu)　柳(류 liǔ)　友(우 yǒu)　婦(부 fù)　斗(두 dǒu)　狗(구 gǒu)　久(구 jiǔ)　負(부 fù)　厚(후 hòu)　手(수 shǒu)　守(수 shǒu)　右(우 yòu)　否(부 fǒu)　丑(추 chǒu)　受(수 shòu)　牖(유 yǒu)　偶(우 ǒu)　阜(부 fù)　九(구 jiǔ)　後(후 hòu)　咎(구 jiù)　藪(수 sǒu)　吼(후 hǒu)　帚(추 zhǒu)　垢(구 gòu)　畝(묘 mǔ)　舅(구 jiù)　紐(뉴 niǔ)　藕(우 ǒu)　朽(후 xiǔ)　臼(구 jiù)　肘(주 zhǒu)　韭(구 jiǔ)　剖(부 pōu)　誘(유 yòu)　牡(모 mǔ)　缶(부 fǒu)　酉(유 yǒu)　苟(구 gǒu)　丑(추 chǒu)　炙(적 zhì)　筍(구 gǒu)　扣(구 kòu)　塿(루 lǒu)　某(모 mǒu)　莠(유 yǒu)　壽(수 shòu)　綏(수 suí)　叟(수 sǒu)　綬(수 shòu)　耦(우 ǒu)　畮(무 mǔ)　歐(구 ōu)　黝(유 yǒu)　蹂(유 róu)　取(취 qǔ)　鈕(뉴 niǔ)　糗(구 qiǔ)　玖(구 jiǔ)　拇(무 mǔ)　紂(주 zhòu)　糾(규 jiū)　枸(구 gǒu)　忸(뉴 niǔ)　瀏(류 liú)　赳(규 jiū)　蚪(두 dǒu)　培(배 péi)　擻(수 sǒu)　趣(취 qù)　陡(두 dǒu)　毆(구 ōu)

· 26寢(침): 寢(침 qǐn)　飮(음 yǐn)　錦(금 jǐn)　品(품 pǐn)　枕(침 zhěn)　審(심 shěn)　甚(심 shèn)　廩(름 lǐn)　衽(임 rèn)　稔(임 rěn)　沈(침 shěn)　凜(름 lǐn)　懍(름 lǐn)　朕(짐 zhèn)　荏(임 rěn)

· 27感(감): 感(감 gǎn)　覽(람 lǎn)　攬(람 lǎn)　膽(담 dǎn)　澹(담 dàn)　噉(담 dàn)　坎(감 kǎn)　慘(참 cǎn)　敢(감 gǎn)　頷(함 hàn)　撼(감 hàn)　毯(담 tǎn)　黲(참 cǎn)　糝(삼 sǎn)　湛(잠 zhàn)　欿(감 kǎn)　擥(람 lǎn)　欖(람 lǎn)　暗(암 àn)　萏(담 dàn)　槧(참

qiàn)　唵(엄 ǎn)　菡(함 hàn)　喊(함 hǎn)　掩(엄 yǎn)　橄(감 gǎn)　嵌(감 qiàn)

・28琰(염): 颭(점 zhǎn)　儉(검 jiǎn)　芡(검 qiàn)　焰(염 yàn)　閃(섬 shǎn)　歉(겸 qiàn)　斂(렴 liǎn)　慊(겸 qiàn)　險(험 xiǎn)　儼(엄 yǎn)　檢(검 jiǎn)　渰(엄 yǎn)　臉(검 liǎn)　瀲(렴 liàn)　簟(점 diàn)　点(점 diǎn)　貶(폄 biǎn)　冉(염 rǎn)　陝(섬 shǎn)　剡(섬 yǎn)　琰(염 yǎn)　染(염 rǎn)　掩(엄 yǎn)　冄(염 rǎn)　諂(첨 chǎn)　奄(엄 yǎn)　漸(점 jiàn)　坫(점 diàn)　忝(첨 tiǎn)　厂(엄 ān)

・29豏(함): 嗛(함 xiàn)　檻(함 jiàn)　範(범 fàn)　減(감 jiǎn)　艦(함 jiàn)　犯(범 fàn)　湛(잠 zhàn)　斬(참 zhǎn)　黯(암 àn)　范(범 fàn)　喊(함 hǎn)　濫(람 làn)　巉(참 chán)　歉(겸 qiàn)　摻(섬 chān)

8.6.4. 去聲(거성) 30운

・1送(송): 送(송 sòng)　夢(몽 mèng)　鳳(봉)　洞(동 dòng)　衆(중 zhòng)　甕(옹 wèng)　貢(공 gòng)　弄(롱 nòng)　凍(동 dòng)　痛(통 tòng)　棟(동 dòng)　仲(중 zhòng)　中(중 zhōng)　粽(종 zòng)　諷(풍 fěng)　慟(동 tòng)　鞚(공 kòng)　空(공 kōng)　控(공 kòng)　贛(gàn)　𦊰(lóng)　哄(hǒng)　衷(zhōng)

・2宋(송): 宋(송 sòng)　用(용 yòng)　頌(송 sòng)　誦(송 sòng)　統(통 tǒng)　縱(종 zòng)　訟(송 sòng)　種(종 zhǒng)　綜(종 zèng)　俸(봉 fèng)　共(공 gòng)　供(공 gòng)　從(종 cóng)　縫(봉 fèng)　雍(옹 yōng)　重(중 zhòng)　封(봉 fēng)　恐(공 kǒng)

・3絳(강): 絳(강 jiàng)　降(강 jiàng)　巷(항 xiàng)　撞(당 zhuàng)　洚(홍 jiàng)　淙(종 cóng)

・4寘(치): 寘(치 zhì)　置(치 zhì)　事(사 shì)　地(지 dì)　志(지 zhì)　治(치 zhì)　思(사 sī)　泪(루 lèi)　吏(리 lì)　賜(사 cì)　字(자 zì)　義(의 yì)　利(리 lì)　器(기 qì)　位(위 wèi)　戲(호 xì)　至(지 zhì)　次(차 cì)　累(루 lèi)　僞(위 wěi)　爲(위 wèi)　寺(사 sì)　瑞(서 ruì)

智(지 zhì) 記(기 jì) 異(이 yì) 致(치 zhì) 備(비 bèi) 肆(사 sì) 翠(취 cuì) 騎(기 qí)
使(사 shǐ) 試(시 shì) 類(류 lèi) 棄(기 qì) 餌(이 ěr) 媚(미 mèi) 鼻(비 bí) 易(역 yì)
轡(비 pèi) 墜(추 zhuì) 醉(취 zuì) 議(의 yì) 翅(시 chì) 避(피 bì) 笥(사 sì) 幟(치 zhì)
粹(수 cuì) 侍(시 shì) 誼(의 yì) 帥(수 shuài) 厠(측 cè) 寄(기 jì) 睡(수 shuì)
忌(기 jì) 貳(이 èr) 萃(췌 cuì) 穗(수 suì) 二(이 èr) 臂(비 bì) 嗣(사 sì) 吹(취 chuī)
遂(수 suì) 恣(자 zì) 四(사 sì) 驥(기 jì) 季(계 jì) 刺(자 cì) 駟(사 sì) 泗(사 sì) 寐(매 mèi)
魅(매 mèi) 積(적 jī) 食(식 shí) 被(피 bèi) 芰(기 jì) 懿(의 yì) 覬(기 jì) 冀(기 jì)
愧(괴 kuì) 匱(궤 kuì) 饋(궤 kuì) 庇(비 bì) 洎(기 jì) 曁(기 jì) 堅(기 xì) 質(질 zhì)
敱(시 chì) 柜(궤 guì) 簣(궤 kuì) 痢(리 lì) 膩(니 nì) 祕(비 mì) 比(비 bǐ) 鷙(지 zhì)
閟(비 bì) 啻(시 chì) 示(시 shì) 嗜(기 shì) 飼(사 sì) 伺(사 cì) 遺(유 wèi) 意(의 yì)
薏(억 yì) 祟(수 suì) 值(치 zhí) 識(식 zhì)

• 5未(미): 末(미 wèi) 味(미 wèi) 氣(기 qì) 貴(귀 guì) 費(비 fèi) 沸(비 fèi) 尉(위 wèi)
畏(외 wèi) 慰(위 wèi) 蔚(위 wèi) 魏(위 wèi) 緯(위 wěi) 胃(위 wèi) 渭(위 wèi)
彙(휘 huì) 謂(위 wèi) 諱(휘 huì) 卉(훼 huì) 毅(의 yì) 旣(기 jì) 衣(의 yì) 蝟(위 wèi)
漑(개 gài) 愾(개 kài) 誹(비 fěi) 痱(비 fèi) 痹(비 fèi) 翡(비 fěi)

• 6御(어): 御(어 yù) 處(처 chǔ) 去(거 qù) 慮(려 lǜ) 譽(예 yù) 署(서 shǔ) 據(거 jù)
馭(어 yù) 曙(서 shǔ) 助(조 zhù) 絮(서 xù) 著(저 zhù) 豫(예 yù) 箸(저 zhù)
恕(서 shù) 與(여 yǔ) 疏(소 shū) 庶(서 shù) 預(예 yù) 語(어 yǔ) 踞(거 jù) 蕷(여 yù)
飫(어 yù) 醵(갹 jù) 鑢(거 jù) 歟(여 yú) 詎(거 jù)

• 7遇(우): 遇(우 yù) 路(로 lù) 賂(뢰 lù) 露(로 lù) 鷺(로 lù) 樹(수 shù) 度(도 dù)
渡(도 dù) 賦(부 fù) 布(포 bù) 步(보 bù) 固(고 gù) 素(소 sù) 具(구 jù) 數(수 shù)
怒(노 nù) 務(무 wù) 霧(무 wù) 鶩(목 wù) 鶩(무 wù) 附(부 fù) 兔(토 tù)
故(고 gù) 顧(고 gù) 雇(고 gù) 句(구 jù) 墓(묘 mù) 暮(모 mù) 慕(모 mù) 募(모 mù)
注(주 zhù) 駐(주 zhù) 祚(조 zuò) 裕(유 yù) 誤(오 wù) 悟(오 wù) 寤(오 wù)
住(주 zhù) 戍(수 shù) 庫(고 kù) 護(호 hù) 訴(소 sù) 蠹(두 dù) 妒(투 dù) 懼(구

jù)　趣(취 qù)　娶(취 qǔ)　鑄(주 zhù)　傅(부 fù)　付(부 fù)　諭(유 yù)　嫗(구 yù)　捕(포 bǔ)　哺(포 bǔ)　伍(오 wǔ)　措(조 cuò)　錯(착 cuò)　醋(초 cù)　赴(부 fù)　惡(악 ě)　互(호 hù)　孺(유 rú)　怖(포 bù)　煦(후 xù)　寓(우 yù)　酤(고 gū)　瓠(호 hù)　輸(수 shū)　吐(토 tǔ)　屢(루 lǚ)　塑(소 sù)　悟(오 wǔ)　瞿(구 qú)　驅(구 qū)　訃(부 fù)　屬(속 shǔ)　作(작 zuò)　酗(후 xù)　雨(우 yǔ)　獲(획 huò)　鍍(도 dù)　圃(포 pǔ)　駙(부 fù)　足(족 zú)　播(파 bō)　苦(고 kǔ)　鋪(포 pū)　妊(차 chà)

・8霽(제): 霽(제 jì)　制(제 zhì)　計(계 jì)　勢(세 shì)　世(세 shì)　麗(려 lì)　歲(세 suì)　衛(위 wèi)　濟(제 jǐ)　第(제 dì)　藝(예 yì)　惠(혜 huì)　慧(혜 huì)　幣(폐 bì)　桂(계 guì)　滯(체 zhì)　際(제 jì)　厲(려 lì)　涕(체 tì)　契(계 qì)　斃(폐 bì)　帝(제 dì)　蔽(폐 bì)　敝(폐 bì)　銳(예 ruì)　戾(려 lì)　裔(예 yì)　袂(메 mèi)　系(계 xì)　祭(제 jì)　隸(이 lì)　閉(폐 bì)　逝(서 shì)　綴(철 zhuì)　替(체 tì)　細(세 xì)　稅(세 shuì)　例(례 lì)　誓(서 shì)　蕙(혜 huì)　偈(게 jié)　詣(예 yì)　礪(려 lì)　勵(려 lì)　噬(서 shì)　繼(계 jì)　諦(체 dì)　系(계 xì)　劑(제 jì)　曳(예 yè)　睇(제 dì)　憩(게 qì)　彗(혜 huì)　逮(체 dǎi)　芮(예 ruì)　掣(체 chè)　薊(계 jì)　妻(처 qī)　擠(제 jǐ)　弟(제 dì)　題(제 tí)　鱖(궐 guì)　蹶(궐 jué)　齊(제 qí)　棣(체 dì)　說(설 shuō)　鏖(체 zhì)　离(리 lí)　荔(려 lì)　泥(니 ní)　蛻(태 tuì)　贅(췌 zhuì)　揭(게 jiē)　唳(려 lì)　泄(설 xiè)　嫕(제 dì)　薜(벽 bì)　囈(예 yì)　濞(비 bì)　捩(렬 liè)　羿(예 yì)　謎(미 mí)　締(체 dì)　切(절 qiē)　医(의 yī)

・9泰(태): 泰(태 tài)　會(회 huì)　帶(대 dài)　外(외 wài)　盖(개 gài)　大(대 dà)　瀨(뢰 lài)　賴(뢰 lài)　蔡(채 cài)　害(해 hài)　最(최 zuì)　貝(패 bèi)　靄(애 ǎi)　沛(패 pèi)　艾(애 ài)　兌(태 duì)　奈(내 nài)　繪(회 huì)　檜(회 huì)　膾(회 kuài)　太(태 tài)　汰(태 tài)　癩(라 lài)　糲(려 lì)　蛻(태 tuì)　酹(뢰 lèi)　狽(패 bèi)　柰(내 nài)　儈(쾌 kuài)　澮(회 kuài)　獪(회 kuài)　郐(회 kuài)　薈(회 huì)　磕(개 kē)　旆(패 pèi)　籟(뢰 lài)　藹(애 ǎi)　匃(개 gài)

・10卦(괘): 挂(괘 guà)　懈(해 xiè)　廨(해 xiè)　隘(애 ài)　賣(매 mài)　畵(화 huà)　派(파 pài)　債(채 zhài)　怪(괴 guài)　坏(배 huài)　誡(계 jiè)　戒(계 jiè)　界(계 jiè)　介(개 jiè)　芥(개 jiè)　械(계 xiè)　薤(해 xiè)　拜(배 bài)　快(쾌 kuài)　邁(매 mài)　話(화 huà)

敗(패 bài)　稗(패 bài)　晒(쇄 shài)　虿(채 chài)　瘵(채 zhài)

・11隊(대): 隊(대 duì)　內(내 nèi)　塞(새 sāi)　愛(애 ài)　暖(난 nuǎn)　輩(배 bèi)　佩(패 pèi)　代(대 dài)　岱(대 dài)　貸(대 dài)　黛(대 dài)　退(퇴 tuì)　載(재 zài)　碎(쇄 suì)　態(태 tài)　背(배 bēi)　穢(예 huì)　菜(채 cài)　對(대 duì)　廢(폐 fèi)　誨(회 huì)　晦(회 huì)　昧(매 mèi)　妹(매 mèi)　碍(애 ài)　戴(대 dài)　配(배 pèi)　喙(훼 huì)　潰(궤 kuì)　憒(궤 kuì)　賚(뢰 lài)　吠(폐 fèi)　肺(폐 fèi)　逮(체 dǎi)　埭(태 dài)　概(개 gài)　漑(개 gài)

・12震(진): 震(진 zhèn)　信(신 xìn)　印(인 yìn)　進(진 jìn)　潤(윤 rùn)　陣(진 zhèn)　鎮(진 zhèn)　塡(전 tián)　刃(인 rèn)　順(순 shùn)　慎(신 shèn)　鬢(빈 bìn)　晋(진 jìn)　駿(준 jùn)　閏(윤 rùn)　峻(준 jùn)　釁(흔 xìn)　振(진 zhèn)　舜(순 shùn)　吝(린 lìn)　燼(신 jìn)　訊(신 xùn)　胤(윤 yìn)　殯(빈 bìn)　迅(신 xùn)　瞬(순 shùn)　諄(순 zhūn)　僅(근 jǐn)　藺(린 lìn)　徇(순 xùn)　賑(진 zhèn)　覲(근 jìn)　擯(빈 bìn)　僅(근 jǐn)　認(인 rèn)　襯(친 chèn)　瑾(근 jǐn)　趁(진 chèn)　靷(인 rèn)　汛(신 xùn)　磷(린 lín)　躪(린 lìn)　浚(준 jùn)　縉(진 jìn)　娠(신 shēn)　引(인 yǐn)　診(진 zhěn)　蜃(신 shèn)　親(친 qīn)

・13問(문): 問(문 wèn)　聞(문 wén)　運(운 yùn)　暈(훈 yūn)　韻(운 yùn)　訓(훈 xùn)　糞(분 fèn)　奮(분 fèn)　忿(분 fèn)　郡(군 jùn)　分(분 fēn)　紊(wěn)　汶(문 wèn)　慍(온 yùn)　靳(근 jìn)　近(근 jìn)　斤(근 jīn)　鄆(운 yùn)　員(원 yuán)　抎(변 pīn)　隱(은 yǐn)

・14願(원): 愿(원 yuàn)　論(론 lùn)　怨(원 yuàn)　恨(한 hèn)　万(만 wàn)　飯(반 fàn)　獻(헌 xiàn)　健(건 jiàn)　寸(촌 cùn)　困(곤 kùn)　頓(돈 dùn)　建(건 jiàn)　憲(헌 xiàn)　勸(권 quàn)　蔓(만 màn)　券(권 quàn)　鈍(둔 dùn)　悶(민 mēn)　遜(손 xùn)　嫩(눈 nèn)　販(판 fàn)　溷(혼 hùn)　遠(원 yuǎn)　曼(만 màn)　噴(분 pēn)　艮(간 gěn)　敦(돈 dūn)　甄(언 yǎn)　褪(퇴 tuì)　堰(언 yàn)　圈(권 quān)

・15翰(한): 翰(한 hàn)　岸(안 àn)　漢(한 hàn)　難(난 nán)　斷(단 duàn)　亂(란 luàn)　嘆(탄 tàn)　干(간 gàn)　觀(관 guān)　散(산 sǎn)　奈(나 nài)　旦(단 dàn)　算(산 suàn)

玩(완 wán) 爛(란 làn) 貫(관 guàn) 半(반 bàn) 案(안 àn) 按(안 àn) 炭(탄 tàn) 汗(한 hàn) 贊(찬 zàn) 漫(만 màn) 冠(관 guàn) 灌(관 guàn) 竄(찬 cuàn) 幔(만 màn) 燦(찬 càn) 璨(찬 càn) 換(환 huàn) 煥(환 huàn) 喚(환 huàn) 悍(한 hàn) 彈(탄 tán) 憚(탄 dàn) 段(단 duàn) 看(간 kàn) 判(판 pàn) 叛(판 pàn) 腕(완 wàn) 渙(huàn) 絆(반 bàn) 惋(완 wǎn) 鑽(zuān) 縵(만 màn) 鍛(단 duàn) 瀚(한 hàn) 胖(방 pàng) 讕(란 lán) 蒜(산 suàn) 泮(pàn) 謾(màn) 攤(탄 tān) 侃(간 kǎn) 館(관 guǎn) 灘(탄 tān) 盥(관 guàn)

- 16諫(간): 諫(간 jiàn) 雁(안 yàn) 患(환 huàn) 澗(간 jiàn) 閑(한 xián) 宦(환 huàn) 晏(안 yàn) 慢(만 màn) 盼(반 pàn) 豢(환 huàn) 棧(잔 zhàn) 慣(관 guàn) 串(관 chuàn) 莧(현 xiàn) 綻(탄 zhàn) 幻(환 huàn) 訕(산 shàn) 綰(wǎn) 謾(만 màn) 汕(산 shàn) 疝(산 shàn) 瓣(판 bàn) 篡(찬 cuàn) 鏟(산 chǎn) 柵(책 zhà) 扮(분 bàn)

- 17霰(산): 霰(산 xiàn) 殿(전 diàn) 面(면 miàn) 縣(현 xiàn) 變(변 biàn) 箭(전 jiàn) 戰(전 zhàn) 扇(선 shàn) 煽(선 shān) 膳(선 shàn) 傳(전 chuán) 見(견 jiàn) 硯(연 yàn) 選(선 xuǎn) 院(원 yuàn) 練(련 liàn) 燕(연 yàn) 宴(안 yàn) 賤(천 jiàn) 電(전 diàn) 荐(천 jiàn) 絹(견 juàn) 彥(언 yàn) 甸(전 diàn) 便(변 biàn) 眷(권 juàn) 線(선 xiàn) 倦(권 juàn) 羨(이 xiàn) 堰(언 yàn) 奠(전 diàn) 遍(편 biàn) 戀(련 liàn) 眩(현 xuàn) 釧(천 chuàn) 倩(천 qiàn) 卞(변 biàn) 汴(변 biàn) 弁(변 biàn) 揙(변 pīn) 咽(인 yàn) 片(편 piàn) 禪(선 chán) 譴(견 qiǎn) 諺(언 yàn) 緣(연 yuán) 顫(전 chàn) 擅(천 shàn) 援(원 yuán) 媛(원 yuán) 瑗(원 yuàn) 佃(전 diàn) 鈿(전 diàn) 淀(정 diàn) 狷(견 juàn) 煎(전 jiān) 懸(현 xuán) 袖(수 xiù) 穿(천 chuān) 茜(천 qiàn) 濺(천 jiàn) 揀(간 jiǎn) 纏(전 chán) 牽(견 qiān) 先(선 xiān) 炫(현 xuàn) 善(선 shàn) 繾(견 qiǎn) 遣(견 qiǎn) 研(연 yán) 衍(연 yǎn) 輾(전 zhǎn) 餞(전 jiàn)

- 18嘯(소): 嘯(소 xiào) 笑(소 xiào) 照(조 zhào) 廟(묘 miào) 竅(규 qiào) 妙(묘 miào) 詔(조 zhào) 召(소 zhào) 邵(소 shào) 要(요 yào) 曜(요 yào) 耀(요 yào) 調(조 tiáo) 釣(조 diào) 吊(조 diào) 叫(규 jiào) 燎(료 liǎo) 嶠(교 qiáo) 少(소 shǎo) 眺(조 tiào) 誚(초 qiào) 料(료 liào) 肖(소 xiào) 尿(뇨 niào) 剽(표 piāo) 掉(도 diào) 鷂(요

yào) 糶(조 tiào) 轎(교 jiào) 燒(소 shāo) 療(료 liáo) 漂(표 piāo) 醮(초 jiào) 驃(표 biāo) 繞(요 rào) 嬈(요 ráo) 搖(요 yáo) 哨(초 shào) 約(약 yuē) 嘹(료 liáo) 裱(표 biǎo)

・19效(효): 效(효 xiào) 教(교 jiāo) 貌(모 mào) 校(교 xiào) 孝(효 xiào) 鬧(료 nào) 淖(뇨 nào) 豹(표 bào) 爆(폭 bào) 罩(조 zhào) 拗(요 niù) 窖(교 jiào) 酵(효 jiào) 稍(초 shāo) 樂(요 lè) 較(교 jiào) 鈔(초 chāo) 敲(고 qiāo) 覺(각 jué)

・20號(호): 号(호 hào) 帽(모 mào) 報(보 bào) 導(도 dǎo) 盜(도 dào) 操(조 cāo) 噪(조 zào) 灶(조 zào) 奧(오 ào) 告(고 gào) 誥(고 gào) 暴(폭 bào) 好(호 hǎo) 到(도 dào) 蹈(도 dǎo) 勞(로 láo) 傲(오 ào) 躁(조 zào) 澇(로 lào) 漕(조 cáo) 造(조 zào) 冒(모 mào) 悼(도 dào) 倒(도 dào) 鰲(오 ào) 縞(호 gǎo) 懊(오 ào) 膏(고 gāo) 犒(호 kào) 郜(고 gào) 瀑(폭 pù) 旄(모 máo) 靠(고 kào) 糙(조 cāo)

・21箇(개): 个(개 gè) 賀(하 hè) 佐(좌 zuǒ) 作(작 zuò) 邏(라 luó) 坷(가 kě) 軻(가 kē) 大(대 dà) 餓(아 è) 奈(내 nài) 那(나 nà) 些(사 xiē) 過(과 guò) 和(화 hé) 挫(좌 cuò) 課(과 kè) 唾(타 tuò) 簸(파 bò) 磨(마 mó) 座(좌 zuò) 坐(좌 zuò) 破(파 pò) 臥(와 wò) 貨(화 huò) 左(좌 zuǒ) 惰(타 duò)

・22禡(마): 駕(가 jià) 夜(야 yè) 下(하 xià) 謝(사 xiè) 榭(사 xiè) 罷(파 bà) 夏(하 xià) 暇(가 xiá) 霸(패 bà) 灞(파 bà) 嫁(가 jià) 赦(사 shè) 借(차 jiè) 藉(자 jí) 炙(자 zhì) 蔗(자 zhè) 假(가 jiǎ) 化(화 huà) 舍(사 shě) 价(개 jià) 射(사 shè) 罵(마 mà) 稼(가 jià) 架(가 jià) 詐(사 zhà) 亞(아 yà) 罅(하 xià) 跨(과 kuà) 麝(사 shè) 吒(타 zhà) 怕(파 pà) 訝(아 yà) 詫(타 chà) 迓(아 yà) 胯(과 kuà) 柘(자 zhè) 卸(사 xiè) 瀉(사 xiè) 靶(파 bǎ) 乍(사 zhà) 樺(화 huà) 杷(파 pá)

・23漾(양): 漾(양 yàng) 上(상 shàng) 望(망 wàng) 相(상 xiàng) 將(장 jiāng) 狀(상 zhuàng) 帳(장 zhàng) 浪(랑 làng) 唱(창 chàng) 讓(랑 ràng) 曠(광 kuàng) 壯(장 zhuàng) 放(방 fàng) 向(향 xiàng) 仗(장 zhàng) 暢(창 chàng) 量(량 liàng) 葬(장 zàng) 匠(장 jiàng) 障(장 zhàng) 謗(방 bàng) 尚(상 shàng) 漲(장 zhǎng) 餉(향 xiǎng)

樣(양 yàng)　藏(장 cáng)　舫(방 fǎng)　訪(방 fǎng)　養(양 yǎng)　醬(장 jiàng)　嶂(장 zhàng)　抗(항 kàng)　当(당 dāng)　釀(양 niàng)　亢(항 kàng)　强(qiǎng)　況(황 kuàng)　臧(장 zāng)　瘴(장 zhàng)　王(왕 wáng)　諒(량 liàng)　亮(량 liàng)　妄(망 wàng)　喪(상 sàng)　悵(창 chàng)　兩(량 liǎng)　壙(광 kuàng)　宕(탕 dàng)　忘(망 wàng)　傍(방 bàng)　砀(탕 dàng)　恙(양 yàng)　吭(항 kēng)　煬(양 yáng)　張(장 zhāng)　行(행 háng)　广(광 guǎng)　湯(탕 tāng)　炕(항 kàng)　長(장 cháng)　創(창 chuàng)　誑(광 kuáng)　掠(략 lüè)　妨(방 fáng)　旺(왕 wàng)　蕩(탕 dàng)　防(방 fáng)　怏(앙 yàng)　償(상 cháng)　盪(탕 dàng)　盎(앙 àng)　仰(앙 yǎng)　擋(당 dǎng)　戃(당 tǎng)

　• 24敬(경): 敬(경 jìng)　命(명 mìng)　正(정 zhèng)　令(령 lìng)　政(정 zhèng)　性(성 xìng)　鏡(경 jìng)　盛(성 shèng)　行(행 xíng)　聖(성 shèng)　咏(영 yǒng)　姓(성 xìng)　慶(경 qìng)　映(영 yìng)　病(병 bìng)　柄(병 bǐng)　鄭(정 zhèng)　勁(경 jìn)　竟(경 jìng)　孟(맹 mèng)　聘(빙 pìn)　諍(쟁 zhèng)　泳(영 yǒng)　請(청 qǐng)　倩(천 qiàn)　硬(경 yìng)　檠(경 qíng)　晟(성 shèng)　更(경 gèng)　橫(횡 héng)　榜(방 bǎng)　迎(영 yíng)　娉(빙 pīng)　輕(경 qīng)　評(평 píng)　証(증 zhèng)　偵(정 zhēn)　并(병 bìng)　盟(맹 méng)

　• 25徑(경): 徑(jìng)　定(dìng)　听(tīng)　胜(shèng)　磬(qìng)　應(yīng)　乘(chéng)　媵(yìng)　贈(zèng)　佞(nìng)　称(chēng)　罄(qìng)　鄧(dèng)　脛(jìng)　莹(yíng)　証(zhèng)　孕(yùn)　興(xīng)　經(jīng)　醒(xǐng)　廷(tíng)　錠(dìng)　庭(tíng)　釘(dīng)　暝(míng)　剩(shèng)　凭(píng)　凝(níng)　橙(chéng)　凳(dèng)　蹬(dēng)

　• 26宥(유): 宥(유 yòu)　候(후 hòu)　就(취 jiù)　授(수 shòu)　售(수 shòu)　壽(수 shòu)　秀(수 xiù)　綉(수 xiù)　宿(숙 sù)　奏(주 zòu)　富(부 fù)　獸(수 shòu)　斗(두 dòu)　漏(루 lòu)　陋(루 lòu)　守(수 shǒu)　狩(수 shòu)　晝(주 zhòu)　寇(구 kòu)　茂(무 mào)　懋(무 mào)　旧(구 jiù)　胄(위 wèi)　宙(주 zhòu)　袖(수 xiù)　岫(수 xiù)　柚(유 yòu)　覆(복 fù)　复(복 fù)　救(구 jiù)　臭(취 chòu)　幼(유 yòu)　佑(우 yòu)　右(우 yòu)　侑(유 yòu)　囿(유 yòu)　豆(두 dòu)　竇(두 dòu)　逗(두 dòu)　溜(류 liū)　瘤(류 liú)　留(류 liú)　构(구 gòu)　遘(구 gòu)　媾(구 gòu)　購(구 gòu)　透(투 tòu)　瘦(수 shòu)　漱(수 shù)　鏤(루

lòu) 鷲(취 jiù) 走(주 zǒu) 副(부 fù) 詬(후 gòu) 究(구 jiū) 湊(주 còu) 謬(류 miù)

繆(무 miù) 疚(구 jiù) 灸(구 jiǔ) 畜(축 chù) 柩(구 jiù) 驟(취 zhòu) 首(수 shǒu)

皺(추 zhòu) 縐(추 zhòu) 戊(무 wù) 句(구 jù) 鼬(유 yòu) 蹂(유 róu) 漚(구 òu) 又(우

òu) 逅(후 hòu) 蔻(구 kòu) 伏(복 fú) 收(수 shōu) 犹(유 yóu) 油(유 yóu) 后(후 hòu)

厚(후 hòu) 扣(구 kòu) 吼(후 hǒu) 讀(독 dú)

• 27沁(심): 沁(심 qìn) 飲(음 yǐn) 禁(금 jìn) 任(임 rèn) 蔭(음 yīn) 讖(참 chèn)

浸(침 jìn) 鴆(짐 zhèn) 枕(침 zhěn) 衽(임 rèn) 賃(임 lìn) 臨(림 lín) 滲(삼 shèn)

妊(임 rèn) 吟(음 yín) 深(심 shēn) 甚(심 shèn) 沈(침 shěn)

• 28勘(감): 勘(감 kān) 暗(암 àn) 濫(람 làn) 担(단 dān) 憾(감 hàn) 纜(람 lǎn)

瞰(감 kàn) 三(삼 sān) 暫(잠 zàn) 參(참 cān) 澹(담 dàn) 淡(담 dàn) 憨(감 hān)

淦(감 gàn)

• 29豔(염): 艶(염 yàn) 劍(검 jiàn) 念(념 niàn) 驗(험 yàn) 瞻(섬 shàn) 店(점 diàn)

占(점 zhàn) 斂(렴 liǎn) 厭(염 yàn) 灩(염 yàn) 墊(점 diàn) 欠(잘못 qiàn) 僭(참 jiàn)

砭(폄 biān) 艶(염 yàn) 殮(렴 liàn) 苫(점 shàn) 鹽(염 yán) 沾(점 zhān) 兼(겸 jiān)

念(념 niàn) 埝(념 niàn) 俺(엄 ǎn) 潛(잠 qián) 忝(첨 tiǎn)

• 30陷(함): 陷(함 xiàn) 鑒(감 jiàn) 監(감 jiān) 汛(신 xùn) 梵(범 fàn) 帆(범 fān)

忏(천 chàn) 賺(잠 huàn) 蘸(잠 zhàn) 讒(참 chán) 劍(검 jiàn) 欠(잘못 qiàn) 淹(엄

yān) 站(참 zhàn)

8.6.5. 入聲(입성) 17운

• 1屋(옥): 屋(옥 wū) 木(목 mù) 竹(죽 zhú) 目(목 mù) 服(복 fú) 福(복 fú) 祿(록

lù) 穀(곡 gǔ) 熟(숙 shú) 谷(곡 gǔ) 肉(육 ròu) 族(족 zú) 鹿(록 lù) 漉(록 lù) 腹(복

fù) 菊(국 jú) 陸(육 lù) 軸(축 zhóu) 逐(축 zhú) 苜(목 mù) 蓿(숙 xù) 牧(목 mù)

伏(복 fú) 宿(숙 sù) 夙(숙 sù) 讀(독 dú) 犢(독 dú) 瀆(독 dú) 牘(독 dú) 黷(독 dú)

穀(곡 gǔ)　复(복 fù)　粥(죽 zhōu)　肅(숙 sù)　碌(록 lù)　驌(숙 sù)　鬻(죽 yù)　育(육 yù)　六(육 liù)　縮(축 suō)　哭(곡 kū)　幅(폭 fú)　斛(곡 hú)　戮(륙 lù)　仆(부 pú)　畜(축 chù)　蓄(축 xù)　叔(숙 shū)　淑(숙 shū)　菽(숙 shū)　俶(숙 chù)　倏(숙 shū)　獨(독 dú)　卜(복 bǔ)　馥(복 fù)　沐(목 mù)　速(속 sù)　祝(축 zhù)　麓(록 lù)　轆(록 lù)　恧(뉵 nǜ)　鏃(족 zú)　簇(족 cù)　蹙(축 cù)　筑(축 zhù)　穆(목 mù)　睦(목 mù)　禿(독 tū)　觳(곡 hú)　覆(복 fù)　輻(복 fú)　瀑(폭 pù)　郁(욱 yù)　舳(축 zhú)　掬(국 jū)　踘(국 jū)　蹴(축 cù)　局(국 jú)　茯(복 fú)　蝮(복 fù)　蝮(복 fù)　鷁(욕 yù)　鵬(붕 péng)　髑(촉 dú)

　　‧ 2沃(옥): 沃(옥 wò)　俗(속 sú)　玉(옥 yù)　足(족 zú)　曲(곡 qǔ)　粟(속 sù)　燭(촉 zhú)　屬(속 shǔ)　綠(록 lù)　辱(욕 rǔ)　獄(옥 yù)　綠(록 lù)　毒(독 dú)　局(국 jú)　欲(욕 yù)　束(속 shù)　鵠(곡 hú)　梏(곡 gù)　告(고 gào)　楛(곡 gù)　蜀(촉 shǔ)　促(촉 cù)　觸(촉 chù)　續(속 xù)　浴(욕 yù)　酷(혹 kù)　躅(촉 zhú)　禱(도 dǎo)　旭(욱 xù)　欲(욕 yù)　篤(독 dǔ)　督(독 dū)　贖(속 shú)　勵(촉 zhú)　頊(욱 xū)　蓐(욕 rù)　漉(록 lù)　騄(록 lù)

　　‧ 3覺(각): 覺(각 jué)　角(각 jiǎo)　桷(각 jué)　榷(각 què)　岳(악 yuè)　樂(악 lè)　捉(착 zhuō)　朔(삭 shuò)　數(수 shù)　卓(탁 zhuó)　研(연 yán)　啄(탁 zhuó)　琢(탁 zhuó)　剝(박 bāo)　駁(박 bó)　雹(박 báo)　璞(박 pú)　朴(박 pǔ)　殼(각 ké)　确(학 què)　濁(탁 zhuó)　濯(탁 zhuó)　擢(탁 zhuó)　渥(악 wò)　幄(악 wò)　握(악 wò)　學(학 xué)　涿(탁 zhuō)

　　‧ 4質(질): 質(질 zhì)　日(일 rì)　筆(필 bǐ)　出(출 chū)　室(실 shì)　實(실 shí)　疾(질 jí)　術(술 shù)　一(일 yì)　乙(을 yǐ)　壹(일 yī)　吉(길 jí)　秩(질 zhì)　密(밀 mì)　率(율 lù)　律(율 lù)　逸(일 yì)　失(실 shī)　漆(칠 qī)　栗(률 lì)　畢(필 bì)　恤(휼 xù)　蜜(밀 mì)　橘(귤 jú)　溢(일 yì)　瑟(슬 sè)　膝(슬 xī)　匹(필 pǐ)　述(술 shù)　慓(표 piào)　黜(출 chù)　蹕(필 bì)　觱(필 bì)　七(칠 qī)　叱(질 chì)　卒(졸 zú)　虱(슬 shī)　番(번 fān)　戌(술 xū)　嫉(질 jí)　帥(수 shuài)　蒺(질 jí)　侄(질 zhí)　輊(지 zhì)　躓(지 zhì)　怵(출 chù)　潏(휼 jué)　蟋(실 xī)　蟀(솔 shuài)　篳(필 bì)　篥(률 lì)　宓(복 mì)　必(필 bì)　罼(필 bì)　秫(출 shú)　櫛(즐 zhì)　窸(실 xī)　颮(실 sè)

· 5物(물): 物(wù) 佛(fó) 拂(fú) 屈(qū) 郁(yù) 乙(qǐ) 掘(jué) 訖(qì) 吃(chī) 紱(fú) 黻(fú) 弗(fú) 衡(héng) 勿(wù) 迄(qì) 不(bù) 紼(fú)

· 6月(월): 月(월 yuè) 骨(골 gǔ) 發(발 fā) 闕(궐 què) 越(월 yuè) 謁(알 yè) 沒(몰 mò) 伐(벌 fá) 罰(fá) 卒(졸 zú) 竭(갈 jié) 窟(굴 kū) 笏(홀 hù) 鉞(월 yuè) 歇(헐 xiē) 髮(발 fà) 突(돌 tū) 忽(홀 hū) 襪(말 wà) 鶻(골 hú) 厥(궐 jué) 蹶(궐 jué) 蕨(궐 jué) 曰(왈 yuē) 閥(벌 fá) 筏(벌 fá) 喝(갈 hē) 歿(몰 mò) 橛(궐 jué) 掘(굴 jué) 榾(골 gǔ) 搰(골 hú) 蝎(갈 xiē) 勃(발 bó) 圪(흘 gē) 龁(흘 hé) 孛(패 bó) 渤(발 bó) 揭(게 jiē) 碣(갈 jié)

· 7曷(갈): 曷(갈 hé) 達(달 dá) 末(말 mò) 闊(활 kuò) 活(활 huó) 鉢(발 bō) 脫(탈 tuō) 奪(탈 duó) 褐(갈 hè) 割(할 gē) 沫(말 mò) 拔(발 bá) 葛(갈 gě) 闥(달 tà) 渴(갈 kě) 撥(발 bō) 豁(활 huò) 括(괄 kuò) 抹(말 mǒ) 遏(알 è) 撻(달 tà) 跋(발 bá) 撮(촬 cuō) 潑(발 pō) 斡(알 wò) 秣(말 mò) 掇(철 duō) 怛(달 dá) 妲(달 dá) 聒(괄 guō) 栝(괄 kuò) 獺(달 tǎ) 剌(자 cì)

· 8黠(힐): 黠(힐 xiá) 拔(발 bá) 鶻(골 hú) 八(팔 bā) 察(찰 chá) 殺(살 shā) 刹(찰 shā) 軋(알 yà) 憂(알 jiá) 瞎(할 xiā) 獺(달 tǎ) 刮(괄 guā) 刷(쇄 shuā) 滑(활 huá) 轄(할 xiá) 鎩(살 shā) 猾(활 huá) 捋(랄 luō)

· 9屑(설): 屑(설 xiè) 節(절 jié) 雪(설 xuě) 絶(절 jué) 列(열 liè) 烈(열 liè) 結(결 jié) 穴(혈 xué) 說(설 shuō) 血(혈 xuè) 舌(설 shé) 潔(길 jié) 別(별 bié) 缺(결 quē) 裂(렬 liè) 熱(열 rè) 決(결 jué) 鐵(철 tiě) 滅(멸 miè) 折(절 zhé) 拙(졸 zhuō) 切(절 qiē) 悅(열 yuè) 轍(철 zhé) 訣(결 jué) 泄(설 xiè) 咽(인 yàn) 噎(일 yē) 杰(걸 jié) 徹(철 chè) 澈(철 chè) 哲(철 zhé) 鼈(별 biē) 設(설 shè) 囓(교 niè) 劣(렬 liè) 掣(체 chè) 玦(결 jué) 截(절 jié) 竊(절 qiè) 孽(얼 niè) 浙(절 zhè) 孑(혈 jié) 桔(길 jú) 頡(힐 jié) 拮(길 jié) 擷(힐 xié) 揭(게 jiē) 纈(힐 xié) 龁(흘 hé) 羯(갈 jié) 碣(갈 jié) 挈(설 qiè) 抉(결 jué) 蓺(설 xiè) 薛(설 xuē) 拽(예 zhuài＝曳yè) 爇(설 ruò) 冽(렬

列(열 liè) 臬(얼 niè) 蘖(얼 niè) 瞥(별 piē) 撇(별 piē) 迭(질 dié) 趺(부 fū) 閱(열 yuè)
輟(철 chuò)

- 10藥(약): 藥(약 yào) 薄(박 báo) 惡(악 è) 略(략 lüè) 作(작 zuò) 樂(악 lè) 落(락 luò) 閣(각 gé) 鶴(학 hè) 爵(작 jué) 若(약 ruò) 約(약 yuē) 脚(각 jiǎo) 雀(작 què) 幕(막 mù) 洛(락 luò) 壑(학 hè) 索(색 suǒ) 郭(곽 guō) 博(박 bó) 錯(착 cuò) 躍(약 yuè) 縛(박 fù) 酌(작 zhuó) 托(탁 tuō) 削(삭 xiāo) 鐸(탁 duó) 灼(작 zhuó) 鑿(착 záo) 却(각 què) 絡(락 luò) 鵲(작 què) 度(도 dù) 諾(낙 nuò) 橐(탁 tuó) 漠(막 mò) 鑰(약 yào) 著(저 zhù) 虐(학 nüè) 掠(략 lüě) 獲(획 huò) 泊(박 bó) 搏(박 bó) 勺(작 sháo) 酪(락 lào) 謔(학 xuè) 廓(곽 kuò) 綽(작 chuò) 霍(곽 huò) 爍(삭 shuò) 莫(막 mò) 鑠(삭 shuò) 繳(격 jiǎo) 諤(악 è) 鄂(악 è) 亳(박 bó) 恪(각 kè) 箔(박 bó) 攫(확 jué) 涸(학 hé) 瘧(학 nüè) 郝(학 hǎo) 駱(락 luò) 膜(막 mó) 粕(박 pò) 礴(박 bó) 拓(척 tuò) 蠖(확 huò) 鍔(악 è) 格(격 gé) 昨(작 zuó) 柝(탁 tuò) 摸(모 mō) 貉(맥 hé) 愕(악 è) 柞(작 zuò) 寞(막 mò) 膊(박 bó) 魄(백 pò) 酪(락 lào) 焯(작 zhuō) 厝(조 cuò) 噩(악 è) 澤(택 zé) 矍(확 jué) 各(각 gè) 獵(렵 liè) 昔(석 xī) 芍(작 sháo) 躒(탁 duó) 迮(책 zé)

- 11陌(맥): 陌(맥 mò) 石(석 shí) 客(객 kè) 白(백 bái) 澤(택 zé) 伯(백 bó) 迹(적 jì) 宅(댁 zhái) 席(석 xí) 策(책 cè) 碧(벽 bì) 籍(적 jí) 格(격 gé) 役(역 yì) 帛(백 bó) 戟(극 jǐ) 璧(벽 bì) 驛(역 yì) 麥(맥 mài) 額(액 é) 柏(백 bǎi) 魄(백 pò) 積(적 jī) 脉(맥 mài) 夕(석 xī) 液(액 yè) 冊(책 cè) 尺(척 chǐ) 隙(극 xì) 逆(역 nì) 畫(화 huà) 百(백 bǎi) 辟(벽 pì) 赤(적 chì) 易(역 yì) 革(혁 gé) 脊(척 jǐ) 獲(획 huò) 翮(핵 hé) 屐(극 jī) 适(괄 shì) 劇(극 jù) 磧(적 qì) 隔(격 gé) 益(익 yì) 柵(책 zhà) 窄(착 zhǎi) 核(핵 hé) 擲(척 zhì) 責(책 zé) 惜(석 xī) 僻(벽 pì) 癖(벽 pǐ) 闢(벽 pì) 掖(액 yè) 腋(액 yè) 釋(석 shì) 舶(박 bó) 拍(박 pāi) 擇(택 zé) 摘(적 zhāi) 射(사 shè) 斥(척 chì) 弈(혁 yì) 奕(혁 yì) 迫(박 pò) 疫(역 yì) 譯(역 yì) 昔(석 xī) 瘠(척 jí) 赫(혁 hè) 炙(자 zhì) 謫(적 zhé) 虢(괵 guó) 腊(석 là) 碩(석 shuò) 螫(석 shì) 藉(적 jí) 翟(적 zhái) 亦(역 yì) 鬲(격 gé) 骼(격 gé) 鯽(즉 jì) 借(차 jiè) 嘖(책 zé) 蜴(척 yì) 幗(괵 guó) 蓆(석 xí) 貊(맥 mò) 汐(석 xī) 摭(척 zhí) 咋(사 zǎ) 嚇(혁 xià) 刺(랄

lá)　百(백 bǎi)　莫(막 mò)　蟈(괵 guō)　繹(역 yì)　霸(패 bà)　霹(벽 pī)

· 12錫(석): 錫(석 xī)　壁(벽 bì)　歷(력 lì)　櫪(력 lì)　擊(격 jī)　績(적 jì)　笛(적 dí)
敵(적 dí)　滴(적 dī)　鏑(적 dí)　檄(격 xí)　激(격 jī)　寂(적 jì)　翟(적 zhái)　逖(적 tì)
糴(적 dí)　析(석 xī)　晰(석 xī)　溺(닉 nì)　覓(멱 mì)　摘(적 zhāi)　狄(적 dí)　荻(적 dí)
戚(척 qī)　滌(조 dí)　的(적 de)　吃(흘 chī)　霹(벽 pī)　瀝(력 lì)　惕(척 tì)　踢(척 tī)
剔(척 tī)　礫(력 lì)　櫟(력 lì)　适(괄 shì)　嫡(적 dí)　鬩(혁 xì)　覡(격 xí)　淅(석 xī)　晰(석
xī)　吊(적 diào)　霓(역 ní)　倜(척 tì)

· 13職(직): 職(직 zhí)　國(국 guó)　德(덕 dé)　食(식 shí)　蝕(식 shí)　色(색 sè)　力(력
lì)　翼(익 yì)　墨(묵 mò)　極(극 jí)　息(식 xī)　直(직 zhí)　得(득 de)　北(북 běi)　黑(묵
hēi)　側(측 cè)　節(식 shì)　賊(적 zéi)　刻(각 kè)　則(칙 zé)　塞(색 sāi)　式(식 shì)　軾(식
shì)　域(역 yù)　殖(식 zhí)　植(식 zhí)　敕(칙 chì)　飭(칙 chì)　棘(극 jí)　惑(혹 huò)
默(묵 mò)　織(직 zhī)　匿(닉 nì)　億(억 yì)　憶(억 yì)　特(특 tè)　勒(륵 lēi)　劾(핵 hé)
仄(측 zè)　稷(직 jì)　識(식 shí)　逼(핍 bī)　克(극 kè)　蜮(역 yù)　喞(즉 jī)　卽(즉 jí)
拭(식 shì)　弋(익 yì)　陟(척 zhì)　測(측 cè)　冒(묵 mào, 인명)　抑(억 yì)　惻(측 cè)　肋(륵
lèi)　亟(극 jí)　殛(극 jí)　忒(특 tuī)　嶷(억 yí)　熄(식 xī)　穡(색 sè)　嗇(색 sè)　匐(복
fú)　鯽(즉 jì)　或(혹 huò)　愎(퍅 bì)　翌(익 yì)

· 14緝(집): 緝(집 jī)　輯(집 jí)　立(립 lì)　集(집 jí)　邑(읍 yì)　急(급 jí)　入(입 rù)
泣(읍 qì)　濕(습 shī)　習(습 xí)　給(급 gěi)　十(십 shí)　拾(습 shí)　什(십 shí)　襲(습 xí)
及(급 jí)　級(급 jí)　澀(삽 sè)　粒(립 lì)　揖(읍 yī)　汁(즙 zhī)　蟄(칩 zhē)　笠(립 lì)　執(집
zhí)　隰(습 xí)　汲(급 jí)　吸(흡 xī)　熠(습 yì)　岌(급 jí)　歙(흡 xī)　熠(습 yì)　挹(읍 yì)

· 15合(합): 合(합 hé)　塔(탑 tǎ)　答(답 dá)　納(납 nà)　榻(탑 tà)　闥(달 tà)　雜(잡 zá)
臘(석 là)　蠟(사 là)　匝(잡 zā)　闔(합 hé)　蛤(합 há)　衲(납 nà)　沓(답 dá)　楹(영 yíng)
鴿(합 gē)　踏(답 tà)　颯(삽 sà)　拉(랍 lā)　邃(수 suì)　盍(합 hé)　塌(탑 tā)　咂(잡 zā)

· 16葉(엽): 叶(엽 yè)　帖(첩 tiě)　貼(첩 tiē)　牒(첩 dié)　接(접 jiē)　獵(렵 liè)　妾(첩

qiè)　蝶(접 dié)　疊(첩 dié)　筮(서 shì)　悏(협 qiè)　涉(섭 shè)　鬣(렵 liè)　捷(첩 jié)

頰(협 jiá)　楫(즙 jí)　攝(섭 shè)　躡(섭 niè)　協(xié)　俠(xiá)　莢(jiá)　魘(yǎn)　睫(jié)

浹(jiā)　懾(shè)　慍(yùn)　蹀(협 dié)　挾(협 xié)　鋏(협 jiá)　驜(엽 yè)　燮(섭 xiè)　讋(섭 zhé)

摺(접 zhé)　祇(겁 jié)　饁(엽 yè)　踖(적 jí)　輒(첩 zhé)　婕(첩 jié)　屧(섭 xiè)

聶(섭 niè)　鑷(섭 niè)　渫(접 xiè)　諜(첩 dié)　堞(첩 dié)　剟(탈 duō)

- 17洽(흡): 洽(흡 qià)　狹(협 xiá)　峽(협 xiá)　法(법 fǎ)　甲(갑 jiǎ)　業(업 yè)　邺(업 yè)　匣(갑 xiá)　玉(옥 yù)　鴨(압 yā)　乏(핍 fá)　怯(겁 qiè)　劫(겁 jié)　脅(협 xié)　插(삽 chā)　鍤(삽 chā)　歃(삽 shà)　押(압 yā)　狎(압 xiá)　袷(겁 jiá)　業(업 yè)　夾(협 jiā)　恰(흡 qià)　蛺(협 jiá)　硤(협 xiá)

참고문헌

이영주・강성위・홍상훈, ≪杜甫律詩≫, 명문당, 2005.

안병국・김성곤・이영주, ≪중국명시감상≫, 한국방송통신대학교 출판문화원, 2011.

권호종・황영희, ≪唐詩講解≫, 경상대학교출판부, 2010.

권호종・성기옥, ≪중국고시감상≫, 경상대학교 출판부, 2012.

유종목, ≪蘇軾詩集≫, 서울대학교 출판부, 2005.

최일의, ≪중국시의 세계≫, 신아사, 2012.

최일의, ≪중국시론의 해석과 전망≫, 신아사, 2012.

권호종, ≪韋應物詩選≫, 문이재, 2002.

김경동, ≪白居易詩選≫, 문이재, 2002.

류성준, ≪王維詩選≫, 문이재, 2002.

이남종, ≪孟浩然詩選≫, 문이재, 2002.

오수형, ≪柳宗元詩選≫, 문이재, 2002.

이치수, ≪陸游詩選≫, 문이재, 2002.

김민나, ≪李賀詩選≫, 문이재, 2002.

류영표, ≪王安石詩選≫, 문이재, 2002.

이장우・우재호・장세후, ≪고문진보≫, 을유문화사, 2001.

성기옥, ≪문심조룡≫, 지식을 만드는 지식, 2010.

俞平伯 외, ≪唐詩鑑賞辭典≫, 1983.

王力, ≪詩詞格律≫, 中華書局, 2000.

啓功, ≪詩文聲律論考≫, 中華書局, 2000.

湯祥瑟, ≪詩韻全璧≫, 上海古籍出版社, 1995.

陳增杰, ≪唐人律詩箋注集評≫, 浙江古籍出版社, 2003.

韓成武・張志民, ≪杜甫詩全釋≫, 河北人民出版社, 1997.

李夢生, ≪律詩三百首≫, 上海古籍出版社, 2001.

目加田 誠, ≪唐詩選≫, 明治書院, 2002.